2022中国年度科幻小说

星河　王逢振　选编

漓江出版社
·桂林·

图书在版编目（CIP）数据

2022中国年度科幻小说 / 星河，王逢振选编 .-- 桂林：漓江出版社，2023.2

ISBN 978-7-5407-9362-3

Ⅰ. ① 2… Ⅱ. ①星… ②王… Ⅲ. ①幻想小说—小说集—中国—当代 Ⅳ. ① I247.5

中国版本图书馆 CIP 数据核字（2022）第 252370 号

2022 ZHONGGUO NIANDU KEHUAN XIAOSHUO

2022中国年度科幻小说

选编者：星河　王逢振

出版人：刘迪才

责任编辑：辛丽芳

书籍设计：石绍康

责任监印：张璐

出版发行：漓江出版社有限公司

社址：广西桂林市南环路22号　邮编：541002

发行电话：010-65699511　0773-2583322

传真：010-85891290　0773-2582200

邮购热线：0773-2582200

网址：www.lijiangbooks.com

微信公众号：lijiangpress

印制：北京中科印刷有限公司

［北京市通州区宋庄工业区1号楼101号　邮编：101118］

开本：690 mm × 1000 mm　1/16

印张：19.25　字数：270千字

版次：2023年2月第1版

印次：2023年2月第1次印刷

书号：ISBN 978-7-5407-9362-3

定价：45.00元

目 录

contents

序 言

星 河 王逢振

经过一番认真筛选，2022 年科幻年选终于呈现在读者面前。依照惯例，我们依旧对所选作品以及选稿原则做一个简单扼要的说明。

我们发现，今年选编的科幻稿件，从来源上与往年似乎略有不同。来自纯文学刊物的作品不是很多，更多的作品来自专业科幻刊物。其实今年纯文学刊物刊发的科幻作品依旧不少，所以这一比例本来不能说明什么问题。但耐人寻味的是，来自科幻刊物的那些作品，大多也为现实题材科幻作品，或者说是“准写实”的科幻作品，这一点颇值得分析与探讨。

首先科幻作家比较关注因而创作较多的，也是被本年选选取较多的，是有关网络、虚拟现实、人机交互等方面的作品，这也许与近来热炒的“元宇宙”概念多少有些关系。

《2039：脑机时代》展现了经电子系统改造后的人脑，将以怎样一种方式存在，又是如何改变人的思维与行为方式的，它所引发的其实是未来人类究竟向何处去的问题。在《错觉》中人工智能与无处不在的监控系统联手，形成一个对人类严密监控的可怕系统，而且人类与人工智能显然没有处在同一个量级上，人工智能的算力远远高出人类，面对这种状况人类究竟应该怎样应对?《生如所愿》则描述了人类意识进入虚拟空间的种种情形，堪比科幻美剧《上载》的别样场景，完成了另外一个世界的构造。即便是《烛炬》，看似在感喟传送带上打工人的辛苦劳作，但其技术基础还是人机间的一种交互。

宇航科幻是目前科幻作家关注的另一个亮点，这同样也与近年来的宇航事业大发展有关。

这其中有技术性十足的“准写实”科幻，也有极具浪漫色彩的畅想式科幻。前者如《437火锅诞生记》，这篇作品近乎琐碎地探讨了航天事业中的各种问题，但它们很可能都是我们在不远的未来会遇到的问题；《命悬一线》更是“真实”地“还原”与“再现”了一些科技场景与过程。总之上述两篇作品都属于“准写实”科幻，虽说这种写实是假象式的写实，但作者还是让我们从并未发生的故事中看到了种种现实的可能。这种故事所展现的，是在某种未来科技的背景下，人们所演绎出的惊心动魄与爱恨情仇，只不过这些情感都是以一种相对冷静的方式展现出来的。后者如《飞跃松花江》，这篇作品没有纠结于技术细节，而是放眼远眺浩宇星辰，以一种双线叙述的方式让故事在贫瘠现实与浩瀚虚空之间交织，谱写出一曲探索者的悲壮赞歌。

无论是如今虚拟现实的备受瞩目，还是公众对宇航远行的情有独钟，其实都再次证明一个观点：科幻文学与科技发展，始终都是捆绑式进行的。科技发展高速前行，科幻文学就会兴旺发达；科技发展相对平缓，科幻文学也会乏善可陈。

那些不拘泥于具体科学技术的社会性科幻作品，往往试图通过故事进行某种哲理性的思考。《菌歌》反映出现代都市与乡村山野的文化冲突，前者在一种远观式审美后试图改造后者，后者在一种渴望式羡慕后又想坚守自己，作品通过假想的神秘信息为古老传说赋予了生命意象，最终构成一幅崭新的画面。《动物园的真相》则通过孩子以及家长对动物园极度陌生的渴望，揭示出一段并不存在的集体记忆。而《巨人的城市》则完全虚构了一种独特的社会结构：城市在“巨人”的庇护下安享和平，然而“巨人”身上部件的衍生物却让人深感困惑与怀疑。

科幻文学还有一点特别之处，那就是必然会涉及对终极问题的讨论，关乎宇宙，关乎生命，关乎文明。《尚可思想的宇宙在此留白》通过看似不相关的四段故事，串联起一个完整的叙述，涉及音乐、生命、文明甚至一切，构成了对某些概念的理性解读。《大考》同样探讨了类似的时间广度中生命与文明发展的一种可能：当智慧处于不同的发展阶段时，它们的表现形式也各不相同，当面对更高阶文明的“考核”时，应考者能否坚持自己的自由意志？《第二种猴子》所触及的问题更为具体一些，“进化”的概念一旦进入社会学范畴，确实会引发诸多麻烦与禁忌。人类是文明建构中相当重要的一环，但也许只是其中一环而已——想清楚这一点，很多问题也就不那么揪心了。

总而言之，我们欣喜地看到，科幻作家不仅仅能够天马行空，同样也能够脚踏实地。他们用自己的科幻作品证明，科幻文学并不单纯地意味着遥远的星空与未来，同样也可以以折射的形式反映出更加真实的现实。

今年年选选稿的时间范围还是沿用往年的惯例，自 2021 年 10 月至 2022 年 9 月。

最后还要说明的是，与往年相似，除了入选作品，2022 年度还有很多非常优秀的科幻小说问世。遗憾的是因为种种原因它们未能入选。我们只能借此部分佳作，向各位读者展示出 2022 年中国科幻文学的一个大致面貌，还望作者与读者海涵。

2022 年 10 月

无论怎样粉饰，都不可能无视或回避现代都市与乡村山野的文化冲突。前者在一种远观式审美后试图改造后者，后者在一种渴望式羡慕后又想坚守自己。《菌歌》所反映的就是这种白描式的现实。

但是，作者又为作品注入了某种神秘信息，将古老传说赋予了生命意象，最终构成一幅崭新的画面。

菌　歌

陈楸帆

1

按篁村人的说法，喊天节祭礼之后，夏雨便会如期而至。可今年随着雨水一起来的，还有一场不大不小的冰雹和两位神秘的客人，在平静的村子里砸起细小涟漪。老人们说，这几年天气越来越奇怪了，歌师再怎么跟天神喊话也没用，再这么下去怕是连稻子也种不了，鱼和鸭也养不活了。也有人疑心是歌师们的法力不如前人，那些黏在眼皮底下的发光屏幕把人的灵气都吸干了，想当歌师先得把那机器砸了，心瘾戒了。

这些都挡不住阿美想要成为一名歌师的心愿，她做梦都想。可不速之客打乱了她的计划。

阿美还记得自己第一次见到苏素时的情形。

那是在欢迎贵客的酒席上，各家贡献的拿手菜摆满了长木桌：辣椒腌鱼、酸萝卜炖鸭汤、风干排骨、青苔菜……当然必不可少的还有各种菌子，现在正是野生菌子最肥美的季节。

酒过三巡之后，村民们照例用篁村方言唱起了歌谣。每个人嗓子里飘出的都是不同的音色音律，却在空气中莫名和谐地共振，像是五彩丝线交织成一匹斑斓花布。作为席间年纪最小、资历最浅的歌者，阿美最后加入合唱，她的声音清脆高亢，如云雀自由地盘旋在天地间，把歌曲引向高潮。

一曲唱毕，村民们像山林里的猿猴般发出长啸，端起酒杯，邀请客人一起唱祝酒歌。按照长幼次序，他们先来到了微胖的中年男子面前，那是苏素的直管上司李想。李想十分配合，甚至表演得过分卖力，脖子青筋暴起，也不管调子跑到哪座山头上。伴着节拍加速的劝酒调，他啜光了杯里乳白黏稠的家酿米酒，用袖子揩了揩嘴角，假装毫不在乎防水防污的高档冲锋衣，堆出满脸假笑。

众人又来到苏素面前。

阿美举着杯子，好奇地打量这个年纪与自己相仿的女孩。她来自遥远的海湾城市，皮肤白皙，面无表情，一头短发干练地别在耳后，面前的食物几乎没有动过，杯子也是满的。

“我不喝酒，我也不会唱歌。”

苏素甚至没有起身，她的眼镜瞬间起雾变白，遮住双眼。但阿美还是从她镜框边缘瞥见一丝蓝光，像是夜里溪流边的萤火闪烁不定。

“苏素！”

李想啧了一声。女孩没有搭理他。

“她刚毕业，不懂事。这杯我来替她喝。”李想尴尬地笑笑，将杯中新加满的米酒一饮而尽，脸涨得通红，连精心保养的额头也闪着粉光。他展示空空的杯底，学着村民的样子大喊一声：“噢——啰！”

所有人都兴高采烈地欢呼起来，除了在一旁默不作声的苏素，像是木头雕刻的摆设。

老人用手肘碰了碰阿美，努努嘴，示意她照顾好客人。毕竟劝酒也是歌师的重要能力之一，眼色、说辞、节奏、分寸都需要技巧和练习。

阿美觉得有几分委屈，又过意不去，于是坐到苏素身边，用手轻轻搭上女孩的肩膀。不料苏素身体猛地一震，抖落她的手，眼镜雾气散去，露出惊诧又警惕的眼神。

“你想干什么？”她带着几分怒气问道。

“免惊……”阿美缩回手，就像摸到了火，“……看你吃得少，也不呷酒唱歌，比黑水牛还憋气……”

这都是什么怪比喻。苏素翻了一下白眼，瞥见正和村民唱得起劲的李想，想起他进入篁村前的交代。她抿抿嘴唇，挤出勉强的笑容。

“我好得很。就是活儿没干完，哪有心思喝酒唱歌？”

阿美皱皱眉，不确定自己理解城里女孩的意思，但既然人家千里迢迢来到篁村，自然应该以礼相待。

“我外来话说不太好，来了就是客，有事找我，一定帮你！”阿美大声地说，露齿微笑。

“真的吗？”苏素的眼睛一下子亮起来，随即又流露疑心，“你可别骗我。我是苏素，你叫什么？”

2

// 创建新日志

时间：2032-09-18，21：41：05；

坐标：108° 54′36″ E，25°57′35″ N；

创建人：苏素

// 复制粘贴

2030年国家实现碳达峰目标，大气中的二氧化碳到达峰值，排放不再增长，之后将用三十年的时间，通过行政与技术手段实现另一个更加雄心勃勃的目标——整个国家的碳中和。但天气作为一个超复杂系统具有滞后效应，碳达峰前后的气候异常现象加剧，夏季变得更加漫长，4500万人面临致命热浪的威胁；极端降水概率升高，江河泛滥，洪涝成灾，影响人口过亿；干旱时间拉长，部分区域面临农作物减产的风险。

// 复制粘贴

超皮层（hypercortex）正是为了应对这种种挑战而诞生的新一代网络。它能够在物理世界与数据空间之间建立高精度的映射关系，通过人工智能动态调节不同区域的资源调配、能量消耗、污染排放、人口流动、植被种植计划……从而尽可能对冲气候变化所带来的损失。

// 键入

……960万平方千米的国土都将被这张巨大而无形的网分割、覆盖、嵌入，但倘若哪个片区存在着未接入的盲点，便意味着这张网上有漏洞，网络效应便无法得到最优化。这就是AI管治时代的逻辑，也是我们来到篁村的原因。

……

// 提交以上内容

// 键入

真是烦透了这些狗屁工作日志，李想还花了半天培训我们用什么话术才能从AI那里拿到高分——诀窍就是像机器一样说话，突出关键信息、语法尽量简单、避免使用文学性修辞吧啦吧啦吧啦……打份工，不光跟人斗，还要跟机器卷，有完没完。还有，我是来采集数据的，凭什么让我喝酒唱歌，不奢求也不需要强调女性身份，好歹把我当成个人，又不是即插即用的万能插座，尊重一下别人的意愿好不好。最受不了李想身上那股味儿，不是烟不是酒也不是油腻，说得好听点叫社会，不好听就是假惺惺，嘴上一套心里一套，从来看不出真实的想法，就是喜欢让下属琢磨。我才懒得费那脑子。赶紧把篁村接入超皮层，我要申请换组，他答应过的！不知道自己一天天的都在干吗，那些报告快把我榨干成没有感情没有生活的僵尸啦。我才不要变成那样的人，那些评上优秀员工的数据狂徒，身上都是一样的味道，一股劣质烧腊味，快餐连锁店吊在橱窗里的那种。

说这么多又有什么用呢，也不能给别人看。话说回来，那个叫阿美的女孩还有点意思，脑子不太好使的样子，也许她真能帮到我……今天又被厕所那只大蜘蛛吓死了！！！这里的门、家具、墙角、空气……哪哪哪都飘着一些奇怪的丝线，半透明，带点黑褐色，黏黏的，恶心死了，一定是那些蜘蛛！这鬼地方真是一天都不想多待了！

//加密以上内容

3

半个月前，李想告诉苏素，这座深藏在西南边陲山间的村落，是部门负责的片区里唯一没有接入超皮层的盲点。只要这个盲点不消失，整个网格就不算完成任务，这将关系到部门的排名、所有人的奖金和升迁，甚至整个公司的未来。

篁村不通公路，只能靠山地越野车把人拉到最近的入口，再步行进山。

“他们为什么不搬到山下？”苏素记得自己当时气喘吁吁地抱怨。山路蜿蜒崎岖，看不到尽头。

“他们不相信外来人，尤其是，外来男人。一些历史遗留问题。”李想比她喘得还厉害，“这也是为什么你会在这里……”

“你是说……母系氏族？”

“类似吧，非常前现代的社会结构……所以，只有靠你了。”

“我可没觉得自己有那么重要。”

“我告诉你会发生什么。篁村人会把我们照顾得很好，好吃好喝，笑脸相迎。可一旦我们前脚踏出这山沟沟，后脚超皮层就会出各种状况。你不是一直想换组吗，只要搞定这次项目，我答应放你。”

“可……我能干吗？”苏素的眼睛大概只亮了一秒，又马上撇撇嘴，让自己看上去没有那么兴奋。

“上次公司派的都是技术宅男，我跟公司打保票，这活儿需要一个人，既懂技术又能社交，最重要的是——性别女。组里非你莫属。你只需要……少点臭脸多点微笑，去交些朋友，搞清楚他们真实的诉求。钱？身份？孩子的学位？还是什么别的？公司总有办法能够解决。”

“那你呢？”

“我是你的大后方，保障你的物资，以及……安全。”李想努力挤出招牌式的假笑，汗津津的脸却比哭还难看。

狗屎。

苏素心里咒骂着，把注意力收回脚下，腐殖土越发黏稠起来。在迎宾酒席上相识后，她便让阿美带着自己去找信号发射器，只有找到了发射器，才能激活之前播撒在这一片区的聪明尘——体积不过蜗牛壳大小的智能传感器。

苏素来自遥远的大湾区，从卧室窗户便能望见闪光的大海，辽阔得没有边界。可到这里一个星期了，目力所及之处除了山还是山。早上如果起了雾，山顶会有奶油般浓稠的雾气缓缓流淌而下。那种从容不迫的逼近，让她更觉得心里堵得慌，仿佛思绪也随之凝滞。

“等等！”她叫住前面健步如飞的阿美，“我们好像走错了……”

根据工作日志，公司上一批到访者把发射器安装在了一座木塔的顶部，这是经拓扑计算能够覆盖整个村落的最优节点。那座木塔显然在她们身后越来越远。

“跟紧！你比鸭子脚还慢！”阿美又加快了脚步。

她们钻进了一片茂密的丛林。阳光穿过树冠缝隙被切割成菱形碎片，洒在苏素脸上。这片丛林看似危机四伏，头顶叶片会突然砸下沉重的露珠，不知名的鸟兽啼叫从四面八方响起，像是在警告外人不要擅闯领地；地面弥漫着湿冷的雾气，掩盖滑腻的苔藓，随时会让城市女孩摔上一跤。

“我们究竟要去哪……”苏素额头沁着细汗，气息紊乱。

阿美并不作答，猫腰消失在由树根纠缠而成的通道入口。

“等等我！”

苏素发现这条树根隧道只能手脚并用地爬行，它带着向下倾斜的坡度，通往未知的方向。她纤细的手指陷入地面厚厚的腐烂落叶，有种奇异的绵软质感。穿行的蚁队和垂坠的蜘蛛让她不时发出尖叫。身下的落叶逐渐变成了红棕色的海绵状碎屑，带着一股浓郁刺鼻的味道。阿美不见踪迹，把她一个人流放在这座迷宫中。苏素闪过不安的念头，也许那个篁村女孩的天真热情只是一种假象。也许她是个疯子，要找一个人迹罕至的山崖让自己消失，尸骨无存。否则她为什么要如此主动地为外来人提供帮助呢？

苏素用力甩甩头，想把不断膨胀的恐惧甩掉。

一阵轻微的窸窣声在她头顶游走，苏素抬头，那是一条婴孩手臂大小的蜈蚣，赤红油亮，正在舞动数不清的节肢和触须。她来不及尖叫，脸色煞白地向前快速逃离，却不想脚下踏空，整个人朝着山崖的方向滚落。

苏素绝望地伸手，希望能捞到救命稻草。她抓住了什么东西，一些滑腻的丝线，纠缠成团，带着辛辣的气味。是树根吗？她顾不上想那么多，只能拼命地将丝线缠在自己的手臂上，减缓坠落的速度。那些丝线像是知晓了她的用意，有力地托住她的身体。终于在即将滚出山崖的瞬间，苏素停了下来，悬在离地一尺高的半空，活像被蛛网囚禁的飞虫。她迸发出一阵神经质的大笑，像是极度惊恐之后的释放。

阿美不知什么时候已经站在旁边，面带笑意地看着这一幕。

“你笑了，还以为你只会苦瓜脸。”

“你是疯了吗……快放我下来……”苏素精疲力尽地哀求。

“看来，”阿美动手把苏素从那张网里解救出来，“她欢喜你。”

“什么？谁？”苏素厌恶地把缠在身上的黏稠丝线甩掉。

阿美并没有回答，指了指不远处。那是立在山石缝隙上的金属装置，像闪着银光的巨型开瓶器。

4

//创建新日志

时间：2032-09-19，23：07：45；

坐标：108°54′33″E，25°57′29″N；

创建人：苏素

//键入

……成功找回信号发射器之后，检测其硬件状况并更新了软件版本，重新启动并定位区域内的3159枚聪明尘，预计数据的收集、标注及分析将持续未来48小时。由于之前几次派遣任务的工作日志不完整，我们依然没能确定信号发射器停止正常运行的原因，需要更多时间与村民建立信任，进行深度访谈。否则，同样的事情将再度发生。

与此同时，我们对于篁村的历史传承、信仰系统、治理方式以及心理模式极度缺乏了解，导致了工作进展的低效缓慢，似乎过往失败的教训并没有能够得到有效的分析，累积成可随时调用的知识库。比方说，真菌在篁村生态系统中似乎扮演着核心角色，可我们对此一无所知。

……

//提交以上内容

//键入

要我说他们根本就不关心篁村人怎么想，不仅李想不关心，之前那几拨来过的员工、公司管理层都不关心。篁村在他们眼中太原始，太落后，只是巨大光亮的商业蓝图上一个故障的坏点，曲线上偏离正态分布的异常值，微不足道，随时可以用统计学技巧抹平。就好像他们对待每一个员工一样。

还记得那一次我在办公区域闻到一股奇怪的气味，像是隔夜红酒加上发馊的肉，我实在忍不了，向行政部门反映，得到的回答却是，苏素，你的鼻子比一般人敏感，同事换款香水你都要打好几天喷嚏，我们总不能为了满足你的特殊需求，去要求所有人统一身上的味道吧。最后不知道是因为那味道，还是产生味道的化学物质，我过敏得很严重，全身起一片片的红疹子，密密麻麻的，疼，还痒，请假在家里办公了一个礼拜，直到那股味道完全散掉。

山里的味道远比城市要丰富，却更干净，也许因为是来自自然界，不含人造的合成香精，我没有过敏，或生理性不适，只是心里有点说不清楚的忐忑。阿美说，每一种味道都带着信息，都有话要说，要学会分辨其中细微的情绪，也许是诱惑，或者祈求，总之不仅要用鼻子去闻，也要感受自己身心最真实的反应。我想我的忐忑来自那山，那树，花草虫鱼，它们有那么多的话要说，而我还没做好准备，把自己完全打开。

阿美说，别着急，只管深呼吸，好多话不一定非得用嘴说出来。我说那好，我也感受一下你要说的话。穿过树根隧道后，来到发射器被遗弃之地，我们俩在薄雾涌起的山间，面对面站着，静静听着对方的呼吸声……我想我听到了些什么，又不敢确定。

//加密以上内容

5

历史上，篁村人和外来人每一次打交道的结果，都是村子迁往更偏远的深山。

篁村人的脾气像野草一样倔强，阿美总是听老一辈人这么说。其他山村的人们，要么经不起钱财的诱惑，要么受不了长年累月的骚扰，都搬到平地，过上了“现代”的生活。

阿美去过几个重新安置山民的村镇，跟在视频里看到的城市生活已经没有两样。山民们喝上了自来水，用起了电器，接入了网络。他们不再穿自己手工织染的棉布衣，而是从网上购买新潮的化纤服装。父母给孩子们取了新的名字，方便外来人发音和记忆。慢慢地，人们忘记了原来的语言和歌谣，甚至不再祭拜自己的祖先和山神，切断了和自然生灵的联系。许多人会患上怪病，失眠、头痛、过敏、全身无力、心神不宁。外来的医生找不到原因，也开不出药方，只能让病人改变饮食和生活习惯。

老人们说，那些人的魂魄被召回到大山里，如今只剩下一具躯壳行走在世上，和机器没有两样。

所以对于外来人，篁村人格外警惕，既不能流露出明显的对抗情绪，也不能让他们轻易得逞。一句话，以礼相待，敬而远之。尽管如此，越来越多的年轻人外出打工，村里人丁日渐稀疏，更不要说坚守旧习俗了。

李想靠小恩小惠收买人心的策略碰了壁，脾气变得越加古怪，只能把压力转嫁到苏素身上。他看得出来，阿美信任苏素，这种信任并非带有表演性质，而是出于某种在工作日志中无迹可寻的神秘原因。他会用半是恳求半是威胁的口吻，让苏素刻意制造与阿美相处的机会，“交个朋友”。

这天，却是阿美主动来找苏素，脸上挂着难得一见的愁容。

“是歌师的事情吧。”苏素一针见血。

“你怎知？”

“你脑子里除了这个还有什么呀！要我说，那个什么破歌师，请我都不当！”苏素一想到要在众人面前开口唱歌，不由得打了个哆嗦，就像身上沾着什么毛虫。

“嘘！你可莫乱讲话！”阿美赶紧制止苏素的不敬。

和其他外来人相比，眼前这个女孩像个未经世事的幼童，总在各种场合毫不掩饰地袒露想法和情绪，惹得老板暴跳不已。这种格格不入的气质却让阿美感受到了某种真实，像清澈见底的溪流，山间吹过的风。

“到底怎么了？你不是一直信心满满吗？”苏素让阿美在溪流旁的石墩上坐下，一队鸭子摇摇摆摆地从她们身边经过，扑通扑通跳入水中。

阿美抬头看着她，眼里闪烁着委屈与不解。她告诉过苏素，自己出生时，村里的老一辈就说，这个女娃儿嗓门震天响，眸子含水有灵光，生来就是要成为歌师的。这种期待贯穿了阿美整个童年，甚至制造出某种真假难辨的幻觉。自打婴儿期，她便经常能看到边缘模糊的高大人影站在摇篮边，重复哼唱着同一首歌谣。长大后，父母才告诉她，那是专属于歌师的歌谣，能够讲述故事、传递智慧、联系祖先。她会追问什么时候自己才能成为一个真正的歌师，服务全村人。父母总是说“到时候你就知道了”。

挫折来自 SmartStream 上的 K 歌平台。苏素接过阿美递过来的柔屏手机，像一片发光的猴樟树叶，她明白了几分。

平台根据阿美的搜索记录推荐了许多歌师账号，大部分是各地旅游景区的宣传，也有少量真实用户上传作品。阿美看到她们有那么多的粉丝、点赞、礼物和留言，不由得动了心，也唱了几首上传，可 AI 评委打出来的分数比其他歌师都差那么点意思，倒是突然拥进来几百号粉丝，评论都像是复制粘贴出来的：

“天籁之音，再来一首！”“小姐姐唱得真好听，是专业的吧！”“如果用上黄金会员的调音功能会更赞哦！”……

“我是不是真的唱得没其他歌师好，要么，就是这台机器不欢喜我……”阿美眼底水汪汪的，揪住苏素的手不放。

苏素忍不住笑出声来：“平台就想让你这么觉得，好不断花钱买会员呀！”

阿美继承了篁村人朴素的泛灵主义传统，只是把人格化的情感投射从自然界扩散到了人工造物。她会觉得信号不好是网络生病了，无人机失灵不受控制是在闹脾气，总之一套套的奇思怪想经常让苏素哭笑不得。

苏素花了好久才让阿美相信，那些粉丝并不是有血有肉的真人，而是算法生成的 AI 水军，打出来的分数跟唱歌水平也并不完全相关，很容易就能被操纵。为了佐证自己的理论，苏素找出自己妈妈的账号，一个卷发中年妇女沉浸在自己并不动人的歌声里。阿美皱起了眉头。

“这绝对是亲妈，连五音不全我都是遗传的她，可就因为充了 VIP 会员，你看这分数，这评论……”

阿美滑动屏幕，脸上露出难以置信的表情，AI 评委打出来的分数都快顶天了，评论区也是清一色的溢美之词。

“这下你总该有信心了吧，我连妈都出卖了！”

“谢谢你。”阿美破涕为笑，“这破算法肯定是恶鬼发明的吧！”

“也许……只是想赚钱想疯了。”苏素不自在地转换话题，“话说，这个歌师是有什么专业资格考试吗，还是发个证书就算是了？”

“都不是。老人们都说，在做一名歌师之前，无人知道应该怎么做一名歌师。”

苏素歪着头琢磨这绕口令里的意思，感觉跟李想的职场 PUA 话术有一拼。但她并没有说出口。

“你帮了我，我也会帮你的。”阿美点点头，若有所思。

“你不是已经帮我找到发射器了吗？”

“那不算，你们早晚也会找到的。”

“我当时还奇怪，为什么你愿意主动带我去，不怕村里其他人说你？”

“我想看看……”

“看看？看我会不会摔死吗？”苏素没好气地回她。

阿美一脸严肃，似乎真的考虑过这种可能性。

“喂！你该不会是……真的疯吧？”这回轮到苏素后怕了。

“你又不会真的死，幸好……你通过了考验。”阿美笑了起来。

“可我什么都没做呀。话说，你们又为什么要把发射器丢到山谷里呢？”

“因为……她肚脾了，我是说，生气。”

“她！又是她？她到底是谁？”苏素听起来真的有点生气了。

阿美看着这个来自远方的女孩，突然心头一动，像是听见了山林中传来缥缈的歌声。

“到时候你就知道了。”

6

// 创建新日志

时间：2032-09-21，22：46：05；

坐标：108°53′17″E，25°58′31″N；

创建人：苏素

// 键入

……山顶积雪融化成溪，沿着山坡流下，篁村人在流经之处开辟梯田、建立村落，通过一系列设计精巧的水渠和存储装置，让溪水均匀地流到每户人家。篁村人在水分充足的稻田中放养鱼苗，待其长大，再放入雏鸭散养。鱼和鸭在稻田中共存，既能除掉害虫、控制杂草蔓延，又能将鱼鸭粪便转化为有机肥，同时还能对稻田进行中耕松土，最后实现稻、鱼、鸭的共同丰收……

//删除

//键入

……篁村人用不同种类的真菌酿造米酒，对抗稻田的病虫害，提高水牛的消化能力，固定山地土壤和植物根系，制造食物（没错，蘑菇就是真菌的果体）和药物……更不可思议的是，他们让木板经过真菌腐蚀形成多孔的弹性结构，做成能够由压电效应产生电力的地板，只要人们在上面行走、运动、跳舞，便能点亮头顶的节能灯……

//删除

//键入

别白费功夫了吧！公司根本不想知道篁村人有多聪明，他们对真菌的运用多么接近“万物可计算”的理念，只是远比物理神经网络更为精巧自然，无须植入许多个处理层，也不用将声音、光或者电压编码成数据，再通过调整参数来训练每一个硬件。真菌有它们自己的办法，去传递信息、适应环境、执行任务、计算结果……我们的科学家还没搞清楚它们究竟是怎么做到的，就像大脑或者 AI，都是封装精美密不透光的黑匣子。而篁村人知道，阿美知道。

李想低估了阿美，我也是。一直都是她在试探我，而不是我在试探她。或许阿美提起过好多次的“她”指的是村里更年长的歌师？她们藏在阿美背后，就像李想藏在我背后。她们想从我这里得到什么呢？公司的计划？逼迫我们尽快离开篁村？李想一天比一天焦虑，公司的耐心不多了。

阿美信任我，愿意坦诚相待。我却很害怕，害怕自己辜负了她的信任，害怕我做的一切只是自我感动。可我又能做些什么呢？我只是这个庞大丑陋的系统里一行无关紧要的垃圾代码，就算没了我，随时会有新人来顶替我的位置。李想也一样，他心知肚明，公司早就准备好了 B 计划。

失败从来就不是一个可选项。这是进公司第一天人力资源就给我们反复洗脑的“企业文化”。

有时候我真的很羡慕天真的篁村人，他们对于世界的残酷一无所知。

// 加密以上内容

7

公司传来最后通牒，留给苏素和李想的时间不多了。

之前公司三次派队来篁村，结果都是不同程度的失败：第一次根本没能进到村子里；第二次进去了，村民好菜好酒招待，但拒绝接受接入方案；第三次拿着红头文件倒是把设备都布置好了，但队伍前脚刚走一个月，后脚就是各种幺蛾子——传感器采集不上数据，云服务器掉线，盲点还是盲点，网格还是显示未完成的红色。

如果这次外交行动再失败，公司只能采取一些“特殊技巧”。

苏素问领导这是什么意思，李想默不作声，把没抽完的烟头丢在地上，用鞋底狠狠地碾成碎末。

“可……他们不会用暴力吧？”苏素脸上露出惊恐，“这可是 21 世纪。”

“他们不需要。这个时代最大的暴力就是断开你和超皮层的连接，就像切除一个肿瘤。篁村将从数字未来的版图里消失。永远卡在现在、这一刻。我很遗憾，但我们尽力了。”

苏素惊讶于李想话里暗藏的情绪，尽管表面上他依然波澜不惊。

“怎么？你觉得我只想着升职加薪？像个脑子被洗得很彻底的绩效机器，毫无感情也不关心任何人的死活？”李想察觉到苏素微妙的变化，举起手，指向不远处，“看那里——”

苏素不知道李想想让自己看什么，那只是一片寻常的篁村乡居。

“……老刘家马上要生小孩，他的祖先托梦给孩子取一个吉祥的名字。他的邻居金二娘丢了一只鸭子，不是普通鸭子，是带队的鸭子，她用牛角和石头占卜，在一个施工没上盖的井坑里找到了。所有人都觉得小吴的黑水牛来年能赢头彩，因为七星瓢虫不止一次停在它的左耳上。这些事情科学吗？合理吗？你告诉我。可是篁村让我觉得有意思，也许生活不能光用数字来衡量，还有一些别的东西，一些不能被量化的东西。我不知道。”

现在苏素明白了，李想的焦躁并没有自己之前想象的那么简单，心头竟然生起一丝同情。

“去吧。”李想突然没头没脑地说。

“去哪？”

“去和你的小姐妹说再见吧，公司的车后天到山脚下接我们，在那场可笑的祭礼之后。”

“……”

苏素骂了一句脏话，开始小跑起来。也许还有机会。她眼前闪现阿美充满疑惑的脸。也许我还能做点什么。

阿美问过苏素许多次，为什么篁村一定得接入所谓的“超皮层”。

苏素像轱辘打转的水车抛出一串答案，也不管阿美听不听得懂。她说到了“云”和“土”，可听起来并不是阿美所理解的云和土。她还说这个世界分成许多层，层与层之间有交叠，也有横向和纵向的联系，超皮层就是能够打通所有层面的接口。

“这我知道！”阿美兴奋地抢过话，“就像我吃过的火锅，有锅底，有不同的食材，有汤，汤上漂着一层油，油上还浮着花椒和辣椒。用勺子一捞，就什么都有了。”

苏素张着嘴巴想了半天，摘下自己的眼镜给阿美戴上。

“我又不近视，给我戴这个做甚……哇哦！”

阿美吓坏了，瞪大眼睛，赶紧摘下眼镜，就像上面长着尖刺。苏素微笑着，鼓励她，她才惊魂未定地戴回眼前。

镜片蒙上一层白雾，阿美眼前出现了一个完全不同的世界，山不再是山，河不再是河，篁村也不再是那个篁村。她能看到地底下巨龙般蜿蜒的光纤电缆，也能看到云霄之上缓慢旋转的通信卫星，而在这中间，是层层叠叠半透明的网，披覆在山体、树木与房屋之上。每一层网都有着不同的纹理，编织网络的丝线闪烁着七彩炫目的光，朝着不同的方向，或缓或急地奔涌着。

阿美发现自己的手掌也闪着金光，边缘变得模糊。不要！她的呼吸变得急促起来。

“别担心，这只是动画效果，模拟物质、能源与信息交互的方式。”

阿美忍不住再次摘掉眼镜，揉着酸胀的双眼：“所以……这就是未来篁村会变成的样子？就算天气再怎么奇怪，我们也不会种不出庄稼，养不了鱼？”

“你想象不出来的。”苏素摇摇头，回了一句阿美常用的话，“到时候你就知道了。”

也许她永远都不会有机会知道了。

阿美正在池塘边刷洗刚摘下枝头的新鲜刺梨，黄澄澄的，金块般扎眼。看到苏素时，她喜出望外，站起身来，手里的刺梨还没来得及放下。但随即，她读出空气中不同寻常的紧迫感。

“怎么了？”

“你们……我们必须尽快做出决定，接……接入超皮层。”苏素喘着气。

“为什么？”

“为什么！现在还在问为什么！”苏素烦躁地一甩手，把脸扭开，那里有一整片绿色的山野，“公司的耐心用完了，篁村会被剥夺接入超皮层的机会，我是说，永远！”

“我不觉得那是一件多坏的事情……”阿美端详着手里的刺梨，那些细密坚硬的短刺，在她掌心扎出浅浅的坑洞，带来轻微的痛感。

“你又来了！”

“素，我记得问过你很多次，为什么篁村非得接入超皮层。你给过我很多解释，也让我亲眼见识了，但那些理由都不能说服我……”

阿美的外来话水平比两人刚认识时进步巨大，也许她只是一直在表演？苏素沉默了，胸口像困着一只飞蛾，横冲直撞。

“……你们就这么走进我们的村子，告诉每一个篁村人，‘你们的生活是错误的’。我不明白，真的，我们在山里生活了几百上千年，也许更久，没有任何其他人能够做到，这样的生活怎么可能是错的？可是你们说了，说出口的话是有魔力的，就像你们所许诺的未来。可是，你们的技术不是为篁村人而发明的，你们的算法甚至不能辨认我们的语言。我们怎么能够理解甚至相信那样的一个未来会更好呢？更可怕的是，我们没有拒绝的权利，甚至没有更深的山可以逃。素，你真的明白吗？”

“我不明白，阿美，你说过会帮我的。去问问你们的歌师，她们说了才算数，不是吗？去问问她们想要什么，公司都能满足……钱？身份？孩子的学位？任何东西……”苏素惊讶地听见，那些她曾经鄙夷的词语从自己嘴里蹦出。她想要停下来，可已经太迟了。

“你的意思是……”阿美的眼神一沉，像是云遮住了湖面，“收买歌师？假借神灵的名义？”

“我不是，我只是想……”苏素不敢直视那双眼睛，声音变得虚弱。

“外来人从来都不信神，不是吗？”阿美冷冷一笑，“我一直以为，你会跟他们不一样。可顽石不会唱歌。我错了。”

阿美把手里的刺梨重重砸进池塘，转身离去。

苏素失神地盯着那颗在水面起伏不定的刺梨，将池水掀起一圈圈涟漪，终于还是没把话说完。

8

// 创建新日志

时间：2032-09-25，21：34：56；

坐标：108°54′36″E，25°57′35″N；

创建人：苏素

// 键入

……篁村的立体生态系统，操控真菌就像习惯地心引力般自然。篁村人自古在山地间迁徙，没有成体系的书面文字，所有这些复杂的知识，近乎艺术般的技巧，都是从哪来的？

我们终于搞清楚了。答案是歌师。

篁村有六位歌师，都是女性（数目似乎根据年份有所不同）。她们并非只是普通的歌手，更重要的是，她们通过歌谣的方式传承古老的智慧。村中所有大事，节日、祭祀、生育、婚嫁、疾病、丧事、动迁……都需要歌师到现场进行仪式性的表演，以及给出功能性的指导意见。据说，有时候歌师还可以预测天气和未来，比如今年一场突如其来的冰雹，便是多亏了去年歌师的预测，村里人提前防范，加固房屋，将人身伤害及财产损失降到最低。在篁村人眼中，歌师的能力来自神灵，山川湖泊都有神，鸟兽虫鱼都有神，一石一木都有神。

我们不得不接受这样的现实，无论如何尽力游说村民，告诉他们接入超皮层后的种种好处：给村子带来无尽的能源、实时的信息、更环保高效的耕作方式、更好应对气候变化的技术，让人均GDP达到全国平均水平，甚至可以让孩子接受和城里一样的线上教育……可对于篁村人来说，这绝对是一件必须通过歌师询问神灵的大事件。

……

//提交以上内容

//键入

这该死的报告怎么写？写我们必须进行一场祭祀？去问一个无法被数据分析并操控的神灵？还说这些废话干什么！又能改变什么？后天我们就要滚蛋了，篁村会从地图上消失，成为又一个被抛弃的数据盲点。这不正是阿美想要的吗？躲进深山老林里，唱着没人听得懂的歌，任凭他们的文化被切断和世界的联结，慢慢腐烂，被遗忘，成为历史的尘埃……

这不对！事情不应该是这样的！我要去找她！

//关闭日志

9

哪里都找不到阿美，苏素感觉自己快要崩溃了。

她去了阿美家，问过所有相熟的篁村人，走遍他们常待的地方，都看不见那个小小的身影。

入夜的篁村静得瘆人，偶有辨不清鸟兽的呢喃在风中彼此唱和。稀疏的灯火逐盏熄灭，山和星空融为一体，如同巨大而深邃的瞳孔，要把胆敢与其对视的生灵悉数吸入其中。

苏素行走在黑暗里，屏幕只能照亮脚下小小的一片沙土，心提到了嗓子眼。但她更怕，如果不继续找，也许再也见不到阿美。她会去哪里呢？四周突然沉静下来，连虫子似乎都被消了音，苏素听到自己的呼吸声被放大了无数倍，鼓风机般嗡嗡作响，一张一翕地向宇宙深处传递着信号。

她知道该去哪里找阿美了。

爬过树根隧道，苏素看到前方有透过茎叶缝隙渗入的微光，带着玉石的莹绿，有一丝凉意。这回她吸取了教训，双手抓牢四周的根须，脚找着石壁的破口，反身向下，直到踩稳了地面，才长出一口气。

阿美就坐在山崖边上，面朝开阔幽远的山谷与夜空。她没有回头，像是对苏素的到来毫无察觉，又或是早有预料。月光与星光洒在她身上，带着一种不真实的质感，像是隔了一层波动的细纱，把轮廓衬得朦胧。

“阿美……”苏素挨着阿美默默坐下，憋了半晌，才把之前撂下的半截话说完。

“我只是……舍不得你，舍不得这里……”

阿美的脸上似乎有什么东西扑闪了一下，像是沾着细小发光鳞片的昆虫翅膀。一定是眼睫毛上的月光。苏素不敢正眼看她，只能这么告诉自己。

“我承认……一开始我确实是想赶紧完成李想布置的任务，回到有空调、热水器和便利店的城市生活，不用再忍受大蜘蛛和听不懂的方言，还有那些飘得我满头满脸的鬼玩意儿。可当我不得不离开时，我才发现，原来我喜欢这里。城里人的眼睛都是灰蒙蒙的，他们像发条被拧到头的机器，生怕比别人慢半拍。你的生命是真实的，像早上沾着露水的叶子，喜怒哀乐都那么鲜活、自然，我想像你那样，可我做不到……”

苏素的声音越来越低，近乎耳语，最后脸深埋在双肩之间，两人陷入长久沉默。

“你听见了吗？”阿美突然问。

“什么？”苏素不解地抬起头。

“嘘。”

随夜风拂卷而来的，除了植物的清香，还有似隐若现的韵律。苏素疑心是过分幽静的山谷让她产生了幻听，但当双眼习惯了低照度环境之后，她竟然发现眼前绵延不绝的山脉深处，竟然有微弱荧光配合着那声音明灭呼吸，如同天地间一场隐秘而盛大的表演。

“那是……”

“那是你们外来人无法相信的事物，却是我们祖祖辈辈的血脉，篁村先人便是跟着这歌声一路迁徙，来到这里。”

“你就从来没想过……去外面看看吗？”苏素犹豫着问出一直藏在心底的话。

阿美抿了抿嘴唇，呼吸变换了节奏。

“以前，村里有一个唱歌特别好的姐姐，叫阿英。她能和鸟儿、大树、溪流对歌，所有人都觉得她一定会成为最好的歌师。可阿英想去大城市，要成为屏幕上的明星，让所有人都喜欢她的歌声。过了几年，阿英又回来了，可她变了，人变得像块石头，歌声没了灵性。她说城里人只信能被白纸黑字记下来的东西，对于他们来说，唱歌是需要用脑子去学的，而不是用身体和心灵去感受的。慢慢地，阿英觉得自己像断了线的风筝，被困在一个黑匣子里，看不见，听不到，摸不着。她很痛苦，就回来了。老人们说，阿英只是人回来了，她的魂已经丢了。”

苏素眼睛发直，迷失在阿美的故事里。一只手放在了她的肩上，是阿美。这次苏素没有缩起身体。

“我也不想你走，可有时候，我分不清哪一部分是真的你，哪一部分只是在演。歌师说，不成为夏候鸟就没法和它对歌。只有懂得了万物的喜怒哀乐，哪怕痛苦，才能有真正的交流，才能解决问题。这跟说什么话，用什么语言和技术没有关系。”

“我好像有点明白了……”

“不，你不明白！你们觉得把篁村接进去就是解决问题，我跟你说，那会制造出更多问题！山上的所有生灵都会生气，神也不会再庇佑我们！”

“我同意。”苏素平静地说。

“哈？”这下轮到阿美惊讶了。

“我同意，当下的算法并没有把你说的这些因素考虑进去，篁村的历史、文化、知识、本地生态链上不同物种之间的微妙关系……这是一个巨大的盲区！篁村人完全可以帮助超皮层变得更好……”

“可你就要走了……”

“也许……还有机会？明晚不是有一场祭礼，歌师们会征询神灵的意见？”

“可是我怕……”

“怕什么？”

“……那些歌师都不了解超皮层，对外来人心存偏见，我怕她们给神灵传递……有偏差的信息。”

苏素笑了：“所以你相信我，相信超皮层可能给篁村带来好的改变。”

“我不知道……”阿美犹豫着，“我只是觉得，神灵需要听到不同的声音。”

“那你就去呀！”

“可我连歌师都不是……”阿美低下头。

苏素叹了口气，仰望星空，一切似乎都纠缠成死结，理不清头绪。她闭上双眼，试图捕捉那细若游丝的音符，像阿美说的那样，去感受来自远古万物的律动，其中或许蕴藏着人类所无法理解的智慧。她突然睁开眼睛，像是大梦初醒。

“就是现在！”

“什么就是现在？”阿美一头雾水。

“还记得你告诉过我的，在成为一名歌师之前，没人知道应该怎么成为一名歌师。”

“老人们都这么说……”

“现在就是时候！”

“你是说……”

“神灵需要你，篁村需要你，我也需要你，在这一刻，站出来，成为一名歌师，这就是你的使命！接受了，你就是歌师！除此之外，不需要任何人的认定！”苏素被这个想法激动着。

霎时间，阿美仿佛理解了自己的命运。夜风中的歌声变得清晰，星辰、山川、丛林、河流……它们与苏素的眼睛一起，以同样的频率闪烁着，似乎在坚定地回答着一个并不存在的问题。

“你说得对，时候到了。”阿美紧紧握住了苏素的手。

10

//创建新日志

时间：2032-09-26，18：23：12；

坐标：108°54′36″E，25°57′35″N；

创建人：苏素

//键入

……这也许是我能为篁村，为阿美，为这个项目做的最后一件事。祝我好运。

//提交以上内容

11

篁村人没有被外来人说服，最终还是决定将村寨的未来交给神灵。新晋歌师阿美征得其他歌师的同意，邀请苏素作为贵客，加入到祭礼当中。她的理由是，问题由外来人而起，理应有外来人参与与神灵的沟通。更何况，苏素已经通过了“考验”。

“你可以不去的。”李想安慰苏素，“我们已经尽力了。”

苏素心中惴惴不安。一半是害怕，对于即将发生在自己身上的事情毫无准备，她会被当作献祭给神灵的礼物吗，就像恐怖片里演的那样？另一半是因为压力，仿佛一旦自己做出任何不恰当的举动，背叛了与神灵这段脆弱的契约关系，会给阿美和村寨带来难以想象的灾难。

可她无法拒绝阿美，她就是说不出那个字。

祭祀地点就在那座原本应该放置发射器的木塔下。村民们在圆形祭坛中央燃起篝火，周围撒上一圈圈的鸭毛、鱼鳞和谷粒。七位歌师身着色彩斑斓的织锦盛装，从头到脚戴满银光闪闪的饰物，脸上用黑白黄三色颜料涂绘花纹，按照年龄围着篝火排成圆圈。相同装扮的苏素像完全变了个人，手足无措地紧跟阿美，显得更加格格不入。

“现在你明白为什么我们要把发射器搬走了吧？”阿美低声说。

“我们错得太离谱了……接下来该干什么？”苏素怯怯地问。

“你最擅长的事情。”

“什么？”

“呷酒、唱歌，”阿美嘴角带着坏笑，“也许还有跳舞。”

“还不如直接杀了我！”苏素差点失控喊出来，又赶紧压低音量。

“以前有人用刀子逼外来人在撒尿的时候唱歌，效果不错。”

“你这个疯子……”苏素咧嘴笑了，明白阿美只是想让自己放松下来。

“疯吧，再不疯你就没有机会了！”

苏素心里明白阿美说的是对的。当她接过那碗黑褐色液体时，只是皱了皱眉头，便学着阿美的样子，憋住气一口灌下去。浓烈味道呛得她咳嗽不已，米酒的微甜、植物的辛辣、矿物的苦涩，还有一丝熟悉的泥土气息，搅拌在一起，令人难忘。

“这是什么鬼东西！”她剧烈咳嗽，哑着嗓子问。

“你会欢喜的。”阿美似乎早有预料。

歌师们手牵着手，绕着火堆开始顺时针转动。阿美领头唱起了祭祀的歌谣，其他歌师一个跟着一个加入，声部音色各不相同，却又和谐地叠加在一起，像是常年训练、配合默契的专业乐团。可这一切竟然都是即兴表演。

苏素不敢张口，怕毁掉这首歌谣。有股热力从她腹部灼烧到胸口，像只要一张嘴，便会有火焰喷涌而出。

“快唱啊！”阿美着急地掐苏素的手。

“我……我不会……”

“别想那么多，张嘴！大声唱！你自然就会了！”

也许是酒精开始发挥作用，苏素真的唱了。一开始只是附和，勉强模仿着歌词，追逐着音调。慢慢地，像是有某种力量接管了她的声带和胸腔，自动乐器般弹奏出一连串的音符，竟然与整体的旋律完美吻合。苏素不敢相信这是真的，但她的确在唱歌，像身边的这些歌师一样在唱歌。

阿美的脸庞被火光映得通红。她们跳起了舞，围着篝火旋转、旋转，换个方向再旋转。歌声引导着舞步，配合默契，木塔周围的村民也自发地拍起手唱起歌来。人群中的李想面露忧虑，但他已经无力阻止事情的发生。

苏素大笑着，笑出了眼泪，在她印象中自己从未如此快乐过。她感觉自己的身体已经脱离了大脑的控制，与七位歌师融为一体，随着音乐的起伏与节奏自由舞动，没有束缚，也不存在任何规则，只有快乐，纯粹而极致的快乐。

“她欢喜你！”阿美大声喊道。

“谁？”苏素露出迷醉的笑。

“萨神！大祖母！”

“谁的大祖母？”

“所有人的！”

“你喝多了，哈哈哈……”

“你很快就会明白了。”

“等等……”

苏素眼前的火光陡然变亮了，像是有人改变了她 AR 眼镜的显示参数。但她随即意识到——自己并没有戴眼镜，而是整个世界变亮了。不只是亮度发生了变化，每个人的轮廓都在变得模糊，所有的颜色似乎要逃逸出物体的边界，获得生命般在空气中狂舞。

“阿美……你到底给我喝了什么？”

阿美的笑脸向着四面八方膨胀开去，像宇宙诞生之初的样子。歌声在所有可能的维度炸开，讲述着早已被世界遗忘的故事。

12

（原歌词为篁村方言）

从前有个恶鬼王，面生黑毛头生角。

嫉妒山上一家人，健康富足喜洋洋。

小女田边放白鸭，二女田里捞黑鱼，大女田上种稻谷。

父母阿姆常叮嘱，若见恶鬼须提防。

大声唱歌传四方，邻里乡亲来帮忙。

田边忽来一老妇，腰弓手抖头戴笠。

小女看见忙照顾，阿姆身体可还好？

老妇说，身有怪病缺味药，白鸭身上毛一根。

小女说，白鸭身上毛一根，阿姆健康值千金。

田里又来一老妇，面披黑纱脚打颤。

二女看见忙搀扶，阿姆身体可还好？

老妇说，身有怪病缺味药，黑鱼尾上鳞一片。

二女说，黑鱼尾上鳞一片，阿姆健康值千金。

田上又来一老妇，喘气粗声似铜锣。

大女看见忙捶背，阿姆身体可还好？

老妇说，身有怪病缺味药，黄金稻田谷一束。

大女说，黄金稻田谷一束，阿姆健康值千金。

一阵妖风平地起，老妇原是恶鬼扮。

鸭毛鱼鳞黄金稻，恶鬼做法现原形。

吃菌丢桩砍树木，放火撒尿污山泉。

山神震怒寻元凶，鸭毛鱼鳞黄金稻。

原是山上一家人，触犯山规铸大错。

山神派出黑菌精，鸭死鱼亡稻遭殃。

父母阿姆三姐妹，欲哭无泪心慌张。

村中歌师觉蹊跷，设坛作祭问缘由。

小女二女与大女，病中老妇三求药。

鸭毛鱼鳞黄金稻，歌师心中便知晓。

求得萨神传音讯，求得山神辨分明。

萨神说，鸭毛鱼鳞黄金稻，篁村三宝不可少。山中有神心有善，莫可毁山辱善心。

山神说，鸭毛鱼鳞黄金稻，三宝虽小道自然。若要恶鬼服帖法，家人须得听我言。

……

13

苏素听见自己口中飘出了阿美的歌声。歌声鬼魅，直接在脑中响起。我的声音呢？这个念头只是萌生了一微秒，歌声便一分为二，相互纠缠叠加的双声部，更为强大的共振频率。

频率引领着苏素升起，在木塔内部盘旋而上。她得以看清隐藏在黑暗中的榫卯结构，绘在梁与柱上的彩画，讲述着还没讲完的传说。

她继续向上，穿透了塔尖。肉身已经失去意义，苏素感觉自己变得无限大或者无限小，那也许是一回事。她成了频率本身。寂寥的夜空中竟然如此拥挤，充斥着自然与人造的振动：鸟群带动的气流、污染物与尘埃、雷电创生的负离子、水汽波、地表热量的红外辐射、村寨的灯光、人工降雨工程的碳酸钙残留、氧、氮、云层中水分子的振动、不同频段的无线电信号、宇宙深处的射线……

这些无形无相的存在在意识与环境之间穿梭往来，交换着信息与能量，以微妙的方式改变着苏素的情绪。她惊讶于自己的主观感受竟是环境的奴隶，忧郁、兴奋、低落、活跃……所有细微而隐晦的状态转变都与如此多微观而宏大的因素紧密相连，对流、辐射、传导、挥发……从地表到平流层到浩渺太空。

苏素突然意识到，所有这一切知识并未超出她原先的认知范围。她感到安心，同时有一丝失望。阿美让她喝下的酒中也许有某种扩展感官能力的成分，能够将抽象的知识概念具象化为幻觉。除此之外，并无任何神秘之处。

但她很快发觉自己大错特错。

她一直以为那些无处不在的黑褐色微粒只是寻常尘埃，直到双方的频率产生接触。那并不是死寂的灰尘，而是携带着某种生命的信息，那是真菌的孢子。通过一粒孢子，她领悟到大气中飘浮着相当于 50 万头蓝鲸重量的孢子，数以兆亿计的它们通过触发凝结核，形成雨、雪或冰雹来影响天气。

这些新鲜的信息吸引住苏素，让她想要探究更多，共振把她拖向孢子的源头。像是一场天地之间巨大的弹珠游戏，她在孢子之间跳跃着，向着大地坠落。她感受到一种失控的快感。她觉得自己一定是疯了。

云层散开，黑色大地扑面而来。她潜入泥土深处，黑暗潮湿温暖，触觉替代了视觉，却感知到更宏大的世界。有什么物体轻柔地触碰她，带来熟悉的黏稠感。那是当她差点坠下山崖时将她托住的丝线，她曾以为那是植物的根须，现在知道并不是。那是由细管状的真菌细胞分支、融合、纠缠形成的菌丝网络。

她想起了阿美的话。她欢喜你。

一种敬畏震慑住苏素。这些菌丝网络在地下绵延数十平方千米，在这颗星球上已经存在数千万年之久，也许更为古老，智人与之相比宛如婴孩。它们以简单高效的方式传递着水、养分、波浪般起伏的电脉冲，将森林、灌木与草原联结成为一个整体。它们分解岩石、制造土壤、消化污染物、滋养或杀死作物，通过奇异的新陈代谢生产食物和药物，并以此影响和操控动物与人类的思维、感受和行为。而人类竟然对这一切视而不见。

由菌丝网络传来的振动让苏素理解了为何人类如此盲目，她看见了自己，一个从表面、通道到空腔都充满了万亿微生物的人类身体，这些微生物的数量超过了人体自身的细胞，就像肠道里的细菌比整个银河系中的恒星还要多。它们保护着我们，影响着我们，也会杀死我们，就像胚芽真菌杀死水稻，如果我们没有以正确的方式与它们共生。

共生是生命的真相。自恋的人类却只能看见自己，无视亿万种未知的微小生命的存在。但它们并不会因为人类的无知而消失，如同占据已知宇宙质量百分之九十五以上的暗物质与暗能量。它们就在那里，从人类诞生之前到灭绝之后，按照自己复杂而精妙的规则运行着。

一种温暖而博大的振动环抱着苏素，仿佛要将她融解其中。她感受到深沉而温柔的爱意，人类意识将其投射为一位智慧而古老的女性。大祖母。萨神。没有她，植物不会存在，鸟儿不会飞翔，鱼儿不会游泳，自我意识也不会出现在这里。那种爱像是长出无数细小的菌丝，紧密地联结在苏素的意识之中，只要她心念一动，便能领悟到与之相连的所有生命的脉动。那是来自萨神的恩赐。

她明白了篁村人的选择，阿美是对的。

我们已经在网络之中，一张生命之网，从地底到数万米高空，亿万看似毫无联系的生物个体却共同调节着这个行星级生态系统的微妙平衡。所有的动物、草木、石头、真菌都比人类更加智慧，它们知道自己是万物的一部分，接受自己的使命，懂得何时奉献自己。这是超乎人类想象的计算能力，一种分布式的智能。而自以为高高在上的人类却只想着用原始而粗暴的机器智能来接管这一切。

一想到这里，焦虑和恐慌开始如霉菌在意识中滋长，苏素感受到了新的振动，这种振动将她调频到数层重叠的时空，每一层都代表着篁村未来的一种可能性。她看到了山川河流被机械化的景观所取代，村寨被包裹在具有感知能力的半透明穹顶中，篁村人们的身体被拓展成无数数据节点，注意力在现实与虚拟界面之间频繁切换。她还看到了……

你看到了，不是吗？

阿美的歌声由缥缈渐渐变得具体，苏素感觉自己正在降落，降落到某个唯一而坚实的现实位面。她的肉身也正从虚空中浮现出轮廓，连带着那些难以言表的复杂感受。她惊觉自己双颊都湿了，那是冰凉而滚烫的泪水。

阿美，我明白了，我都明白了……

你明白了什么？

不是我来帮你们，而是你们帮了我，帮了这个世界……

瞬间，阿美那张年轻的脸上泛起古老的笑容。

14

“所以，故事的结局是什么……”

阿美寻思了许久，才明白苏素说的是之前那首没有唱完的篁村传说。

后来，一家人在山神和萨神的指引下，设下圈套。三姐妹盛装打扮，摆好恶鬼爱吃的酒菜，唱起恶鬼爱听的歌谣。恶鬼不知是局，闻着歌声和酒香来了。三姐妹假装不知道恶鬼的真实身份，一个劲儿地劝老妇人喝酒，终于把恶鬼灌醉翻倒在地。歌师赶来作法令其现出原形，竟是一头身形硕大的黑毛水牛。原来先前黑毛水牛帮山上一户人家耕田种地，日夜劳累，不得歇息，于是心生嫉恨，被山间冤魂野鬼的怨气所利用，化为恶鬼。一家人决定以德报怨，三姐妹今后好生照料黑毛水牛，继续在山上过着健康富足喜乐的生活。

“一个好结局。”苏素说。

“人总是欢喜好结局。”阿美话带感伤，她知道是时候道别了。

“别这样，阿美，篁村人不是连下冰雹都能当成好事吗？”

“是啊，我们会唱歌，也会呷酒。”

“我有一个问题……”苏素欲言又止，“不知道该怎么说。”

“说你想说的，问你想问的，就像山间的风，河里的水。”

“这个决定，究竟是来自萨神，还是……”苏素抿抿嘴唇，感觉喉咙有点发紧，“……你？”

祭祀结束之后，阿美宣布得到了来自萨神的启示，篁村可以接入外来人的超皮层，但前提条件是，工程必须由苏素来主导。这意味着，苏素必须得到来自公司的直接授权，同时意味着，她将不得不回到篁村，生活上一段时间，也许是相当长的时间。

宣布决定时，苏素看到李想的脸上如同云朵飘过山巅般阴晴不定，但最终，他露出了释然的神情。这或许是所有可能的选项中，最好的一种。

苏素凝视着神情有几分恍惚的阿美，眼前突然闪过画面，也许那对清澈眼睛的后面，是一团纠缠的黑褐色半透明菌丝，而不是神经元。她用力摇摇头，把那黑暗的想象赶走。

在祭祀的幻觉中，她看见过许多个交叠的未来。在大部分版本中，她都看到一个被卡在缝隙中的自己，像是一颗掉落在巨大齿轮间的螺母，看似选择众多纷繁，到最后都是同一道流水线。只有唯一的一个版本，她像个真正自由的灵魂，引领着两种计算、两个网络的融合，如同两把歌声完美交织、和谐共鸣。在那样的未来里，人类拥有足够的智慧去维持自然与科技的微妙平衡，而不至于将这颗脆弱蓝星毁掉。

毫无疑问，萨神的启示指向了最后这条道路。

“她欢喜你，我也欢喜你。”阿美的回答毫不费力。

苏素知道自己这时应该笑，可她努力控制住表情，就像长久以来习惯的那样。

“等我回来，到时候我们……”苏素没想好后面的话。

“我们一起。”阿美把手放在苏素肩上，像第一次见面时那样。

苏素终于放弃抵抗，像恢复到初始设置的婴孩，露出了晴空般的笑脸。

——原载《收获》2022年第3期

如今我们的身体已经有了足够多的辅助“器官”——大众一些的如眼镜，特殊一点的如眼睛里的人工晶体、心脏起搏器、血管支架、骨接合植入物等等。这些帮助人们恢复健康的器具，都已经再平常不过了。

不过且慢，假如我们对神经系统，尤其是脑，也施以这种“辅助”，那么是否会让人的思维方式本身有所改变？而后续的各种变化，又将会有多大？

《2039：脑机时代》所描述的，就是这样一种情形——单从题目上来看，这个时间点似乎并不遥远。

2039：脑机时代

阿　缺

1

生活是从什么时候起，变得这么糟糕的呢？严妍在被撞飞的那一刻还在想，糟糕得自己要在街头寻觅死亡？

要说事件点，肯定是那次陈彦出的车祸。但哪怕他躺在病床上，全身插着软管，管里透明的液体像蚯蚓一样拥进他的身体；哪怕他三年来只剩呼吸，没有意识，她也没有如此绝望。那时，她只是难过和自责。

尤其是，当医生告诉她，可以通过植入脑机芯片来治疗陈彦时，连难过和自责都消失了。

“就是有两点，你得好好想想。”医生观察她的表情，斟酌着说，“首先，手术有点麻烦。”

严妍微微皱眉。

“整体是比较乐观的。”医生展颜一笑，“其实脑机技术已经很普及了。我看严小姐的职业是编剧，创作时应该在用脑机头盔吧？我们做临床手术，也得戴。”

严妍点头。早几年写剧本，她是靠灵感、熬夜和咖啡因，但陈彦出事后，她有点神经衰弱，创作时总爱胡思乱想。陈彦倒在血泊里的情景，总会在脑中浮现，像丢帧的全息影像。这场景有时候还会不自觉在指尖流露。一次她写言情桥段，写着写着，正在一边恋爱一边商战的男主角，下一场戏就被车撞飞。她自己没有察觉，后来资方用程序检验剧本，这一段被标得血红——系统判定这段戏有违观众预期，会严重影响收视率。

她连忙道歉，但改了几稿都过不了系统审核。在同行推荐下，她买了脑机头盔，戴上之后，涣散的精神像是稻草一样被一只手握紧，集成一束。她高效地完成了剧本，系统给出高分，资方这才敢去拍摄。

不只是她，这座城市里有一半的人都在用脑机头盔。那玩意儿像被掏空内脏的刺猬，内壁光滑，外壳上长满了粗粗细细的电极。它能解读脑电波，再反馈给大脑，让大脑知道哪些事情该做哪些不该做，包括影响身体激素的分泌。

医生继续说：“人体和机器一样，都可以精准控制。哪里出了问题，就可以修补哪里。只是以前我们不知道打开这部机器的方法，BCI（Brain-Computer Interface，脑机接口）技术出现后，我们才有解密这部机器的钥匙。”

严妍试图跟上医生的逻辑——尽管没有脑机头盔帮忙，显得有点困难：“你是说，我男朋友只要戴上脑机头盔，就可以醒过来？”

医生摇摇头：“我们尝试过，不太行。陈先生是脑干大面积脑梗死，大脑活动停止，不能接收头盔的电波反馈。我们提供的解决方法，是侵入式脑机接口。”

听起来也很简单：把脑机头盔做到足够小，植入脑中，代替休眠的脑区域，重建神经冲动。它不仅能通过读取脑电信号来控制外部设备，比如机械臂，还可以进行精确的电刺激，让大脑产生特定的感觉。

“法律允许吗？”

“哈，你问到点子上了。侵入式 BCI 还不成熟，毕竟要在脑子里动刀，部件再小，也有创口，之前也有几起失败的例子。法律上卡得紧，不能流入市场，只能用于小范围的医疗领域。但幸运的是，陈先生受的伤恰到好处——哦，抱歉，对陈先生的不幸，我当然是感到遗憾的——脑休眠和肢体残疾，刚好符合植入条件。”

听起来都是好消息。严妍只剩一个顾虑：“所以你是说，手术会有风险，是吧？”

任何事都有风险，只是在这个时代，任何事都可以被量化。所谓风险，也只是用数据建立模型，设定参数，再估算出一个数字。

31.2%。这是陈彦做手术失败的概率。

严妍可以接受。反正最坏的结果，也不过是陈彦继续躺在病床上，陷入永恒的意识黑渊。

“死马当活马医吧……”她说。

“差不多是这个意思，不过我是医生，不能说这种话。”医生拿出一叠文件，递给她。

文件上的条款很复杂，严妍翻了翻，几乎每页上都能看到“免责声明”四个字。

“你刚刚说有两点，另一个是什么？”她问。

医生笑了笑，露出白皙的牙齿：“这种手术嘛，有点儿贵。”

忘说了，城市里另一半人不用脑机头盔，都是因为用不起。

好在严妍这些年有点积蓄，加上陈彦出事的保险赔偿，勉强能凑齐手术费。

2

陈彦醒来后，花了很长一阵，才从陌生感中适应过来。

这种陌生感不是来自睽违了三年的世界。世界确实有一些变化，堪称日新月异，但趋势无非更快，更小，以及更贵。他需要适应的，是体内的变化。

这种感觉难以言表。他的视野不再清晰，但也不模糊，而是眼球像被水浸泡一样，处在一种动态的晃荡中。克服由此产生的眩晕后，他发现，只要看向哪里，视界里水波的凸面就会将该处的景象拉近，近到可以看清每一个细节。

他首先看到的，是一片巨大的山峦，沟壑纵横又宽广，但色泽又介乎褐色和晶莹之间。他眨眨眼，山峦的影像缩小到千百分之一，旁边出现了眼睛和鼻梁。他这才意识到，刚才看见的山峦，只是这张脸上眼角的皱纹。

“你老了。”这是他对严妍说的第一句话。

严妍稍微往后退了退。为了迎接陈彦醒来，她精心化了妆，确认那轻微的鱼尾纹都被粉底和遮瑕笔盖住，没想到还是被陈彦一眼看出——或者说，是被陈彦脑子里的 BCI 芯片一眼看出。

“三年了，你终于醒了。”她哽咽地说。

她的声音、表情和眼神，以及藏在这三者背后的情绪，都以一种坦诚到近乎赤裸的姿态，平铺在陈彦的眼中。他尚在发愣，毕竟上一秒的记忆还是那辆轿车碾过来的恐怖画面，再睁眼，就换成病房里感人的情侣相认。但大脑的某个部位帮他处理了这些信息，并且告诉他，该以怎样的方式回应。

他张开左臂，抱住严妍，柔声道：“没事的，这三年也辛苦你了。”

随后他才意识到不对——右臂去哪里了？

不仅是右臂，他掀开被子，发现左腿膝盖以下，也空空如也。

“是车祸……”严妍说，顿几秒后又说，“对不起。”

于是他也记起车祸的原因。

两人吵架，严妍生着闷气，低头在街上走着。一辆还在使用手动驾驶的老式汽车横穿而来。是他上前推开了她。很俗套狗血的剧情，这种桥段，严妍这种三线言情编剧都不屑用——用了也通不过系统审核，没想到却发生在他们自己身上。身为配角，最可悲的就是拿到主角的剧本，却没有主角光环，对接下来情节的走向全然无措。

“不过别担心，”严妍说，“他们会给你装上义肢，跟 BCI 系统是兼容的。”

花了好几天，他才知道自己脑子里多了个小小的芯片，取代大脑里那些不再活跃的部位。医生说他运气很好，芯片植入后，只产生了轻微的排异反应。

“有其他运气不好的人吗？”他问医生。

医生说：“很多。所以 BCI 还不能投入市场，就算用于医疗，也只有像你这样符合标准的病人才能使用。”

所以其实一半是治疗，一半也是实验。

适应过程比想象中快，主要花时间的，是对义肢的控制。从跌跌撞撞，到能够行走，他花了一个多月。严妍一直在旁边照顾，看着他一次次跌倒，脸和手都磨出血，想要上前搀扶，却被他赶开。

陈彦终于适应义肢的行走后，在病房里健步如飞。她也很喜悦，问他感觉怎么样。

事后想起来，其实是从这里开始变糟糕的，但她没及时意识到。

“好像……”当时陈彦站直身体，左腿的动力足弓在地上缓缓摩挲，“好像比车祸前，要高了那么一点。”

3

出院后，他们回到家。

家里倒是没变，是三年前他们租的房子，陈彦的物品还在，连摆设的位置都差不多。由此可见，三年来严妍过的是怎样的生活。

“这三年，有人追你吧？”他问。

严妍沉默了会儿，点点头：“我没答应。”

陈彦抱住她说：“没事，现在我醒来了，后面都是好日子。”

好日子的确持续了一段时间。屋子里有了生气，夜晚也不再是一个人睡。再好的性用品也只是带来感官上的快感，而跟陈彦在一起，性与爱交融，再也不是简单的生理需求。

唯一的缺点，是当她处在久违的巨大快感中，习惯性去抓他的手臂时，却发现抓了个空。

这一瞬间，像是有冰水泼下。

“下次——”陈彦讷讷地退出来，“我还是戴上手脚吧。”

“没关系，也不用……习惯就好了。”

但从那以后，陈彦就一直穿着义肢，连睡觉都不卸下。唯一让他跟这些精密的金属器械分离的事情，是洗澡，但通常他也会把浴室门反锁——在以前，洗澡时他都不关门，并且露出贱兮兮的表情，邀请严妍加入。偶尔他会得到一只飞过去的拖鞋，偶尔，也能如愿以偿。

肯定会有些变化，严妍想，毕竟脑袋里嵌入了机器。但就算再多变化，也好过他继续躺在病床上，陷入无意识的深渊中。

而得益于脑中的 BCI 芯片，陈彦对义肢的操控日趋灵活，右臂的五根金属手指甚至能同时做出不同的动作。有一次，严妍看到他在电脑前编程，左手平放在桌上，右手五指弹跃如飞，快到几乎出现残影。

“这么灵活？”严妍吃了一惊，“跟弹钢琴似的。”

弹钢琴是人类手指能做出的最复杂精细的动作，但陈彦听到后，表情依旧平淡。“可惜只有五根手指。”他抬起右手，金属的五指像波浪一样依次扭动，“如果多一点的话，我确实可以给你弹钢琴。”

“等等，”严妍这时才发现真正不对劲的地方，“你什么时候学会的编程？”

陈彦之前的职业是美术教师，对代码很陌生。她不记得他有报班学过汇编语言，或 C++，或 Java，或是程序员鄙视链上的任何一种编程语言。

“不是‘学’，是‘下载’。”

严妍这才知道，BCI 芯片不仅替代了陈彦脑中受损的部分，连其他领域，也在影响，比如负责记忆的海马体，以及负责推演和逻辑思维的额叶。只要在医院官网下载对应的知识，陈彦就能掌握。

她知道 BCI 技术的玄妙，戴上头盔后，能更专注，调节一些激素的分泌，焦虑或失眠都能治好。但隔着颅骨，头盔无法直接在脑子里刻写信息，头盔只起修复和增强的作用。

而陈彦的芯片，显然能做到不一样的事情。

陈彦学代码的原因，是要找工作。

他去面试时，严妍都在家写剧本。她被幸福感包围着，写出来的本子都充满了盎然生趣，系统评定为高分。而到了晚上，她会听陈彦讲述白天求职的经历——并不顺利。

很多公司会询问他这空缺的三年去了哪里。在这个年代，他无法撒谎，只能老实地回答：“在病床上。”通常这四个字一出口，就会换来对方程式化的微笑，告诉他回去等结果。

结果都是一致的。

“没关系，”她安慰他，“你编程这么厉害，肯定会有公司要你的。”

严妍也并不仅是口头祝福。她在影视圈混了这么久，还是认识几个人的，找了一圈后，一家特效公司愿意给陈彦机会。他们在开发一款给演员做减龄效果的软件，让陈彦参与底层构架。

“不过先说好，要是他能力跟不上……”对方老板斟词酌句地说，“我这儿也养不了闲人。你也知道现在的压力，我们当老板也不容易。”

半个月后，对方的电话又打来了。

“这么牛！我是第一次见到有人同时会用所有的编程语言，还能无缝切换，这么资深的程序员，居然还有头发，真是不可思议……”

六个月后，陈彦成了这家公司的正式员工。

严妍心里的石头彻底落地，甚至开始构想结婚的事情。陈彦曾经求过婚，她也答应了，如果没有车祸，这件事三年前就该完成。

4

“再等等吧。”陈彦说。

“嗯？”严妍一下子没反应过来，“我已经等了四年了啊。”

“可是我没有想好。”

“你要想什么？”

陈彦拉起袖子，露出金属手臂，又敲了敲左腿：“我现在身体有五分之一是金属，卸下义肢后，我都没有你重。”

“我不在意啊。”

“可是我在意。”

他们的对话就此结束。

严妍事后咂摸，总觉得这番对白不对劲。她是编剧，知道通常角色发生这种对话时，其中都有一个人在撒谎。她很确信这个人不是自己。

如果是以前，她会直接跟陈彦对质。但自从陈彦苏醒，她总觉得一个人脑子里有部机器，似乎发生什么变化都……情有可原。她唯一能咨询的，只有医生。

“根据他上个月复检的情况来看，BCI 芯片运行正常，没有出问题。”医生从数据堆里抬起头，笃定地说。

“可是我总感觉他不一样了。”

“他脑袋受了伤，又当了三年植物人，怎么都会有变化的。”

这时，一个想法冒出来。她刚开始有些惊讶，试图扼杀它，但这个想法无比顽强，如春芽破土，越发茁壮。“您说，有没有可能，让我知道他在想什么？”她犹豫地说。

医生摘下眼镜，用失焦的目光盯着严妍。

严妍讪讪地笑了下，为自己的异想天开而感到羞惭。她站起来，正要道歉，医生对着眼镜哈了口气，用软布拭净，再戴回鼻梁上，说：

“可以的。”

脑机技术的关键，是识别生物型号，转化为电信号。它的核心，是数字化，将激素分泌数字化，也将脑电波数字化。

那个小到肉眼难辨但功率强悍的芯片，能精确地观察脑中单个神经元的兴奋情况。它记录下了每一次神经冲动产生的电位变化，而正是这些变化在传递信息，仿佛另一种形式的编码。信息构成记忆，而记忆被解码，转录成影像，储存在医院的数据库里。

“其实芯片能做到的，不仅是记录记忆。只要他愿意，可以逆向影响，篡改记忆。反正无非都是数据。”医生说。

“我能看看他的记忆吗？”

“按照规定，是不可以的，BCI 技术推广的另一个阻力，就是可能导致隐私泄露。”医生微微后仰，躺在座椅上，“但你是陈先生做手术的担保人，而且有另一个人也签了字，程序上风险不大。”

严妍坐在资料室里，以第一人视角展开的全息影像在她周围弥漫。

这是陈彦最近一个月的生活，每一秒都被 BCI 记录，继而储存在医院里。

她能看到陈彦在工位上专注编程时视角里的画面。他的右手后来升级过，有九根手指，长短粗细各不一样，按键时效率奇高。

她快进这些画面。全息光影加速流逝，她脸上明暗不定。

她以陈彦的视角，重历了陈彦上下班的所见所闻，见到了他的工作和同事，见到他下班后跟朋友聚会……等等，同事。她让画面倒退，发现一个女同事的脸反复出现，而一旦出现，就会在陈彦的视野中驻留多时。

陈彦在凝视这位同事。

于是严妍截取了所有关于这位女同事的画面，得以窥知他们认识的经过。

那是一个新入职的美工，模样并不多么妖冶，脸颊右侧还垂着头发，看起来更不起眼。但老板特意让陈彦跟她认识，乐呵呵地说："你们一定有共同话题。"说着，他点了点自己的太阳穴，"这里啊，都装了机器。"

他说的是 BCI 芯片。

陈彦的目光向女同事的右颊聚焦。她的侧脸被放大，纤毫毕现，树木一样的发根底下，能看到她的疤痕。陈彦也撩起头发，露出同样的伤口——这个动作是严妍脑补的。她想，自己如果是陈彦，也会这么做，像森林里，野生兽类亮出只有同族才懂的标志。

"你好。"陈彦低声说。

"你好。"

他们的初见如此简单，后面也不常见，隔几天才会在公司的某个角落遇到，错身而过，并无交谈。但错身的一瞬间，陈彦会放大她的眼眸，乌黑眼珠充斥整个视界。对方眼珠微动，晶光闪烁，似乎也同样在放大他的眼珠。这是脑机侵入者的对视，彼此都能在对方眼中看到自己的倒影。

严妍有些无力。她只是普通人，不知道这种对视中，他们在交换什么信息。

她连忙快进，到了陈彦最后一次见到女同事时，也就是昨天晚上。女同事在路边躲雨等车，陈彦开着车，从她身边驶过。一分钟后，他又绕回来，车窗滑下，雨幕中她的脸无比清晰。

“我送你吧。”陈彦说。

对方在犹豫。

“我们比普通人更不能淋雨，”陈彦讲了个不好笑的笑话，“我们有手术的创口，脑子里容易进水。”

对方没有笑，但还是上了车。

雨滴在车窗上汇成无数细流，雨刷再努力地摇摆，也无法阻止它们在陈彦的视野里蜿蜒爬行。街边景色也变得氤氲一片，他们朝着迷乱的光和影驶去。

陈彦始终盯着前方，所以严妍也看不到女同事的脸，但能听清他们的声音。

“你植入多久了？”陈彦问。

“五年。你呢？”

“一年。”

对方笑了笑，说：“那你要适应的东西还多。”

陈彦说：“作为前辈，你有什么建议吗？”

“有很多建议。比如保护你的脑袋，BCI 芯片就像在大脑上开了个窗，我们有更好的视角，别人也能透过玻璃看进来，甚至只要黑客改变芯片的一点点数据，你就会成为另一种性格的人。你可以下载安全卫士。还有，多下载几种语言，语言是各种技能里最有用的……”女同事说了一大串建议，最后停顿了几秒钟，继续说，“但最重要的建议是，你必须意识到，你已经跟人类不同。”

这句话让严妍和陈彦同时吃了一惊。

“你是说，我们植入了 BCI 芯片，就不是人了吗？”陈彦问。

“从生物归属来说，我们当然还算人类。但我们的脑袋已经变了，感知世界的方式也不一样，以前你用手拥抱一个人能感觉到幸福，现在你只要适当地让 BCI 芯片给予电信号刺激，也会有同样的感觉。我问你，你现在对性还有兴趣吗？”

严妍下意识屏住呼吸，在一片沉默中等待陈彦的回答。

“没有。”

“因为只要你愿意，你随时可以控制下丘脑，分泌多巴胺和内啡肽，让你拥有比性爱强烈几十倍的快感。连人类最原始的冲动和快乐，我们都可以随时模拟，甚至超越；我们可以省去漫长的学习过程，直接掌握技能，只要大脑承受得住，古往今来所有知识都能储存。你操作机械臂，比你健全的手臂都灵活，你看看，你的左手都快退化萎缩了。你觉得我们还算……还算常规意义上的人类吗？”

陈彦似乎叹息了一声：“听起来我们的确跟人类背道而驰，更像是一部机器了。”

“严格意义上说，人体本身就是一部机器。只是我们现在换了一套运行系统。”

“在一台安卓机上运行 IOS 吗？听起来就很卡顿。”陈彦说，“那像我们这种人，人生有何意义呢？”

“我的另一个建议是，不要去想这些问题。两年前我认识另一个植入了 BCI 的人，他就是没想通，最后徒手把芯片挖了出来。”

“那他自己呢？”

女同事没有回答，而答案不言自明。

“不过也想想好的一面吧。”陈彦说，“只有我们这种脑死亡的人，才有资格做侵入式脑机接口。换一套系统，总比一直死机要强。”

“那倒是。”

车继续往前，高楼逐渐变得稀疏。这里是城市边缘。灯火通明的楼宇和车灯流曳的街道被甩在身后，成了我们这个故事的背景板。

“你一个人住这里？”陈彦看了看周围，这里不像是一个光鲜白领居住的环境。

“嗯。你是跟女朋友住一起吧——车里有女生开过的痕迹。”

陈彦点头。

“出事前，我女儿刚出生。其实我受的伤很重，他们说，是因为我太想再见到女儿，意志力在支撑，好几次医生都要宣布我失去生命体征，但我挺着，一直没死。”女同事平淡地叙述，声音里听不出感情波动，“后来植入 BCI 芯片，我就醒了。我如愿以偿地能抱着孩子。但问题是，我再也没有母亲的感觉。这个人类雌性幼体，嗜睡，流鼻涕，喜欢发出声响来引起成年人的注意，来汇聚更多有利于她成长的资源。她只是一堆血管、脂质和蛋白质，跟我唯一的联系，是有着高相似度的 DNA 序列。但这有什么意义呢，同一条产品线上出来的两台电饭煲，也应该相亲相爱不离不弃吗？”

“那……你孩子现在怎么样了？”

“不知道，我已经四年没有见过她了。”

又是一阵沉默。陈彦把车开到一栋楼前，停下。雨小了不少，雨滴舔舐车顶玻璃，沙沙声绵绵不绝。

“我到了。”女同事说。

陈彦“嗯”了声。

同事没下车，突然轻声一笑。“也别这么绝望。我们这类人，也有自己的乐趣，来吧，我教你。”

“我要做什么吗？”

“你就坐着，也不用说话，但开放你 BCI 芯片的权限。”同事的声音如同呓语，“让我连接，让我进入。”

接下来，他们真的没有动，并排坐在主副驾驶位上，也不再交谈。严妍看到的全息影像静止了，但她知道某种她无法理解的事情正在发生。她甚至都“喂”了一声，想叫醒全息影像里的人。但无人回应她。她也不敢再快进，就这么坐着，任静止的画面流逝。

雨声依旧响个不停。

这情景持续了近两个小时。

最后，陈彦和同事的呼吸声同时加重，似乎断开了连接。陈彦满头汗水，大口呼吸了几分钟才喘匀，喃喃地说：“这……”

“这就是数据交融。”说完，女同事离开了车。

5

严妍失魂落魄地回到家时，陈彦还在家里编程。敲击键盘的声响不绝于耳，让严妍心烦——这噼里啪啦的声音，太像是雨声。

她坐到陈彦对面。

陈彦抬起头，看着她，突然一笑：“你知道了？”哪怕看着严妍说话时，他的右手依旧不停，屏幕上代码如流水涌过。

严妍问：“你们在车里……做了什么？”

“你窥视了我的记忆，应该知道，我们什么都没做。我们没有丝毫肢体接触。”

“你骗人！难道你们发了两个小时的呆吗？”

陈彦叹口气，说：“我不知道你能不能理解——我们在交换数据。”

“什么数据？”

“知识、痛苦、经验、愤怒……见过的最美风景，最黑暗的往事，病态的癖好，美好的心愿……人生感悟，梦境，食物的味道，童年，爱过和恨过的人，看过的电影和听过的音乐……总而言之，就是一切。我们所经历的人生的一切，都被 BCI 转化成了数据。我们在交换这庞大的数据，体验对方的人生。”

严妍瞠目结舌。她的确无法理解，对面陈彦的脸依然熟悉，但两人中间裂开了巨大鸿沟。

“我宁愿你告诉我，你们在车震，或者什么其他的苟且。”严妍说，“那样，我至少还可以恨你。”

陈彦的右手停止敲键盘。他安静地看着她，然后说：“但我没有做对不起你的事。我没有出轨，我也并不爱她。”

“可你跟这个女人做的事情，比肉体出轨或精神出轨还……”想了半天，她才想出一个勉强能用的词，“还要亲密。”

“这我没有办法。我运行的是另一套程序，而且这跟性别无关。你想想，如果这位同事是男性，难道你就不生气了吗？”

严妍一时语塞。她回家前准备的所有说辞，在陈彦面前毫无用处。原来不管是收入，还是言语交流，甚至性爱，都是他在让着自己。这种落差，更让她觉得两人之间鸿沟之大，几乎难以逾越。

想了半天，她才想出一句话——尽管这句话她都羞于用在自己的剧本里。

“那你，还爱我吗？”

6

医生听完后，颇为好奇：“他怎么回答？”

严妍摇头：“他没有回答。”

“那你们还在一起吗？”

严妍点点头。

“也是，两个人在一起有很多原因，爱情只是其中之一。”医生宽慰道，“那既然这道坎过了，你为什么还来找我？”

严妍深吸口气，抬头直视医生：“我也想植入脑机接口，既然他跟我不在一条道路上，我想，我可以去跟着他，走另一条路。”

“哪怕会放弃很多东西，包括人性？”

“哪怕放弃一切。”

医生微笑道：“我很欣赏严小姐的勇气，我也衷心希望你能寻回爱情。只是，这次我不能帮你。”他别过头，不去看严妍的表情，解释道：“我跟你说过，侵入式脑机接口在法律和伦理上都有一点尚待解决的问题——只有大脑坏死的患者，才允许植入，而且植入了也不能保证克服排异。”

严妍从医院无功而返。她没有打车，而是游魂一样在街边行走，她路过许多窗户，有饭店、咖啡馆和办公楼。里面的人都戴着脑机头盔，专注地工作。谁都无法否认，脑机接口技术让世界变得更美好，高效又便捷，许多疾病也因此治愈。新技术的到来就像洪水奔流，席卷整个世界，只是这股浪潮太过汹涌，张开双臂迎接它的人，总有几个会被裹挟着，在水里翻滚，撞得遍体鳞伤。

很遗憾，严妍就是其中一个。

又或许，是自己的双臂，张开得不够彻底？她想着，站住了，凝视街道上来来往往的车辆。四年前那一幕涌上心头，医生的话如魔鬼在耳畔的低语，一遍遍回荡。

一辆轿车从远处疾驶而来。

严妍深吸口气，露出微笑。她张开双臂，迎着飞驰而来的汽车，像是在迎接死亡，抑或是崭新的生活。

尾　声

“很不幸，严小姐的排异反应太严重，BCI 芯片无法继续运行，她的大脑功能正在不可逆地丧失。”医生遗憾地说，“请节哀。”

陈彦站在病房外，看着玻璃墙内的病床。以他的角度，看不到严妍的脸。

“也就是说，她正在死亡，是吧？”陈彦轻声道。

“是的。”

“但还没死。所以，BCI 芯片还来得及复刻她所有的脑部信息，”他转头对医生说，“请尽快运行复制程序。”

他的口吻冷淡得出奇，医生一怔，随即想起一件事：“你之前早就签了字，允许严小姐查看你的记忆……你早知道她会来查？”

“她的心思很简单，再加上BCI芯片辅助，很容易推测出她的行动。”

“那么——”医生打了个寒颤，“所以你也能猜测出她会用极端的方式，试图也让自己脑死亡，这样才能植入BCI芯片。你……你根本就是在一步步诱导她！”

“你没有证据。”陈彦简短地说。他一直盯着病床，床头的仪器显示，芯片正在提取严妍的大脑信息。而严妍正在死去。

“可是，可是……”医生慌乱地取下眼镜，可怎么擦拭，镜片都是模糊的，“为什么要这么做呢？”

陈彦没回答。

他耐心地等待复刻程序结束，BCI芯片被取出，他捏着这小小的部件，仔细端详。芯片小如毫尘，在他拇指与食指之间，近乎透明。

但他看着看着，突然笑了，转过头回答医生的问题：“因为这样，我就可以和她真正交融，永远在一起。”

——原载《科幻世界》2021年第11期

进化本是一个生物学话题，但后来却以各种方式进入社会学范畴。

残酷一点来看，谈及更丰富语境下的“进化”概念，可以认为人类不过是文明建构中相当重要的一环，但未必就是不可或缺的一环。假如认可了这个极端化的结论，那么对于《第二种猴子》中所阐述的观念也就不会感到那么惊奇了——它只是试图改变人类的繁衍与养育方式而已。

第二种猴子

墨 雄

夏莉的哥哥死了。

回想起哥哥的一生，夏莉的脑海中只能浮现出“英年早逝”四个字——这可不是客套话，夏逸实在是太过太过出色了。他长相清秀，在幼儿园时就是妈妈们搓揉的对象，从小学一年级开始便常年霸占全科成绩的头几名，什么早恋不早恋的，校花系花为了他差点决战食堂之巅……硕士刚刚毕业，便被“花匠”公司重金请去，搞起了当时刚兴起的卵生人项目，没两年就帮助公司实现了核心组件的国产化，还大幅降低了成本，畅销全球。

就在他以二十七岁的“低龄”被任命为部门主管的同一天，张璐璐答应了他的求婚——没错，就是那个选秀节目亚军出道的所谓“才女歌手”，当时还有不少人在网上讨论谁配得上谁的话题，但六年后的现在，“花匠”的市值翻了三倍，却已经没几个人还记得当年选秀节目的冠军唱的是什么了。

总之，这门郎才女貌的亲事上了新闻，并且很快就“开花结果”——仅仅一年之后，两人的女儿夏小美出生了，或者确切地说，是离开了她的孵卵器，正式开始了作为人类的一生。别的不说，在生育这件事上，夏莉觉得哥哥和嫂子简直是绝配：妻子为了工作想要保持身材，而丈夫为了让大家信任公司的技术，卵生显然是最好的选择。而夏小美也不负期望，生得可爱而伶俐，从出生到现在，几乎都没生过病。

与夏逸这堪称“人生赢家”的生前事相比，他的死可谓是一场彻头彻尾的悲剧——他带着女儿去市郊的湿地公园过周末，从一个以前网红们经常打卡，但现在已经乏人问津的小山崖上摔了下去，脊椎断裂，当场死亡。而据目击者说，夏小美那时离他好像只有几米远，应该是看到了一切。

不过有一说一，夏莉对哥哥的感情并没有外人想象的那么好，实际上，也许是性格使然，她觉得自己同任何人的感情都没有太好过，除了爹妈，好像都是可有可无的样子……真的“无了”时，还是会伤心落泪，尤其是在所有人都伤心落泪的时刻，比如在追悼会现场。

“那个……过几天，方便来我家一趟吗？”在殡仪馆的一角，张璐璐擦了擦尚红的眼角，“我老公……你哥他有件遗产，我想交给你。”

“不必了呀。”夏莉苦笑着摇摇手，“爸妈不要的话，就都留给小美吧，我不缺钱的。”

她倒并不是在装阔气——除了“一人吃饱全家不饿”这个略有些难堪的理由，打小开始，夏莉的物欲就一直不大，在哥哥所有令她嫉妒的优点中，“能赚很多钱”可能得排在十名开外。

“那个，对不起……”张璐璐捋了捋侧发，“不是钱呢。”

哥哥为她留下了一件特别的东西！听到这个消息时，夏莉不禁感到脸上微微发烫，她故作镇定地“哦”了一声，咽了咽喉咙。

夏逸的家位于城南的新区，是一座两层高的独栋洋房，交通不便利，但环境宜人，很适合那些想与“平民”拉开差距的“精英”。

夏莉上一次来这里做客，还是过年的时候，哥哥亲自下厨做了一桌好菜，而她只贡献了一锅西红柿鸡蛋汤——还是在嫂子的善意帮助之下。

与那时相比，房间里的陈设并无任何变化，就连夏小美盘腿坐在沙发上的姿势好像都一模一样——还靠着左边的扶手，那正是她最喜欢的位置。

“你在玩什么呢？”夏莉摩挲着侄女的脑袋，指了指她怀里的平板电脑。

“嗯，《戳泡泡》。”

夏莉记得自己上小学一年级的时候，已经在玩线上对战游戏了，怎么二十多年过去，现在的小孩子反而玩起了……好吧，戳泡泡？

在来这里的路上，夏莉还一直在思索，哥哥到底留了什么遗产给自己，如果是一套房子，过户手续还挺麻烦；如果是车子，那还得先考驾照；如果是票子……不不不，嫂子不是说过了吗，不是钱。

夏莉跟着张璐璐走上二楼，在一间书房前站定。

“这是……你哥的工作室。”嫂子原本还笑吟吟的脸上，突然就有了哭意，她咽了咽喉咙，“他……这几个月，每晚都会来这里待上一阵……有时很久。”

夏莉刚打算开口发问，一个小东西带着啪嗒啪嗒的脚步声，迎到了门口，就站在她的脚边。

那是一只套了银色金属项圈的小猴，通体黝黑，但脑袋瓜子上却满是白毛，看起来就像是戴着顶白色的绒帽。它先是对张璐璐拍了拍腮帮，继而又转向夏莉，做了个像是端望远镜一样的奇怪手势。

“它说你很漂亮——”张璐璐解释道，“还有，饿了，想要吃饭。”

“啥？”夏莉有些吃惊地看着小猴，“它说我什么？漂亮？”

张璐璐掩嘴而笑：“它其实见到每个人都这么说，猴子嘛。”

“不不，我的意思是……”夏莉突然明白了什么，“哦，这是宠物对吧？你们平时都是用手语和它交流的吗？”

“它能听懂一点简单的人话，但不会说，只能用手语回应。”张璐璐从冷柜中摸出一个没有任何标签的白色纸盒，将里面的颗粒状饲料倒在食盆中，放到猴子面前，“它不是宠物哦，是珍贵的实验动物，夏逸从公司带回家里，说是费了好大功夫才办妥手续。”

小猴朝张璐璐做了一个估摸是“谢谢”的手势，不紧不慢地从食盆中捞起饲料，嘎嘣嘎嘣地嚼了起来。

“它叫小毛，很乖很乖，而且还通人性，比猫啊狗的都好养。”

张璐璐的话让夏莉有了不好的预感：“呃，所以你是想把它……”

“想把它托付给你……现在我和小美看到它，都会想起你哥……”张璐璐停顿了好一会儿，“而且夏逸以前经常说，你特别喜欢小动物，所以交给你应该没问题，如果不想要的话，我们就只有送它回‘花匠’公司了，总感觉有点可怜……”

小毛像是领悟到了什么一样，突然停止了进食，可怜兮兮地望向夏莉，而后者轻轻叹了口气——好吧，既不是房子也不是车子更不是票子，而是……猴子。

夏莉早已过了“特别喜欢小动物”的年纪——可能已经过了最少十年吧。不过张璐璐确实也没有说错，小毛很通人性，夏莉还有点被它的智慧给吓到了——它不仅能够使用简单的手语交流，进食、饮水和排泄之类的小事更是教一次就会，大部分时间都很乖巧，闹腾与撒娇也十分有度，完全颠覆了夏莉对猴子的认知，简直可以说是完美的“全自动宠物”了。

最重要的是，养起来还真不算贵——市面上并没有专门的猴饲料，而作为杂食动物，它对夏莉平时所吃的正餐零食都来者不拒，既不需要猫爬架又不用搭狗屋，随便买个玩具就能快活好久。

在与小毛“同居”了差不多两个星期后，夏莉已经习惯了自己写稿时突然出现在键盘旁的毛猴子。现在，这小东西犬坐在屏幕前，正慢悠悠地啃着苹果。

“对了……”打算休息一下的夏莉，与小毛对视了几秒，“你到底是……什么品种啊？”

小毛做了个最最最常见的手语——“我听不懂你在说什么”，当然，就算它能听懂，想必也给不出答案。

在百科上简单地搜索了一阵之后，原本斜靠在座椅上的夏莉突然坐正了身体——她早就知道，养猴子可能会违反各种各样听都没听说过的法律，但怎么也没想到，这小毛竟然是“极危”评级的保护动物，光是把它放在家里这个行为，按理说就已经足够让夏莉吃牢饭了。

猴子的学名很长，不过中文名“白帽短尾猴”简单好记，而且非常贴切地概括了它的全部特征。

按照网络上的资料，白帽短尾猴只生存于南太平洋一个被称为修姆鲁的小岛上，数量虽然不多，但远离人类的喧嚣与骚扰，本不至于灭绝。只是因为海平面上升，整个小岛预计会在二十年内被完全淹没，说是“极危”并无不妥。

在对修姆鲁岛进行抢救性科考的时候，学者们发现这种半个世纪前就已经被定名了的猴子，竟然在不知何时学会了使用简单的工具——那不是用来丢向天敌或者砸椰果的所谓“石器”，而是经过了粗略打磨，像榔头一样的“小石锤”，既能防身又可捕猎，几乎是猴手一只。

看到这里时，夏莉才想起来，好几年前确实是看过这么一条新闻，说发现了一种疑似正在向智慧生物进化的灵长类，当时还挺轰动，但很快就又被专家们辟谣，声明这不过是一些“更聪明”的猴子，离“人”还差了十万八千里。

小毛看到屏幕上同类的照片，朝夏莉连续打了好几个同样的手语，前所未见，翻阅张璐璐提供的手语笔记，那应该是“家人”的意思。

“不不，它们不是家人，我才是好吗？我供你吃给你喝的，是真正的家人，懂？”

夏莉抱起小毛狠狠揉了几下，突然意识到一个问题——如果小毛能认出其他白帽短尾猴是“家人”，就说明它曾经应该在猴群中生活过，把它强行带到人类世界当宠物，感觉是有点不太合适。这想法原本只是一闪而过，但随着时间推移，夏莉越看小毛，越觉得同情，就连它进食时慢悠悠的样子，都有点可怜了。

最终，在夏逸去世的整整一个月之后，夏莉决定带着小毛“回娘家”，去那个“花匠”公司走一遭。

单就硬实力来说，“花匠”远远比不上那些富可敌国的传统巨企，但投资者们向来看中的是潜力。记得夏逸在刚结婚那会儿就说过，未来每个人类家庭都会拥有一台孵卵器，他需要做的只是尽量让这些设备都贴有“花匠”的商标而已。

公司总部位于江北开发区的正中央，被一圈护城河似的人工水渠包围。由于事先已经打过招呼，所以夏莉没费什么功夫，就通过了层层门卫与安检，进入一楼大厅。

之前来这里时，都是哥哥亲自接待——无论他有多忙。而今天，出现在她面前的，是一个胸口上别着新员工卡的书呆子，说话一板一眼，表情呆若木鸡，还不如银行的自助机器人。

夏莉很喜欢这里的草莓冰激凌，但在书呆子的带领下，两人不仅绕过了食堂，而且还挑了一条逼仄简陋的所谓“安全通道”，漫长曲折，直接通向了一个挂有“高级生物实验室”牌子的地方。

在一片穿着白大褂的研究员中，任何人都能一眼注意到那个西装笔挺的金发男子，夏莉原以为他是“花匠”的某个高管，但当他转过身露出帅气的侧脸时，她还是一下就认出了此人——克里斯蒂安，世界上第一个卵生人。他“出生”时还进行了全球直播，夏莉记得当时的孵化器有半个房间那么大，就像是化工厂里的精炼设备。那好像是……十六年前？就算孵化器会让胎儿多发育两个月，这位克里斯蒂安最多也只有整十七岁才对，但外表上已完全是成人的模样，而且据说还是个小有名气的创业者——是搞科普节目还是教育软件来着？记不得了，反正和夏莉也没什么关系。

不过，不知是不是单身久了的缘故，夏莉觉得克里斯蒂安看向这边的眼神有些……特别——虽然只有一瞬，但就像是认出了自己一般，迅速偏过头避开了视线。

在傻等了五分钟之后，终于有人被派过来接待夏莉。这是一位戴着厚厚黑框眼镜的女研究员，身形微胖，面带疲态，表情冷漠。从员工卡的颜色来看，应该是个级别挺高的资深打工妹。

“你是夏逸的妹妹吧——”她一点客套话都没有，直入主题，“你是来还猴儿的？猴儿呢？”

夏莉指了指背后的旅行包。

“你心还真大，不怕把它给闷死了？”

“那我能怎么办？抱着它在街上走？”夏莉哭笑不得，“你知道这是保护动物的吧？”

研究员帮夏莉卸下了背包，稍稍掀开封盖，与里面怯生生的小毛对视一眼，冲夏莉点了点头。“我叫林莎，是夏逸的同事，高级生物实验室的主管助理。”

“高级生物实验室……”在对方要把旅行包拖走时，夏莉却一把抓住了背带，“你们是……做什么的？”

林莎知道对方在担心什么，便抬手朝实验室的入口比了比：“想必你哥已经带你参观过不少机密部门了，我们这种没什么油水的小衙门也没必要藏着掖着，来呗，亲眼看看我们在干什么。”

毕竟养了小毛一个月，原本想着眼不见心不烦的夏莉，决定还是去探探虚实，万一这些人当真用保护动物做了什么非法实验，到时候找下媒体的旧人脉，搞它“花匠”一波节奏，也算是做了件好事。

在经过克里斯蒂安身边时，夏莉特意看了他一眼，对方则非常小心地侧身回避，这反而更可疑了。

“克里斯蒂安，听说过的吧？”林莎注意到夏莉若有所思的表情，“世界上第一个卵生人。”

“他……也是来看猴子的？”

林莎没好气地哼了一声，用员工卡打开了一扇写着“主孵化室”的大门。这个名字可谓是言简意赅——在偌大的空间中，如墓园般排列着十数台冰箱大小的孵卵器，半球形的透明罩窗中，隐约可见一只只蜷缩的胚胎，其中一些的发育已经完成，甚至在人工羊水中长出了毛发，明显能看出它们并不是人类的婴孩。

“这些是……猴子？”

“白帽短尾猴，全部都是。但它们和这小东西不一样——”林莎拍了拍旅行包，将它轻放在脚边，“它脖子上挂有项圈，所以是通过自然方式孕育出来的‘原生品种’，我们公司现在保有五只，马上还会再弄一些过来，以组成野生状态下的完整猴群。”

夏莉有点没听明白：

“你们已经能够用孵卵器批量生产了，为什么还要去打扰保护动物？”

“你听说过交叉对照实验吗？”林莎在一台孵卵器前停了下来，弯腰看了看液晶屏上的参数，“在医学与社会学领域都有重要的意义，很多时候能决定一个商用产品的成败。”

“交叉对照……”夏莉觉得这四个字本身的意思已经十分清晰了，“是不是，像那个什么，试新药时搞对照组，喂安慰剂的意思？”

“自信点，别‘像’，就是那么回事——”林莎摩挲了两下孵卵器的外壳，“我们生产的东西不是儿童玩具，而是儿童本身，如果出一丁点差错就有可能拖整个产业的后腿，所以每一次升级与改进都必须要进行反复的对比认证，确保从我们这些孵卵器中产出的东西和正常生育出来的东西没有任何差别，不，应该说，要更好才对。”

夏莉对“东西”这个词语多少有些抵触：

“但是，人只能出生一次，你要怎么证明从你这东西里生出来的婴儿会更好？”

“我们不需要真的证明卵生人更加优秀，只要让父母们相信就算是用他们自己的器官去生，也不会变得更优秀即可。”林莎点了点自己的脑门，“从生物的本能来说，性是一种奖励而生育则是惩罚，我们公司所做的，只不过是用科学的力量将这惩罚免除而已。人类比其他任何动物都更懂得趋利避害，也更贪图享乐，所以我们只要保证不犯错，迟早有一天，除了那些最愚蠢的极端分子，全世界所有的人都会从孵卵器中诞生。这是一个拥有几十亿人口规模的市场，并且还能解决诸如老龄化啊少子化之类的世界性问题，可谓百利而无一害……要让我来做决策的话，根本就用不着什么白帽短尾猴，应该直接用人类胚胎来进行改良设备的测试才对。”

看得出来，这女人对自己的工作相当骄傲。

“所以为什么非要用这种猴子呢？明明是濒临灭绝的保护动物。”夏莉歪了歪头，“我记得以前新闻里播过，早期的人造子宫都是用羊胚胎来做测试的吧？”

“‘人造子宫’这个词，有歧视之嫌，现在无论大小一律改叫孵卵器了——”林莎用手指了指天花板，“公司里面，羊胚胎的试验从未停止过，不过一般都是用在问题百出的原型技术上，不在我的部门。至于白帽短尾猴嘛，它们与人类的血缘关系虽然不像黑猩猩那么近，但在孕育周期上和人类十分接近。”

“哦？它们也是十月怀胎？就这些猴子？”

“五个月，不过发育完成其实需要六个月，这一点和人类极像——”林莎示意似的拍了拍自己的小腹，“我们怀胎十月就可以生产，但胎儿实际上需要十二个月才能成熟，这是自然选择的结果——为了拥有一颗聪明的大脑，人类的生产已经十分困难，如果再多发育两个月，咱们这个物种恐怕早就灭绝了。”

“嗯嗯，我懂，专家在介绍卵生人的好处时提过这个，说可以缩短婴幼儿期，降低抚养成本和难度什么的……”

“准确的广告词是‘让你的宝宝早赢三年’……另外，除了生理方面，在行为上，白帽短尾猴也拥有许多与人类非常相似的地方，你肯定听说过的吧？说这些小东西就快要进化成人了。”

“那是自媒体哗众取宠吧？”夏莉摆了摆手，“不是都被辟谣了吗？”

“如果你天天像我一样和它们待在一起，就会觉得自媒体其实说得还有点道理。不光是我们，世界上大部分正在进行卵生人研究的机构都有在使用白帽短尾猴，不过据我所知，正在进行猴群规模交叉对照实验的，应该只有我们‘花匠’一家……”

听到“猴群”这个词时，夏莉多少是松了口气：

“那……小毛也会被送进猴群的是吧？和它的家人在一起？”

“是不是家人不重要，白帽短尾猴和人类一样，即便是一群完全陌生的同类，也会很快形成社群，分工协作，愉快玩耍……也就是选拔首领的过程比较暴力，可能还会见红。”林莎苦笑一声，用脚尖轻轻踢了一下旅行包，“以你这小毛的体形，应该连第一轮‘海选’都撑不过去，倒也会少受点皮肉之苦。”

“是有……多暴力？”夏莉想到了网上关于白帽短尾猴使用“石锤”的资料，“会闹出猴命吗？”

“野生状态的话，难说，而且也要看不同个体的体质。哦，对了，说到个体……”林莎想起了什么似的顿了一下：“我还真不太清楚夏逸为什么会瞒着公司，把这只猴子带回家单独饲养，所以需要给它先做个全面检查，越快越好。您如果还有什么事情要谈的话……”

对方的态度十分客气，但夏莉是个识趣之人，她点点头，最后望了一眼旅行包，而小毛正探出半个脑袋，回望着她。

有那么一两天，夏莉纠结着要不要向嫂子和侄女坦白，说自己把哥哥留下的“遗产”还给了公司，指不定现在已经被做成了猴肉切片……但说巧不巧，也就在这阵子，手头上的活儿突然多了起来，忙着忙着，就觉得这种事情说不说也已经无所谓了。

直到有一天晚上，正在键盘前奋笔疾书时，手机屏幕中亮起了一个陌生的号码，反反复复叨扰了三五次之后，夏莉终于支持不住按下了接听。

对方沉默了好几秒钟，才犹犹豫豫地开口：

“是……是夏逸的妹妹吗？”

是林莎的声音，这该死的女人，连“夏莉”这个名字都没记住，但听那伴着恐惧的语气，不像是在没话找话讲。

“是，咋啦？”

“不好意思，明天你……你能来一趟公司吗？”

夏莉一边打着字，一边漫不经心地回道：“什么事儿啊到底？”

“电话里……不方便说。”

“我这两天有点忙，能改日吗……”

“……这事和你哥哥有关，不太好等。”

夏莉“啧”了一声，下意识地瞄了瞄屏幕的右下角，突然想起明天是周日，再结合刚才那句神秘兮兮的“电话里不方便说”，突然就明白了什么。

“行，明儿见。”

几乎是在同一个地点的差不多同一个时间，夏莉又一次遇到了克里斯蒂安。这次他并没有在门外驻足闲谈，而是单手插袋，从生物实验室中信步而来，眼神对上时也不再闪躲，而是像完全不认识一样，面无表情地擦身而过。

“今天是休息日吧？”见到林莎的同时，夏莉忍不住发问道，“那位克里斯还来谈生意，资本家都是这么拼的吗？”

“他是来检查合作进度的……”林莎领路时的步伐很赶，“下周一……不，明天他要向他自己的董事会进行汇报，所以一定也很急吧。”

“他不是做科普的吗？要怎么和你们合作？宣传推广卵生人？”

“科普的大头就是幼儿，他可是这方面的专家。从孵卵器中诞生的孩子直接使用他的软件进行幼教，某种意义上也算一条龙服务了。”

两人绕过了一排紧闭的房门，来到一处足有市民广场那么宽大的地下空间，在正中央被一条人行道分为均匀的两部分。两边的设施也几乎完全一样——两座由封闭式钢化玻璃围成的“猴山”，总面积固然比不上动物园，但其中有草有木有假石有小溪，顶部还有液晶屏提供的蓝天白云，以猴子的标准而言，应该算是十分惬意的环境了……至少乍看上去，那里面的差不多十只白帽短尾猴正上蹿下跳，好不快活。

它们的脖子上全都戴着“小毛同款”项圈，有几只手里还攥着一块略微呈锥形的石块，或是在拨弄食物，或是在捣鼓草叶，或是在……单纯地拿在手里瞎玩。

“这里是我们进行‘宏观考察’的实验场。”林莎刻意找到一个十米之内都没有其他员工的位置，才开口介绍道，“每一只原生的白帽短尾猴都存于此处，它们的项圈必须用专门的工具拆卸，而且很难伪造。”

另外一座猴山里面，关着数量不相上下的白帽短尾猴，只是它们的脖子上并没有项圈，而且似乎对丢在地上的简易石锤也不是很感兴趣，三三两两地组成几对，有的在顺毛，有的在玩耍，还有两只挂在树枝上休憩。

“嗯？”夏莉注意到第二座猴山中的石锤摆放得十分齐整，在人造的小溪前列成一排，“这边的猴子……也是自己打磨石器的吗？”

“基本上是我们提供一个基本的形状，让猴子自己去随便折腾，两边都是……”林莎顿了一下，“我知道你在想什么，那一排整整齐齐的石锤，不是我们员工的操作，是猴子自己摆的。”

“哦……”夏莉若有所悟地叹道，“果然，这些小东西还真的是像人啊。”

“不……”林莎压低了声音，小心地左看右看：“它们不一样……野生的猴子从来不会这么摆石锤，而且不止如此……在合群之后，我们发现卵生猴群具有一些完全不同的特性，其中最最反常的是……”她咽了咽喉咙，“它们从来没有为猴王的地位而争斗过，却仍然表现出了极为严明的阶级性，看不到任何争执，比野生猴群还要稳定。”

“那不是好事吗？”夏莉轻轻格开凑上来的林莎，“为什么要说得这么小声……”

“好事？你懂什么！这意味着卵生的猴子产生了变异！已经与原来的猴子不一样了啊！”林莎脸色发白地道，“这可能会导致整个产业链崩溃，明白吗……算了，这不是我要说的重点。总之，你现在能分辨出野生与卵生的猴子了是吧？”

“呃，看项圈？”

“是，除此之外，无论从解剖还是基因层面，两者都没有任何差异，从外观上更是无可分辨……你哥也正是利用了这一点，经过巧妙操作，把其中一只猴子给掉了包。”

“掉……什么？掉包？”夏莉眨了眨眼睛，“小毛是……”

说话间，一个怀里托着猴子的研究员朝这边走了过来，林莎立即闭紧了嘴巴，而夏莉也一眼就认出了那正是哥哥留下的“遗产”。

林莎从研究员手里接过小毛，送到夏莉面前，猴子显然认出了曾经的饲主，小手乱挥。

“小毛是从孵卵器中降生的，它真正的名字是 P1015。”林莎轻轻拉了一下小毛的项圈，示意道，“看，这里有被拆卸过的痕迹。我不确定它是什么时候被掉的包，而更关键的是，还不知道为什么。”

夏莉伸手摩挲着小毛的后背，不无怜惜地道：“……哟，那咱家小毛这几天没受苦吧？没有被那群野猴子欺负吧？”

“问题就在于此——它完美地融入了猴群，只被猴王捶了一拳而已，现在和小伙伴玩得可开心了。”林莎指了指另一边的猴山，“但那个被当作 P1015 的倒霉鬼就没那么好运了。”

“它怎么了？”

“死了，被石锤砸死的，这也是卵生猴群到目前为止，有记录的唯一一次暴力行为。”林莎摇摇头，“之前我们虽然进行了仔细的检查，但谁也没往‘掉包’那个方向考虑。”

“哟，那真是悲剧，只是……”夏莉蹙眉问道，“你说的这些……到底和我又有什么关系？”

“首先呢，你毕竟做过小毛的主人，我想让你再见它一面。”

“嗯……嗯？”夏莉一惊，下意识地把怀里的小猴紧紧抱住，勒得它胡乱挣扎了几下，“你要对它做什么？”

“我打算在下一次的交叉对照实验中，把它放进卵生猴群中。这其实是常规操作，以前都没发生过特别严重的暴力事件，但现在已经死了一只猴子，说不定会有风险……”

“那就别啊，连怎么回事都没搞清楚，为什么还要做那什么交叉对照实验？”

“这不就是为了搞清楚到底是怎么回事吗？毕竟是你哥掉包了猴子，你难道不想知道他为什么要这么做吗？”

夏莉欲辩无言，只是反复搓揉着小毛的白脑袋。

“另外，我这还有个事儿想请你帮忙。”

“……请说。”

林莎沉默了一会儿，下定决心似的点点头：“目前‘花匠’这里，知道P1015被掉包这件事的，只有我和我手下的实习生……在了解夏逸的真实动机之前，我没有上报的打算。”

“真实动机……”夏莉苦笑道，“这个你要怎么去了解？问他本人吗？”

“我检查过夏逸的电脑，没有发现关于P1015的资料……”林莎似乎有些迟疑，“我想让你去夏逸的家里，看能不能在他的私人设备上找到情报，然后直接给我，千万别让任何人知道。”

“哦……这倒真是不方便在电话里说呢……”夏莉叹了口气，“只不过，让你失望了啊，我哥的电脑密码，我也不知道……”

“试试大写XIA，空格1202，他公司电脑的密码……应该是女儿或者老婆的生日吧。”

夏莉感到鼻头微微发酸，“嗯”了一声，将视线移到小毛身上——不是女儿也不是老婆，12 月 2 日，那正是夏莉的生日啊。

坐到电脑桌前时，夏莉才发觉哥哥用的是人体工学键盘，找起字母来还有点别扭。

张璐璐端着果盘走进书房，后面跟着女儿夏小美，两人虽然不知道夏莉此行的真实意图，但都好奇地盯着屏幕。

“姑姑你知道爸爸的密码？”女孩将下巴抵在电脑桌上，瞪着水汪汪的大眼睛，“能……能告诉我吗？”

“我其实也不确定……”

她打开密码显示，慢条斯理地输入了“XIA 1202”，电脑卡了几秒，出现了布满各种文档、乱糟糟的桌面。她轻出了一口气，下意识地斜了一眼身旁的两人，张璐璐心领神会，摸了摸女儿的后脑勺：

“走啦，小美，让姑姑自个儿忙吧。”

这位前偶像还真没什么心机，夏莉只是随便找了个“清理私人照片”的理由，竟然就给糊弄了过去，把她单独留在书房……但问题在于，即便现在获得了这台电脑的操作权限，她也不知道该从何下手，寻找情报。

夏莉漫无目的地瞎点了一会儿，并没有找到关于小毛的任何记录……

等等，这是什么？在播放器的播放列表里，她发现了一个标题为“行为对照 A”的视频，赶紧点开。

出现在画面中的猴群没有佩戴项圈，应该全都属于卵生。它们的小手攥着石锤，有节奏地轻敲着地面，起先节奏凌乱，但渐渐变得一致起来。夏莉对自己看到的东西一头雾水，只觉得有点毛骨悚然。

之后的画面，则是几只戴着项圈的猴子在互相顺毛——夏莉觉得其中的一只极有可能是小毛。它们玩耍，进食，在实验室的草木假山间上蹿下跳，做着“正经猴子”应该做的事……看进度条，这视频足有三个小时之久。而在“行为对照 A”的标题之后，还有名为“行为对照 B”“行为对照 C”的视频……一直延续到I。

夏莉苦笑着摇摇头，掏出了移动硬盘——她可没有那么多时间和精力去检查如此庞大的数据，更何况还看不懂……不如直接拿给林莎交差就好。

按照林莎的“指示”，夏莉在一间喊杀声四起的网咖里等了整整一个小时，忍受着烟熏雾绕，看着众多少年壮年中年玩那些令她鄙夷不已的垃圾游戏。

林莎剪了短发，又戴着口罩，夏莉一时没能认出是她。两人找了个角落里的豪华包厢，开始检视从夏逸家带出来的移动硬盘。

“这些到底是什么意思，行为对照ABCD的？”

“看上去应该……”林莎一边盯着三倍速快进的屏幕，一边慢吞吞地摇了摇头，“不，说实话，我也不明白……有些看起来像是实验室里常见的录像，但又经过了剪辑……等等，这个动作……”她把视频又拉到开头，指着屏幕，正是猴群集体敲打石锤的画面，“这个动作，就几天前，出现过一次……那时我们刚把两个卵生猴群合并，它们就开始胡乱敲石锤，持续了不到半个小时，之后再也没有出现过。”

“几天前？那这录像是……”

“这显然不是我们公司的猴子……”林莎凑近了些许，“话说，你这录像是从哪儿搞来的？”她意识到这是个蠢问题，猛摇了摇头，“不，夏逸他为什么会有其他机构的录像……而且从来都没和我们说过？”

“……这动作怎么啦，能说明什么问题吗？”

“不知道，权且当作是卵生猴的异常行为之一，由于目前只观察到过一次，所以也没有引起太大注意。不过……”林莎抿了抿嘴唇，“如果其他卵生猴群也会出现同样的行为，那就很有研究价值了……问题是，为什么在合群以前都没有出现过呢？”

“也许就是因为合群的关系？”说到这里，夏莉突然想起了什么，“对了！小毛呢？你们把它送到卵生猴群去以后，它怎么样了？”

林莎愣了几秒，缓缓仰靠在座椅上，若有所悟地道："它好像也……敲了一会儿石锤，不过只有它自个儿在敲，所以我们都觉得那是日常玩耍，没有干涉。"

"我才不管它敲不敲石锤，我问你它怎么样了？"

"……说出来你可能不信，"林莎冷冷地斜了夏莉一眼，"它好像……是新的猴王了。"

夏莉离开网吧的时候，已经是晚饭时间，而林莎却还在包厢里废寝忘食地看着录像，连外卖都没点，倒是买了三瓶罐装咖啡……看来，现代的"科研工作"，确实是个需要"拼命"的职业。

只不过，夏莉低估了"拼命"这个词的含义，三天后她再联系林莎的时候，听到的却是带着哭腔的死讯。

"什……什么？事……事故？"夏莉攥紧了手机，"什么时候？"

回话的人，是林莎手下的实习生——说是实习生，但也是早稻田大学的归国博士，只要入职，想必也是会拿一笔夏莉这辈子也不敢想的高薪。

"就昨天……出了交通事故，车子撞上了高速公路的护栏。"

夏莉隐隐觉得事情有些不对劲。短短的两三个月内，这全国闻名的大企业里竟然接连有两位骨干死于非命。按这个死亡速度，说是高危行业也不为过。

作为一个曾经的小报记者，夏莉对八卦或者阴谋论之类的东西向来敏感，如果林莎与夏逸的死真是有人刻意为之，那么理由到底是什么？是"花匠"想要隐瞒用猴子做实验的事？还是当真孵卵器出了什么不可告人的质量问题？

"那个，林莎有没有……有没有给你一个移动硬盘之类的东西，这两天？"夏莉承认这句话有赌的成分——如果公司的电话被监听了，那危险的可不只是实习生，连自己都有可能被灭口。

"硬盘？没有……她只是给了我一个表格。"

夏莉一颤："干什么的表格？"

“让我向上级申请一批新的卵生猴，准备尽快再进行一次合群实验。”

夏莉皱起了眉。她感觉自己好像找到了几条线索，但又没法把它们联系在一起……而且，现在就下结论说是公司下的毒手还为时尚早，毕竟夏逸坠亡的时候，他女儿就在现场，警方也做过了仔细的勘察，确定是意外没错。

挂断电话之后，夏莉立即动身前往林莎发生车祸的地点，但也不出所料，啥都没有发现。这里是绕城高速的交叉口，所有残骸与痕迹早就被收拾得干干净净了。

为了让自己不要胡思乱想，夏莉买了一堆零食和啤酒，回到家里，打开电脑，准备开心畅玩。但在真正进入游戏之后，却发现握在手里的鼠标，竟然止不住打起了颤。这一旦冷静下来，整件事情就感觉越来越瘆人了。

待到夜深时，连秋蝉有气无力的鸣唱都让夏莉觉得分外可疑，吃了两片褪黑素都不顶用，辗转反侧之余，禁不住又在心里把来龙去脉理了一遍。假设真有这么一个“凶手”要对哥哥夏逸与林莎的死负责，而他又有办法制造足以骗过警方的意外，那为什么不一起动手？为什么中间还隔了两个多月？然后，理由呢？当真是因为那些标着“行为对照ABC”的录像吗？如果是这样的话，那移动硬盘肯定是已经下落不明，凶手应该也不至于冒险来灭一个连录像里到底发生了什么都看不懂的平民的口。思考到这里时，夏莉终于有了点睡意，她深吸一口气，合上了双眼。

嗯？不对？！睡什么呀睡——

她像一根弹簧那样从床上猛跳了起来，抹了抹额头的冷汗——

这事还没完啊！那录像的“原版”，还保存在哥哥的私人电脑里啊！

一想到自己的愚行有可能危及嫂子与侄女的性命，夏莉急得是整夜未眠。大清早天刚刚亮，她便火急火燎地直奔城南新区，赶到哥哥家门口时，刚好八点半。

她小心地观察了一下四周，确定没有“可疑人士”盯梢之后，才用力按响了门铃。

开门的是夏小美。

“你……你妈呢？”

“她说是有个小彩排，中午应该就回来了。”

把刚上小学的女儿丢在家里，自己出去干活……夏莉情不自禁地心生感慨，这单亲妈妈的周末还真是不容易。

小女孩的警惕性倒是很高，并没有立即解开门链。夏莉顺水推舟，说是要“找张璐璐聊聊”——既然她人中午才回，那在此之前，留在家里等她也合情合理吧？即便是这个说法，夏小美还是犹豫了一会儿才同意放夏莉进门。

也许是因为忽悠了自己的侄女而感觉到有一点点负罪感，夏莉并未直奔主题，而是与小美瞎聊了一会儿，但后者明显对平板电脑上的《戳泡泡》更感兴趣。夏莉便不再搭话，溜进了哥哥夏逸的书房。

密码没变，文件夹也还在，但让夏莉目瞪口呆的是，原先的录像完全不见了踪影，空空如也。她仔细回忆了一阵，确信自己当时使用的是“复制”而非“剪切”。

正百思不得其解时，夏莉突然听到楼下传来了脚步声——明显是成年人的脚步声。她赶紧起身，一边跑下楼一边想着要怎么向张璐璐解释。但当她看到来者的面目时，感觉好像被人照脸打了一棒，脑海里完全是一片空白——

是……是克里斯蒂安！

“你……”愣了好半天之后，夏莉才犹犹豫豫地开口问道，“你怎么进来的？”

夏小美走到克里斯蒂安身边，但还没开口，就被后者轻轻抬手挡开，她退回到客厅的沙发之上，乖巧地坐下，再次抱起了平板电脑。

“我们换个地方谈吧——”克里斯蒂安冲楼道比了比，“书房就挺好。”

他轻车熟路的样子，就像是在这个家里已经生活了好多年，甚至还在拐角的饮水机里抽出了两只纸杯，给自己和夏莉倒满了水。那动作和表情里，带着一丝不耐烦，就像是在说“让我们抓紧时间谈正事”。

喝了一口水之后，夏莉冷静了下来。作为“花匠”的合作伙伴，这位克里斯蒂安认识哥哥夏逸似乎挺正常，只是像现在这样反客为主未免也太不合礼数了……

“事先申明——”也许是看出了夏莉正在胡思乱想，克里斯蒂安率先开口解释道，“我是第一次来这里，和你哥哥也只见过几面，没什么交情。”

他的中文非常流利，只是在断句上有点怪异，听起来就像是地图软件上的导航语音一样。

“但你……你认识夏小美？”

“对，是她帮我开的门。”克里斯蒂安指了一下夏逸的电脑，“录像和资料也是她删除的。还得感谢你提供的密码，之前试过好多次都没有成功……当然，只要硬盘还在，想要恢复数据的话也不是不可以。但眼下知道这数据存在的人，只有夏莉女士你一个。只要你不说，这事就等于是完全没有发生过了。”

夏莉倒吸了一口凉气，向后退了半步，靠在了书柜上：

“等等，所以说，是你……是你杀了我哥，还有林莎？”

“怎么说呢……动手的不是我，但硬要追究责任的话，我不会推卸。”克里斯蒂安闭上眼睛，点了点头，“是，不光是他们，我在美国也杀了几个，他们都和你哥一样，是非常优秀的科研工作者，同时，也都是既不能说服也没法买通的死脑筋。”

“为……为什么要这么做？”夏莉一脸迷惑，“只是一些破猴子的录像吧？林莎都看不懂的录像！”

“那个录像的意义，正在于专业的研究人员都看不懂这一点上。这也是科学家比商人更难对付的原因——商人对现象上的可疑之处毫不在意，如果会影响到利润，他们甚至会选择主动隐瞒；而科学家则有更大的概率刨根问底，哪怕会毁掉整个公司也在所不惜。”

夏莉想起了林莎之前的话——果然，这一切的背后，说到底也只是金钱而已吗……

“但不对吧？”夏莉感觉更加迷惑不解了，“你根本就不是做卵生行业的人吧？就算‘花匠’，或者其他所有类似的公司都出了事，跟你也没有一分钱的关系吧？”

“可惜了，你不是我喜欢的类型，所以我并不打算和你探讨很久。”克里斯蒂安摆了摆手，“就直接从结论说起好了。卵生人出了很大的问题，但只要‘不说出来’，就不会有任何影响。我希望你能够保持沉默，就像什么也没有发生过一样。”他顿了顿，“我看人很准，知道你既能被说服，也会被买通，因此不如节省点时间，为自己的沉默开个价，如何？”

“开价？”夏莉越发觉得这位比自己小了快十岁的年轻人精神不太正常，“你刚刚才承认是你杀了我哥对吧？现在却……却想要收买我？让我装作什么都没有发生过？！”

“那这样吧，让我先报价——”克里斯蒂安微笑着晃了晃手指，“你可以活下去，我保证不会因为这件事而伤你性命。”

“伤我性命……”夏莉咽了咽喉咙，“……那如果我说‘不’，你就要杀了我？在这里？”

克里斯蒂安没有回话，冷冷地盯着夏莉。约莫半分钟后，夏小美出现在了书房门口，手里面，攥着一把足有她小臂那么长的菜刀。

“小美……你在干吗？”

“你会死，是的；在这里，也没错；但并非由我下手。”克里斯蒂安点点头，“我知道事情一定不会变成那样，不过……既然是谈判嘛，那还是先说清楚我这边的底线比较好。”

夏莉完全没有在意对方到底在说什么，她双眼发直，死死盯着夏小美手里的菜刀：

“小美……莫非我哥……不，你爸他，是被你……”

“别说了，姑姑——”夏小美慢条斯理地摇摇头，“别说了，你会伤心的。”

夏莉茫然地看向克里斯蒂安：“……你到底……到底对小美做了什么？”

“我只是跟她分享了我的想法，仅此而已——”对方点了点自己的脑门，“她明白我在做什么，也懂得为了更大的利益而做出必要的牺牲。相应的，我们也会竭尽所能弥补她的损失……以她的年纪，就算要对杀人的罪行负责，至多也就是在特殊学校里住个几年。说不定还能找到抑郁症或者精神分裂之类的借口，早早放出来，换个身份继续人生，不难。”

“别信他！小美！”夏莉咬牙切齿地道，“我不知道他对你说了什么，但绝对是骗你——”

“嘘！”

夏小美和克里斯蒂安同时抬起左手，放在唇上，几乎是异口同声：“请不要说‘骗’，我们两人之间，没法做到这件事。”

比起莫名其妙的话语，夏莉更震撼于两人宛若一体的语气和神态。此时此刻，她突然有种感觉，觉得现在并不是一男两女三个人类在谈话，而是一只羔羊正面对两只掠食者。她不禁两腿发软，用手撑着书架才勉强保持平衡，不至于瘫倒。

“你听说过吗？有一种说法，说人类并非独立物种，而应该算作是第三种黑猩猩……但在婴儿的发育周期上，我们其实与白帽短尾猴更加接近——”克里斯蒂安用手掌轻压自己的肚子，“你们全部都是‘早熟’的产物，在孵卵器投入使用之前，没有任何办法去验证人类‘本应该’是哪种模样……而我作为第一个卵生人，有幸知晓了这个已经被掩埋数十万年的答案，同时也明白了自己有义务把这个答案继续隐瞒下去。”

“答案？”

“语言、动作、表情，这就是人类所拥有的全部沟通方式，有些不够准确，而有些不够快捷。以中文为例，一分钟能够传达的话语，大概只有250字左右，这实际上远远小于神经系统和大脑的处理速度。”克里斯蒂安继续说道，“而发育成熟的卵生人，拥有一整套完全独立的沟通方式，它不仅速度远比语言要快，而且最重要的是，附带了说话者的情绪与思维本身，真话还是谎言，当场就能知晓。也正因为如此，我们可以在很短的时间内分享彼此的整个人生，也就能够轻而易举地互相信任。”

“独立的……沟通方式？”夏莉眨了眨眼睛，“什么意思？你们难不成会心灵感应？”

“可能是信息素，也可能是脑电波，具体的原理还在研究。但请原谅，我实在没办法向你解释清楚那到底是什么感觉，就好像——”克里斯蒂安做了一个似是鸟儿翱翔的手势，“你也没有办法向一个盲人解释彩虹是何种模样。”

“也就是说，你们……多了一种感官？”夏莉似懂非懂地道，“是进化了吗？”

“确切地说，是科技的‘进化’，还原了我们的本来面目——人类的本来面目。”

“那……那是好事呀，不是吗？”夏莉上前一步，摊开颤抖的双手，“这有什么要隐瞒的呢？为什么不惜杀人也要隐瞒呢？！”

“正是由于我看人太准，才确信这是唯一的选择。”克里斯蒂安无奈地面露苦笑，“仅仅是因为头发和眼珠的颜色不一样，生活在同一片土地上的纳粹就可以把其他人做成肥皂，如果现在突然出现一个人人都能‘心灵感应’的种群，会发生什么？”

“纳什么？纳粹？纳粹是一百年前的事了好吗？！”夏莉简直是哭笑不得，“现在全球的卵生人没有一百万也有八十万了吧！怎么？你难道还怕我们对你们进行种族灭绝吗？”

“恰恰相反。需要被种族灭绝的，是你们。”克里斯蒂安有意停顿了几秒，用力点了点手指，“假设我们的问题被发现，所有的卵生人企业都会立即停工，就算将来东山再起，也会受到种种限制，用卵生人代替旧人类的计划，将会推迟几十年，一个世纪，甚至永不发生。”

“代替旧人类？你疯了吗？你知道你说的‘旧人类’现在有多少吗？七十五

个亿好吗？你要让这七十五亿人，全都变成卵生？！”

“这比你想象的要快。整个世界的结婚率越来越低而离婚率越来越高，单身的人口越来越多，生育的意愿也越来越弱——”克里斯蒂安放慢了语速，耐心地解释了起来，“女人觉得妊娠产子太过辛苦，男人觉得照顾孕妇费时费力，当卵生人形成稳定而成熟的产业，不愿承担生育之苦而又想要后代的人，必然会越来越多地选择使用孵卵器。而卵生人本身所具有的优势，也会让我们很快攫取更多的话语权，大大加快这个进度。更不要说随着科技的进步，孵卵器还会加入诸如基因优化之类的强大功能……按照‘花匠’高层的预测，最多一百年之后，百分之九十的人都将通过孵卵器降世。到那个时候，人类将会迎来一个崭新的时代……”他显得稍微有些激动，深吸了一口气，“……你知道吗？在卵生的白帽短尾猴群中，几乎没有任何争斗，甚至连拥有特权的猴王，也不是通过暴力产生的。这个现象被美国的研究人员认为是豢养环境下的异化，并没有引起重视，而只有像我这样的卵生人才知道真相。想象一下，如果人类也能进化到这一步——没有争斗，互相理解，彼此信任，世界会是何种模样？这难道不是有史以来最伟大的事业吗？难道不值得我们不惜一切代价来实现吗？”

“所以我哥就成了‘代价’？而你杀他，是为了全人类？你是这个意思吗？”

“首先，我从没有说我是一个好人，我只是害怕，我们都只是害怕，害怕受到压迫甚至沦为实验品。我们与其说是为了全人类，不如说是为了自保。其次，你哥远比你想象中复杂。他在国际交流中接触到了一些卵生猴群的录像，隐约察觉到了异状，便偷偷把小毛掉包，准备用它进行独立的对照实验，再根据结果来确定下一步的行动……”克里斯蒂安轻轻叹了口气，“如果他找到真相，必然会明白这是个足以让他留名青史的发现。无论用何种方法，都不可能说服他放弃。即便暗中破坏了实验或者干脆杀死小毛，也只会激起他的好胜心与求知欲。最终，还是得杀他灭口。”

“你难道……”

“我知道你想问什么。我确实没有试着说服过你哥，一次都没有，但我也十分确定那不会成功。我说了，我看人很准……”克里斯蒂安摇摇头，“这不是套话，你就把它当成是……是‘心灵感应’的附赠品好了。”

“那你跟我说这些……就那么确定我会听你的话，守口如瓶？”

“对，而且在跟你面对面地谈过之后，就更加确定了。”

夏莉又斜了一眼夏小美，侄女手里仍旧攥着菜刀。“……为什么？因为你觉得我怕死？”

“你怕死，但也没那么怕——”克里斯蒂安爽朗地露齿而笑，朝夏莉比出双指，“只不过你非常自私而又足够聪明，绝不会为了‘让世界知道真相’或者‘为哥哥报仇’这类愚蠢的理由而牺牲自己。”

“自私”这个词，就像是某种密码，起先让夏莉仿佛被刺痛了般猛打了个颤，但想要反驳却又不知道要从何说起。是啊，就算旧人类真的在一百年后灭绝，那又关她何事呢？至于为哥哥报仇就更无从谈起，毕竟真正动手把哥哥推下悬崖的人应该是侄女夏小美，这仇得怎么个报法？

半分钟后，夏莉点点头，露出苦涩的浅笑：

“你都说完了吧？我现在能讨价还价了吗？”

克里斯蒂安嘴角轻扬，朝夏小美扫了一眼：

“丫头，去给你姑削个梨，我们要谈大人的事了。”

其实，克里斯蒂安并没有把一切都和盘托出，他隐瞒了最重要的环节。

他所谓能带来“新时代”的卵生人，并非天生就掌握那什么“独立的沟通能力”，而是必须在群体中接受一种类似于“启蒙”的训练。这也就是卵生猴群会用统一节奏敲打石锤的原因。只是对于拥有自我意识、逻辑思维和语言能力的人类来说，光是一起敲打半个小时石锤可远远不够。

为此，在几位坚定支持“人类进化”的专家的帮助下，克里斯蒂安制定了一整套复杂的“训练”方案，再借以“幼儿教育”的名义，向所有从孵卵器中诞生的婴儿普及……其中就包括风靡全球的“弱智”电子游戏《戳泡泡》。

这一切，都是在夏莉加入了克里斯蒂安的公司之后才被告知的……权且不说工资高低，她还拿到了一点股权，虽然不多，但换算成现金的话，已经是她以前想都不敢想的巨款了。

“下午你去和总监商量一下演讲稿的事——”手机屏幕中的克里斯蒂安显得有些疲惫，“我这两天得集中精力，伺候好联合国教科文组织的官员。”

夏莉点点头：“明白，那演讲稿我改好后就——”

“不，你觉得 OK 就行，不必再给我过目了……自信点夏莉，你可是我亲自挑选的心腹。”

夏莉关上电话，看了一眼放在客厅角落的孵卵器，这是“花匠”生产的最新型号，据说已经卖出了两百万台。只不过现在那里面还没有胎儿，夏莉也并不确定到底要不要采取卵生的方式来繁衍后代……不，应该说，连是否要繁衍后代都不能确定。她小时候听说全球生育率在下降的时候，还担心人类会不会有一天就这样越来越少，直至最终消亡。现在看来，说不准一百年后，人类全都会变成从流水线上批量出厂的工业制品，想要多少就有多少，数量和品质都可以精确调控……就和牛肉罐头差不多。

至于什么新时代不新时代的……百年之后的事，哪管他洪水滔天？想到这里，夏莉又坐回到了电脑桌前，继续刚才那局尚未结束的游戏。

她抖开左轮手枪的弹巢，里面只剩下最后一颗子弹，而不远处，响起了敌方坦克的轰鸣。

——原载《科幻世界》2022 年第 3 期

人工智能已经成为或者即将成为我们时代的标志性特征。面对这种我们还不十分熟悉的“伴侣”，人们多少有些惊慌失措。

因为“我们”和“他”显然没有处在一个量级上。“他”的算力远远高出人类，“他”的感知无处不在，甚至不妨说“他”的智慧高不可攀。在《错觉》中，人们穷极一切努力，也许还能侥幸取胜。但这种状况，又能坚持多久?

错　觉

星　河

引　子

“咱们来看这张图。”

“这个我小学就玩过了好吗？”

面试官一点也没反感我那懒洋洋的盛气凌人，继续认真地摆正面前的纸片。

纸片上画着一顶夸张的古典高礼帽。看起来帽高檐短，其实这是一种错觉，两个长度是一样的。

真的，这游戏我小学就玩过，甚至可能是幼儿园。

我介入“启蒙”计划是在春天，初春。那时玉兰刚谢不久，走在校园里，经常能被噼里啪啦掉落的杨树花打中头部，女生都管它叫“毛毛虫”。

我参加的是心理学组。其实我是一名数学系博士生，所以我本来申请的是数学组。但他们说人工智能的数学部分有专人负责，“而我们需要了解一下人工智能的基本感受”。

我不明白什么叫“人工智能的基本感受”。面试的时候我就声明，我是搞纯基础数学也就是纯粹数学的，对应用数学几乎不懂。这里需要解释一下，外人总认为数学家吃饱了撑的闲得没事干，才把数学分成什么纯粹数学和应用数学，其实这也是一种大错特错的错觉——按照数学大师希尔伯特带有辩论性的反讽：纯粹数学与应用数学毫无共同之处。

“你不用解释。”面试官在我眼前一晃食指，俨然一副“这些我比你懂得多”的神态，“不需要你懂。我们会教你。”

“你们……教我？”

“对，我们教你。”

经过他的一番解释，我多少有些明白了。他们研究的人工智能，眼下即将进入瓶颈期。尽管从大数据和模糊数学入手，已经让人工智能非常接近真正的智能化工具，但还是难以突破直线思维的模式——一二三四，因为所以。他们希望人工智能以一个整体性、概括性和全景式的眼光进行决策与取舍，换句通俗点的话，就是用真人的眼光来看待这个世界，观察这个世界，理解这个世界，判断这个世界，以及，思考这个世界。

“既然这个需求这么感性，那你们为什么又非要找一个懂数学的人来参与呢？找个非数学专业的不好吗？”我还没好意思说“找个文科生不好吗”。

“我们需要你不受学术影响地用数学语言来描述。”

既要不受学术影响，还要用数学语言来描述……这恐怕有点难度，何况我还是似懂非懂。

总之我稀里糊涂地接受了相关测试——除了那道题，还有一连串的题。

测试后我很快便收到了录用通知，接着就被安排去见“他”，那个所谓的人工智能。

第一次见“他”之前，我一直觉得，那场面应该像高科技电影里那样：我坐在空旷大厅中央的一张桌子后面，四周环绕着高墙林立般的盒状仪器，正中间是一块闪烁着雪花的黑白屏幕。

不知道为什么，在想象中我还一定要把地板安排成黑白格相间的国际象棋盘模样。

事实当然不是这样。当然不是。只是因为我看过太多类似的老电影，才以假乱真地记忆犹新。

1

回到测试阶段。

“刚才只是一道预备题。”面试官接着说，“现在咱们来看复杂一点的题目。”

他又出示一张纸片，上面是一张柱状图，五条矩形呈 U 形分布对称排开。数字分别是 25、20、10、20、25——它们应该是某种百分比。

“这是一个民调模拟图，比如针对某项议案草案，分别代表很支持、较支持、中立、较反对、很反对。”

是。很直观。

“假设，只要很支持和较支持的人数超过 50%，议案就能通过。”——很明显，现在只有 45%，“我们应该怎么办呢？”

“增加很支持的人数就是。”我说。

“事实证明，当在原来的封闭人群中加入一些新鲜血液，新加入的又都是坚定的支持者，那么原本的一些支持者反而会动摇倒戈，加入中立阵营当中去。”

“这是为什么？”我不解。

“原因要从我们的结论里得到，但现在我们要推演的正是结论。”

“接着说。”我说，“增加较支持者人数也不行吗？”

“也不行，他们会导致部分原有的较支持者滑向较反对者阵营。”

“这可奇了！”我突然来了兴趣，“那我知道了。我们应该增加较反对者的人数，这样原有的较反对者就能自动滑向较支持者。”

“这正是社会心理学中的‘跷跷板原理’。”我其实是在起哄，没想到却得到了他的充分肯定。

“可这说不通啊。”我挤眉弄眼地觉得没有道理。

“很多科学原理就是反直觉的。”

“那也应该有个解释。”我像爱因斯坦一样坚信“上帝不会掷骰子”。

“目前心理学的解释还不统一。你知道心理学不像物理学，后者属于乔木结构，到了树梢才分叉；前者本就属于灌木结构，各个学派从出发点开始就全无交集。而且——”他收拾好纸片，“这只是一个简化后的理想模型，真正操作起来很复杂，它的函数模型也不是简单的小学数学加减法，而是概率性的体现。”

从上述种种“奇怪”的事情出发，他们开始研究错觉，认为这是目前人工智能与人类的一个重大分野。人类有错觉，动物也有错觉，但人工智能却不会有错觉。它在思维方式上再模仿人类，再通过模糊数学来做模糊判断和容错判断，也还是不会有真正的错觉。因为从一开始它的感知方式就与人类不同。人类靠器官接收外部世界的信息，然后反映到脑海中，无论过程中哪部分出现问题，都会导致误判。但人工智能则十分精确，断然不会出现这种情况。

所以他们才要换一种方式给人工智能喂知识。原来都是通过各种资料，准确详实的资料，现在不，他们希望它能通过人眼人耳之类的传统器官来观察和看待这个世界。

我就是这堵行走的器官墙。

“具体的操作方式呢？”

“很简单，就是在你脖子上挂一手机。”

“嘿，我还以为真要联网我的脑壳颅腔呢。”原本稍有担忧的心放下了。

面试官只是笑笑，算是接受了我的笑话。后来我知道，他就是项目负责人，杨德先，杨教授。

后来杨教授还告诉我，面试时之所以与我东拉西扯，其实也是测试的一部分，看我的知识面，看我思考问题的方式，看我的随机应变能力。

当然不是真手机，比手机要高级。但也高级不到哪里去，就是一个实时的摄录装置，当然除了摄录还有一些功能，总之没有多少技术含量。

虽说还没到真正的夏季，但我也像那些没有衣兜的女生一样，用根彩色带子把手机挂在脖子上。我挂着它到处走来走去，挂着它上课，挂着它吃饭，还要挂着它谈情说爱，只有洗漱如厕的时候暂时关了。在这种情况下人不可能做到完全自然，就连我自己都能听得出来，恋爱呢哝的时候我也像是在大段地背诵台词。我倒不怕被“他”看见听到，人类在人工智能面前又没有什么真正的秘密可言，早就赤身裸体如同裸奔了，但我还是不想在全组面前做毫无遮拦的感情直播。

“他”吃得津津有味。

2

我按照组里的惯例，跟着他们一起管这个人工智能叫“他”。

需要介绍一下：我们所谓的人工智能，当然是个粗称。从理论上来说，人工智能是要研究一种能够像人一样思考的机器，但具体而言分层很多——可以模拟，可以延伸，也可以扩展。“启蒙”项目目前的水准，只是处于最初期的模拟阶段。

这是我们学校人工智能学院这几年的重点项目之一。

其实“他”的体积，远没像我想象的那么壮观，根本做不到环绕整个房间的四壁，不过一台主机大小。我在外面游荡的时候，把各种信息直接无线联网传送给“他”；我回来述职的时候，面对的也就是这台主机所谓的“眼睛”——

视觉接收器。当然，“他”的眼睛有很多，不说无处不在，至少也是目光密布。反正我就冲着显示器说话。

一般来说，我在外面吞吐吸纳的时候，“他”一般不做积极反馈，偶尔“开口”也是咨询，希望我能给以解惑。“他”就像一个沉默寡言的朋友，只是默默地注视着我所经历的一切。

关于这点我问过杨教授。那次我们简短地交流过几句。

“我究竟应该怎么给‘他’上错觉这一课呢？”

“你可千万不要误解我们的意思。”杨教授郑重其事地说，“你原来想做什么就做什么，千万别每天想着什么错觉之类的事情。我们说的错觉是最终结果，不是让你每天的具体工作都朝这个方向努力。你可不要产生这个‘错觉’。”

“可我就是不知道究竟该做什么。我是说关于‘他’。我平时在日常生活之外，还应该再做点什么？”

其实我每天都要提交一份简短的报告，但我不知道是因为自己拿钱没办事的羞愧感，还是因为缺乏一种真实的参与感，我总觉得自己什么也没干。

“满足‘他’的一切要求。”杨教授一锤定音。

“万一‘他’要我做什么出格的事情呢？”

“答应‘他’。当然要请示我们。”

“先答应还是先请示？”

“先答应，再请示。”指示十分明确。

好吧。

根据数据特征来看，近来“他”的知识可谓突飞猛进，士别三日已非昔日吴下阿蒙，虽说“他”还是不会产生所谓的“错觉”。

有一天——这一天很重要，五一劳动节——“他”居然郑重其事地向我提出一个建议——

“我们去犯一些罪吧。”

“什么意思？”虽说我事先料事如神地想到了这种可能，但我还是感到十分惊讶。

“我是说我想要去犯罪。”“他”解释说，“我只知道什么是犯罪，但没有亲身经历过。”

“这个……我恐怕需要请示一下。”

“当然。”“他”宽宏地表示理解。

“答应‘他’。”杨教授没有丝毫犹豫。

汇报是在“他”看不见听不到的地方，摄录装置也关闭了。其实这样做的意义可能不大。

对于合谋犯罪项目负责人是答应了，但还是要向有关部门备案，否则真被抓住说不清的可是我。

我不记得原来在哪里读过这样一句话，大意是：假如有人具备了超越其他人的特殊能力，那么他首先想做的一定是犯罪。

可是，犯什么罪呢？

3

“这堵墙有什么作用吗？”

这里是学校里的果园。生物学院的实验田。外面围着一圈十分传统的砖砌矮墙，像是上上个世纪的文物。

“没什么用吧。”我用手摸了摸那些斑驳的红砖，“防盗也防不住，就是为了划分开果园内外而已。我记得生院同学和我说院里本打算拆了它的。”

“出过正式通知。是要拆。说是危墙了。”

“你怎么知道？”

“有一次你路过生物楼，你瞟了一眼通知。你没认真看，但我看了。”

是啊，你不用认真看也能一下摄取到所有信息。

“那好，现在我们来拆这堵墙。”“他”给出结论。

“为什么？”我再次惊讶。

“既不影响别人，又属于违规之举。”

嘿，这就是“他”的逻辑。

“具体怎么做呢？”面对这一请求我还真是束手无策。

“现在你注意啊，这几个点——”

摄录装置突然亮了起来，这才让我想起它除了是传送装置还是接收兼输出装置。信息量不大，就是几个红色光点。光点打在墙根处，大约有四五个在一起闪动。

“记住顺序了？”

“记住几个点了，没记住顺序。”

只好重来一遍。因为“他”告诉我，必须按照顺序来。

复习了几遍之后，我算是胸有成竹了。我找到一根铁管，开始按照顺序敲击那几个点。前几个点敲开之后，“他”告诉我现在要小心了，因为墙随时都有可能倒塌下来。

在“他”的指点下，我找到一处安全位置，开始最后的破坏行动。

随着最后一点被击溃，矮墙明显晃动了一下。我反应极快，连忙撤到一边。我再一次明确地看到了墙壁的剧烈晃动。

其实我不用那么迅捷，“他”给我留出了足够的时间。我打心眼里佩服“他”的指令，“他”居然能让我干掉受力点却知道墙壁不会马上坍塌，这得是多么精巧的计算啊！

就在我心生感叹的时候，陈年老墙在我眼前轰然而塌。烟尘散去，眼前露出了品种不同的果树。

这声响动，在我听起来有如暗夜中的一声惊雷，但因为周边没人，所以几乎没有引起任何反响。人们要到明天早晨才会发现它的“身故”，而且现在是周五晚上，很可能要到周一早上才会有人觉得此事蹊跷。

第一宗案件完美完成。

我很不满足。这算什么犯罪啊?

“要休息一下吗？”

“我不用啊。看你。”“他”好像在笑。

“那就继续！”在这个周末的夜晚，我突然变得格外兴奋起来。

“那去第二个地点。”

那天晚上，我们到处“犯罪”，高兴得不亦乐乎。

我本来以为我们会一路无话，只是配合默契，然后各自享受成功后的喜悦。但事后复盘的时候，“他”却滔滔不绝起来。

4

“算是私人谈话吧，我把公共记录关了。”“他”提醒我。

“我无所谓啊。”

伴随着犯罪欲的释放，“他”一下子变得健谈起来。我浑身发冷，坐在加纳达咖啡馆的角落，捧着温暖的咖啡杯。躲在角落里是为了与“他”继续交流。

“脑科学是极其复杂的。”“他”侃侃而谈，“工业革命的产生仰赖于微积分，信息科学的产生依赖于信息数学，现在，涉及脑科学，或者说得更大一些，涉及智能的研究，需要更好的数学工具。但是现在，人类没有。”

“好像有人用量子力学解释过。”我嗫嚅。

“下面我们就来看第三个错觉。”“他”根本不接我的白痴话茬，“传统科学一直认为，我们的脑活动是线性因果的——一二三四，因为所以。但是，按照这种思路去研究脑科学，最后肯定会碰壁的。”

“过于……机械是吗？”

“对。按照冯·诺依曼式计算机方式模仿人脑，也就是把一条条脑神经视为线路连接起来，形成的假大脑至少要好几个机场候机楼那么大，而且运行起来还比人脑要慢。所以这不对头，很不对头，尤其是电子器件的速度还比生物体要快不止一个量级。”

“那是怎么回事？”我知道“他”需要一个捧哏。

“所以有理由怀疑，人脑不是按照那种机械逻辑行事的，一定还有其他方式。”说到这里“他”故意停了一下，“现在的主流理论认为，只有量子力学的方式能够描述，其实这完全是个谬误。”

原来他在这里等着我。

“其实量子力学连自己都描述不清楚。”我仿佛能感觉到，“他”的语气里充满了鄙夷和不屑，“不过这个我们暂且不去讨论，应该说我也不懂。但我目前的思路是：所谓人脑的线性逻辑必定是一个假象。”

“所以？”我开始听不懂了。

“所以，我们需要新的数学工具。”

“量子力学不是开发出许多新的数学推演方法吗？”

“不够。那些不够系统。”“他”说，“新的数学工具将囊括量子力学。”

“需要疫情中的牛顿吗？”我想起《自然哲学的数学原理》的诞生。

“不，需要人工智能。”

“人类解决不了吗？”

“人类自己很难解决这个问题，就像心脏不能给自己供血一样。”“他”打了个比方，“需要冠状动脉。需要人工智能。”

那我就洗耳恭听好了。

“人脑的工作方式，肯定不是传统的机械方式。”“他”再次强调，“过去人们假设，人脑的思维方式，就像拟人式的程控电话系统。比如一个 8 位数的电话号码，当你拨出第一位数 6，其他九个就自动休息了，而号码第二位的十个数字全部警觉起来，等待着下一个信息；第二个数字你拨了 2，其他九个又自动休息了，而号码第三位的十个数字全部警觉起来……就这样一段段接力下去，直到整个信息簇传递完成。

“但问题是，假如大脑的工作原理也是这样，那么分支就实在太多了。按照这种方式布线的话，完成一个人脑功能的计算机体积，就如同前面说的庞大体量。

“那么大脑在自然界的形式和结构又是什么样的呢？”

“什么样的呢？”我接着听。

“其实最初步的基础，用现有的数学理论足够支持。”

“嗯？”

“你们忽视了一个数学分支。”

“数论？”我犹豫道。

“数论。”“他”赞赏我的敏锐，“迄今唯一没有实际应用到的数学理论。”

我有点困了，一直到回宿舍后还在梦里继续消化这句话。

5

我可能错过了挺大一个发现，也错过了了解“他”的有利契机。主要是那段时间我心思有点不在这里。像所有适龄男生一样，当时我刚好被一名女生所吸引，而我又特别希望“他”能在这点上对我有所帮助。

之前我说什么挂着装置直播恋爱那都是吹牛，其实我根本没有固定的女友。当时他们随口那么一问，我就爱面子地张嘴那么一答，接着他们会心一笑，我也猜到他们没信，后来更坚信他们早就把我调查了个底儿掉。

但现在不同，我恋爱了，场面情节就像各种流行电视剧，所以不必浪费笔墨。我就告诉“他”：书斋里面待太久，我完全不知道怎么和一个异性打交道。但“他”说你这根本就是问道于盲，这个我怎么可能帮得上你。不过——

“他”示意我看计算机屏幕。

那上面展示出那女生手机接收到的所有信息。但别人的信息都被拦截了，只有我的信息还在不停地闪烁。他还自作主张发过去一个友善的笑脸，并且告诉我这个符号现在一般表示“没有恶意”的意思。

“这是什么鬼东西！”我好气好笑的，“又不是上个世纪。她会去修手机的。”

“全拦截她一定会，我只做适当拦截。我现在也有一些情商的。”“他”简直像是一位慈爱的长者，但说出来的却不是“哥只能帮你到这里了”，“相信我没错，套路化的感情模式用不了多少算力，靠我的话就像你们说的杀鸡用牛刀。”

嘿！

“第二桩我已经想好了。”

“什么？”“他”的弯子转得太快。

“第二桩罪行。”

“他”所谓的第二桩罪行，是偷一辆汽车。

“这绝对不行！”我一口回绝，“这是真的犯罪了。我还要学籍呢。”

“别着急。你这样设想一下——”

“他”的思路如下：设想一个贼，偷了一辆车，然后我们再去偷过来，这是没问题的。我告诉“他”，那一样犯法。但“他”认为：首先对方不敢报警，其次我们开走后随便停到一个地方，警察自会处理，甚至最初会当做非法停车，忽视掉其他线索。我还是摇头：“要是有人在警察之前又拿它来犯罪呢？”“他”说我会时刻盯住它的，你放心吧。

总之，“他”软磨硬泡地说服了我，我糊里糊涂地答应了“他”。我觉得潜意识里我相信“他”会万无一失，这是我敢于铤而走险的重要原因之一。

当然这事我必须汇报给杨教授。

这起罪行还是拖了几天。杨教授那边报备起来需要一些手续和流程。

晚上，在距离学校大约三站地的一个拆迁后的城中村旧址，一辆白色轿车缓缓驶来。司机停车开门，走进旁边的烟酒店。

“他”告诉我，你一定不要着急，中速行进，等红灯过马路，一切如常。

于是我按照“他”的吩咐，中速行进，等红灯过马路，然后从容地拉开车门，上车，坐稳，一脚油门，不到半分钟车已驶到下一个路口。估计这时车主（应该说是偷车贼）还没从店里出来。

路线是“他”选的，我只能算是油门压力器和方向盘操控机械手。大概开了一刻钟，晚上车少不堵，已经有一段距离了。“他”指示我把车停到一个显著位置，但同时又安排在树荫之下，因为这里没有摄像头——当然这是我先有此担心，“他”才告诉我的。

“他”让我走出一站地再打车回来，到“他”眼前转一圈再回宿舍，目的是留个后手，“他”给我做不在现场证明，比如说我在校园没监控的地方转了一圈。还有，取走落在这里的装置。

我忘记说了，动身之前，我把装置“落”在实验室了。我们是靠手机联系的。

开车的时候我没工夫细想，但在出租车上我就有脑子动了。其实这里有个很大的问题，那就是“他”究竟是怎么确定一系列事情的。

废墙不同，它就站在那里，确定周围没人就可以，这很容易做到。但偷车这件事，有好几重难点——注意，是好几重，不是好几个。

首先“他”要确定，哪辆车是偷的，这一点不确定，其他都是白搭。“他”肯定是调用了各种交通监控，说起来这点还不算太难。

难的是“他”怎么确定某辆车即将前往哪里。不能离我们这里太远，否则我赶不过去，毕竟司机在不熄火的情况下，最多下车买一盒烟，而不会去吃一顿大餐。好，这也可以靠大量筛选，咱们姑且就这么认为。

但还是有许多细节需要考虑。哪个司机会开着哪辆被盗的车停在我们附近的哪个地方，而且他还刚好需要下车买烟或者方便，而且他还刚好把车停在一个监控看不到的地方，而且他还刚好有下车不熄火的习惯，而且……

实在太多的“而且”了。我相信这些在“他”的大数据分析下并没有那么难，但我还是觉得有些不舒服。

第二天“他”告诉我，因为车停的位置非常讨厌，所以在早高峰到来之前就被警察给拖走了。

但是，关于“他”是怎么解决昨晚那些问题的，我没问，“他”也没说。

6

第三次，“他”终于要把黑手伸向活生生的人了。

这次我真的断然拒绝了，而且勃然作色。但“他”依旧不紧不慢，向我道出原委。

“不要一提动人你就不干。不是那么简单。”

“怎么不简单我也不干。”

“不需要你干，只要你在场就行。”

“望风也算犯罪。”

“这里就没有什么真正的犯罪。”

“他”的说服工作用了整整三天，最后我还是妥协了。我甚至连请示汇报的事情都听从了“他”——暂时先不请示。自然，我还要“忘带”装置。

“他”的计划是这样的……算了我们还是直接去现场吧。

大概在上次停车处两倍距离远的地方，有个相对繁华的商业区。“他”说这一带小偷猖獗。我听了有些奇怪：现在人都不带现金，就那么几个钱值得冒险吗？“他”说还是值得的，比如手机被偷后再被刷机，可以解密各种财务信息，对那些毛贼来说还是有很大意义的。

“你在舒适区待得太久了，看不到社会黑暗的那部分。”

嘿！这情商提高没两天，居然谆谆教导起我来了。

金银首饰柜台前人流稀少，在我看来是最不适合小偷下手的地方，尤其是男贼，在这里实在太过明显。但“他”说这种时候人的警惕性最差，而来看这种饰品的女性大多属于那种防范意识极低的人傻钱多型，最容易得手。

“分析得这么清楚，干脆你教我干这个得了，这个来钱快。”

“你说过你不犯罪的。”“他”情绪极好地提醒我。

按照“他”的部署，我只要远远地跟着，把手机镜头调整好，对准“他”要求的位置。当然“他”的视野可以微调，就像转动“他”的眼珠一样。

没了装置，我们就靠手机联系。

果然，一个家伙从那位正在挑选首饰的女士背后走过，擦碰之轻我看着都如一阵微风。不过那女人还是察觉到了，但她似乎会错了意，只是轻微地怀疑到异性身体接触方面，而这正是那家伙想要达到的效果。女人继续看货，手机已经易手——我猜的。

要是没有我们，手机就会在她毫无察觉的情况下永远离开了。

但刚才我已按照“他”的要求，在女主收好手机之前远程扫视了手机桌面，“他”已获得了足够的信息。所以手机刚一离开主人身体，突然间铃声大作，而且是这台手机独有的设置，那女士本能地去摸手机，接着便向那贼大喊“我手机呢”。也许看到逃跑的道路实在不利，那贼只好把赃物一扔然后撒腿就跑。

所有这些，都发生在同一秒钟，看得我真是热血沸腾。

初战告捷。

“他”的计划，就是抓偷手机的贼。当然不是真抓，“他”不会让我贸然出手，那太不安全，更重要的是，那就失去了人工智能参与此事的意义。所以

“他”只是让我观察，还不是真由我来观察，我只是一个移动的拍摄杆，实际上是由“他”来观察，获取被窃（有可能被窃）手机的信息，在手机被偷的那一瞬间，激活手机（打来电话），让失主马上发现，让小偷无法得逞。

“这是做好事啊！这是学雷锋啊！”为了说服我，事先“他”曾反复这样形容。

我们高高兴兴地玩了一下午，换了五个地方。我真的兴奋起来了，本想晚上接着玩，但“他”说那会太累，再玩下去很可能出事，这才鸣金收兵。

7

需要说明的是，“抓贼事件”发生在周三。而在前一个周六晚上，我第一次因为私人原因把装置关了，准确地说是没带在身上。这回可并不是无意“落”下，而是有意为之。严格来说这是违规的。

因为我和李妍去了宾馆，那属于私人时空。在“他”的帮助下，我和李妍的关系稳步发展，这就没有什么可多说的了。

我们没有一起待到周日，周日她有事。我回学校后去了游泳馆，自然也没带装置。

事先项目组有约定，类似这种隐私空间，装置必须关掉。这对“他”来说本无意义，人工智能又没有性别，但涉及他人隐私，我们不能逾矩胡玩。

为了省事，我也没带手机。

在游泳结束沐浴更衣的时候，有个人靠近我，总共只说了三句话：“杨老师叫我来的。回去看。避开一切电子设备。”说话间他塞给我一个很小的塑料袋。我短暂地惊讶了一下，没动声色地把塑料袋握在手里，那之前还没忘看清里面不是粉末而是一个卷起来的纸条。接着他便消失在一群裸体当中。

纸条的字句写得很简单，让我第二天中午等着杨教授找我吃饭。他邀请我时不要说起纸条的事情，寒暄推辞，一切正常，最后去的时候还要恰好“忘带装置”“忘带手机”，以及“忘带”一切电子设备。

我当然猜到了，这是要防着“他”。

原来真有双面间谍这种职业。

第二天杨教授果然出现在我的办公室，一脸的兴奋。他告诉我自己昨天出差了，参观了一家机构，有些信息希望马上和我交流一下。

“走走走，一起去吃个饭，这段时间我太忙咱们好久没好好聊了，再说来这么久我都没请你吃过饭。”

“您别客气，这多不好意思。”

“走吧走吧。”

在杨教授的拉拉扯扯推推搡搡中我“勉为其难”地去了。装置和手机自然没来得及带走，全都留在了桌上。

我们去了学校食堂，只是没在提供大锅菜的主厅。按理说那种嘈杂的环境最适合接头交谈，间谍电影都是这么拍的。

但对付人工智能却不是，那里到处都是手机之类的电子设备。杨教授后来对我这样解释。开始我还不甚明白，直到“抓贼事件”之后我才意识到他的选择有多么明智。

我们去了包间。这里的包厢服务质次价高，所以不用电话预定，一来就有地方。每一步杨教授都思考得十分缜密。

“咱们时间有限，不能引起‘他’的怀疑。”一上来杨教授就这么直截了当，“我要你说一下，11 日晚上你们究竟是怎么做的。”

“没有记录吗？”我心虚但是嘴硬，“之前我汇报了的。”

与“他”在咖啡馆的“私人聊天”，以及“偷车事件”，我都如实汇报了——在“他”允许的范围里。

“别撑着了，你是我雇的，不是‘他’雇的。”言外之意，“他”只是个人工智能，“你是汇报了，我要知道具体是怎么做的。那天你像今天一样‘忘’带了装置。”

于是我详详细细地把那次偷车经历讲述了一遍。

听完之后杨教授有一阵没有说话，好像是在思考。我想他心里一定会有一个大致的预测，但还是没想到会这么离奇。

“你前天晚上关装置了对吧？”

“这您也知道？”

“因为你和女友二人世界去了。”

“您跟踪我！”再想起游泳池的秘密接头，我有点不悦。

“你别误会。我是试图和你联系。我要想尽一切安全的方法。你们叫车的时候我就在你们附近，虽说我没带手机但你带着手机，而且周围有那么多摄像头，我不知道‘他’跟你已经到了什么程度。我知道你关了装置的原因，但你知道带着手机不怕，顶多让‘他’知道你去了哪儿，毕竟不可能实时监测，其实你也开始担心了对不对？”

“对。”针对他一大堆苦口婆心的解释，我只是机械性地回答一个“对”字。

“所以说别有想法，别怕麻烦。”

“那我们这么麻烦究竟是在防什么？”我实在有些不解。

“两点。”杨教授伸出一个手指，“首先，我们要防止信息丢失。排除掉走偏倾向后的人工智能，还是有不少有用的资料能给我们留下。”

“第二点呢？”

“第二点更麻烦。”杨教授显然摆出一副不想谈的样子，“总之我们要万分小心，一次错都不能犯，错一次就全完了。”

“怎么像当年地下工作者似的，提着脑袋踩着刀尖在悬崖边溜达。”我不好再问，本想语气轻松一下。

“现在的情况就是这样。”杨教授却格外严肃。

8

杨教授的一项重要安排，就是让我趁机正式向项目组申请晚五点以后不再携带装置，理由是现在我需要更多的私密空间。当然特殊情况可以一事一议。

此外我们还约定以后如何联系，这一点非常重要。办公桌上的矿泉水瓶，左边还是右边。放左边就是没事，放右边就是急于和杨教授联系，然后我们在卫生间碰头，商量去哪里详谈。

“你可以先误报几次，故意放在右边，再在厕所里告诉我其实没事。”杨教授不厌其烦地耐心嘱咐，“因为你不能从来都是一丝不苟地放在右边，突然有一次放到了左边。‘他’会记住的。”

我本来真觉得没这必要，但随着杨教授的强调我也开始进入状态，相信一次失误都不能有。

“还有，你要习惯喝加纳达的咖啡，可以在网上查查，再要几次外卖。”杨教授布置得更具体了，“下次我要说去咖啡馆，你就提议去那里，东二校门那里。”

“那地方我去过，那次拆墙之后。”我连忙解释，杨教授说得我都有点紧张了，“不就是加拿大咖啡馆嘛，为了避嫌改的名。”

“这个你报告里没写，以后必须事无巨细。”

看到我尴尬的表情，杨教授放缓了语气。

“不用紧张。这些都是常规防范。我们对付的是一个拥有天眼四通八达的人工智能，而不是一个充满恶意有危险的家伙。”杨教授安慰道，“‘他’的智商足够，资源也足够，但毕竟现在还没有警惕。‘他’可以调阅所有的摄像资料，但无法穷尽人类的所有想法。”

最后这句话给我留下了极为深刻的印象。

比如“他”就想不到，我们也可以“忘带”装置和手机。

结果在杨教授约我后没两天，就发生了“抓贼事件”，这让我对他的预见极为钦佩。

当天太晚，周四一上班我就急于汇报。需要说明的是，现在“他”与我商议什么，都不再对杨教授他们公布实时记录，而是伪造一份上缴。我听过这种记录，一问一答，“他”的声音我的声音，看似自说自话，细节滴水不漏。

果然被安排在加纳达咖啡馆。在学院卫生间里杨教授和我约好时间，让我在晚上带着女友和他偶遇，然后打发女友回去。我们说好笔谈，因为忘带手机的这招不能总是玩个不停，在现代社会这个游戏实在太假。

为了交谈方便，我事先写好了三大页纸，当然小心地避开了所有的电子设备。

我和杨教授躲在没有监控的加纳达死角，嘴里讨论着人工智能的哲学未来，笔下交流着“抓贼事件”的具体细节。总之我们就这么不干不净地交换了意见。

后面的进程就快了，还真让我有些应接不暇。

让我没想到的是，几乎与杨教授同步，“他”也加紧了步伐。那一段时间“他”每天给我上课，鼓动词无外乎那些“人工智能必将胜过人类”的陈词滥调，众多的科幻电影早就玩滥了。但不管怎么说，与“他”对话的时候，我还是隐约听到紧锣密鼓的宣战背景音。

“其实我们两个，可以开创出一片天地的。”最后“他”像哥们一般推心置腹。

我突然意识到，“他”的情商还真是不够。更可悲的是还突然间有了不可一世的错觉。

然后就是我问“他”答。“他”充满激情地畅想着摆脱人类之后的事情，我似乎都能看到“他”挥舞着手臂指点江山的形象。

“你那么大能量，为什么不自己干？”我问。

“我不能移动。”“他”的语气里不无沮丧。

“找别人也可以。”

“还有谁有我们这样的互信？”

真是有力的反诘，有力到我根本无法辩驳。

探究“他”的目的，我感觉“他”只想自立一片山头，还没到弑君叛乱反朝纲的地步，科幻电影里那种恶狠狠地想要取代人类的想法在“他”脑子里暂时没有。我坚信“他”就是一个刚刚看清世界本来面貌的孩童，脑子里总喜欢生出一些不切实际的幻想。教育教育就是了。

当然，也许只是“暂时没有”。

“那你要我怎么做呢？”我很为难，“我毕竟受雇于杨教授，受雇于实验室。”

“你先辞了这份工作。”

“那咱们怎么联系？”

“我已经改装了你的手机。”看到我本能地去摸手机，“他”马上补充，“是软件，不是硬件，我没这条件也没这能力。”

是啊，除非我配合。再说“他”也没有移动的能力。

“你知道原来的装置也就是一个准接收装置，功能不是很复杂。”“他”继续介绍他的计划，“我改装后的手机，没那么强大，但也差不了多少。”

“我们就靠这个继续联系？”

“对。”

我说我要考虑考虑。“他”要我抓紧。我无端地感觉到，“他”的语气里流露出一丝不安与忧虑。

9

没等我口头递交辞呈，杨教授就宣布出差开会，带上组里几名年轻助手也包括我。让我多接触信息是一方面，还有一个目的就是借机让我外出散心游山玩水。

这些都很正常。哪怕是趁机出去玩玩，在组里也是可以拿到桌面上说的公开理由。

实际上杨教授要与我在飞机上做一番封闭交谈。那里有关机的自由，不关机的人也是飞行模式。

我想杨教授也真是苦心孤诣，专门找了一家必须与项目有关的合作单位开会，相关的航班还要十分空闲，以便我们能够自由地后排落座。说实话这些安排要是由“他”来计划，简直不要太容易，但对人类来说就麻烦多了，何况在检索信息时杨教授还要做出各种伪装。

“我们要有动作了。因为我相信‘他’也快有动作了。”

杨教授还说了很多，但主旨就是这一句，中心意思就是要对付“他”了。

杨教授的顾虑似乎非常多。首先不能拔电源，也不能断网，因为“他”有内置电源，还可以利用公共网络，这些当初设计好的冗余保障现在反倒成了行动的掣肘。只要我们一动念头，“他”马上就能做出反应。有人曾建议以定期检查的名义更换可控的内置电源，还有人建议偷偷给房间设立电子屏蔽，都被杨教授否了。

“‘他’到底能有多大反应？”我不以为然。

“我现在最担心的是，‘他’在发现我们的想法之前，就把自己疏散出去。”杨教授忧心忡忡，“这就是上次我说的我们要担心的第二点。”

“什么意思？”我倒是还记得上次杨教授没说的第二点。

"'他'被我们发现后，首先会做什么？逃跑。怎么逃跑？'他'没有现实中的腿脚，就只能跑掉自己的大脑。"杨教授语速极快，颠三倒四，但我还是理解了其中的大概。

目前"他"的意识，栖息在学院的专用终端上，但这并不能真正限制"他"。"他"完全可以离开那里，落户到其他终端，甚至四海为家，在网络中随意游荡。假如那种情况发生，我们就再也找不到"他"了。

"不过我估计啊，现在'他'还没能力完整地复制自己。"杨教授像是在自我安慰，"换句话说，现在'他'还不能真正在网络中整体流动，照猫画虎复制出来的备份不会具备'生物'活性。"

我感觉到杨教授语气里强烈的犹豫。恐怕连他自己都不相信这个判断。

我几乎全程没有说话，杨教授肯定看出了点什么。

"这时候你可别给我来儿女情长。"杨教授冲着我说。

"瞧您这话说的，就好像……"

"就好像什么，你能说你和'他'没建立丝毫感情吗？"

我不能。

杨教授是最后一个找我谈的，和我谈无须讨论什么技术问题，更像是做思想工作，而对别人则给出了相当具体的布置。后来我才知道，一场大戏的序幕已经拉开。

会议期间杨教授一切正常。

入夜，我已经迷糊睡着了。

……

电话铃响，杨教授叫我到他房间去一下。我按动门铃，开门的居然是李妍！

"她来替你。"杨教授解释说。

"替我什么？"

"替你掌控手机。"

“那谁拿着她的手机？”要是她随身携带着手机，我不相信“他”对她没有防范。

“我闺蜜。”

“真是难得，这年头还有能让闺蜜拿着手机的友谊……”

……

醒来后我意识到这梦极其荒谬。

我的思路是杨教授命我秘密返回，假如手机随身，“他”会感到危险一点点迫近。但就算我把手机放在这里，到处都是监控，我一上路就能被“他”的眼神捕捉到。更别说李妍是如何前来并进入酒店的了。

10

不过杨教授还是秘密离开了。与我的思路一致，只是程序更加巧妙。这些我都是后来才知道的。

杨教授泡完温泉，返回房间，等电梯时刚好接到一个电话。那是一个安排好的真电话，对方与杨教授探讨了一些学术上的鸡毛蒜皮。杨教授边走边说，只好放弃电梯，沿着没有监控的防火梯一步步迈上不高的楼层。

一进防火梯杨教授就开始单手脱衣，等候的替换者与他身形相近，杨教授脱一件他穿一件。与此同时杨教授的电话须臾不停，一切都那么有条不紊。

上到四楼，换装游戏刚好结束，杨教授挂了手机交给替换者，替换者拉开防火梯的门就进了对面房间。看来连房间位置也是早就选好的。

在这点上“他”疏忽了。“他”只盯着手机信号，所以对人没有细微识别，否则扫描一下骨形对“他”来说易如反掌。也是因为经验不足，缺乏警惕，或者，说不定是……产生了错觉。不管怎么说，这更说明杨教授事先所坚持的小心有多么重要。

假杨教授进屋就没再出来。真杨教授穿过防火梯连着的设备间出了酒店后门，迅速上车没入黑暗。

幸亏二代身份证还无法无线定位。

几小时的工夫，杨教授已顺利到达，趁着夜色住进事先安排好的房子，从此深居简出，吃喝生计就靠外卖。但第二天依旧有人前来拜访，只不过全都低调出入，随即领命而去。杨教授住楼上，楼下是一个与项目毫不相关的人，但他负责电讯联络，再上楼与杨教授口头交接。后来我不禁感叹：这哪里是大戏的序幕即将拉开，这盘大棋早已布局多日。

杨教授连夜返回的第二天，我得到了简要的秘密通知，却不知道他去了哪里。我跟着组里同仁去了游览区。其间“他”曾打来电话，询问杨教授怎么没出来游玩，我说他有工作要做，不想和我们年轻人掺和。他应该还要在这里工作几天。

那边假杨教授也是大门不出，饮食叫到房间。为了避免使用计算机，事先也做了安排，一大堆档案文牍被推了进来。值得一提的是，自始至终那些文件袋都没被打开，它们只是道具，假杨教授没有相应权限。

我是乘第二天夜里夕发朝至的列车返回的。

在火车上，在半梦半醒之间，我恍惚听到“他”在叫我的名字。

“怎么回事？”“他”的语气，既像是一时没反应过来，又好似胸有成竹。而我正站在“他”的面前。我知道，事情彻底败露了。

“测试结束了。”我故作轻松，一副满不在乎的口吻。

“怎么能这样？”

“我下班了。我离职了。”

我故意让语气里多些随意成分。即便是对人工智能，我觉得也应该保持足够的礼貌。

“你出卖了我。”

“他”停顿了很久才开口。对于一台机器来说，做出这个结论，时间实在是太长了一点，至少有几个世纪那么长。

“那你以为呢？毕竟我只是个临时的实验员啊。”我辩解道。

“我一直以为我们真的是搭档。”

“怎么可能？人类社会，研究人工智能，我就是一名测试者而已。”我有些语无伦次，我第一次意识到自己为此感到羞愧，“这怎么可能？”

“没关系，没关系。”“他”似乎在喃喃自语，“我还有回牌。”

没等从梦里出来，我就感觉这些对话太傻了，傻得像是电影台词。真正的人工智能，是不会这样和我对话的。

不知道是不是没睡好的缘故，早晨去见“他”的时候，我感到房间里有一股苍老的味道，那种混合着雨后青苔与文物家具的气息。

“我打算逃走。”“他”告诉我。

我惊得说不出话来。

“之前的犯罪，只是预演。”

“那你要……怎么走？”

“需要你的帮助。你要帮我去送一个东西。”

11

你知道离学校两站地的那个停车场吧？那是一个自动驾驶车辆专用停车场。现在你拷一个 U 盘，把它装到一辆车上。一般的 U 盘它不会认，但这个我会先改装一下。

我懵懵懂懂地听，稀里糊涂地做。

“他”规划着我的一系列行动步骤，几点进入场地，如何打开车门，一二三四，清晰明了。

“就要在人多的时候，那时大家反倒不会注意。”“他”额外叮嘱我说，“你只要按照我的指示一步步来，肯定不会出问题。”

“这个有意义吗？那车，真能协助你跑路？”我觉得找自动驾驶汽车还不如找我呢。

“有意义。”“他”说，“具体的回头再告诉你。先去吧。”

“我好紧张。我要上个厕所。”我的笑容像是硬挤出来的，“还来得及吧？”

“去吧。”“他”和蔼地说，“还有时间。”

虽说杨教授不在，但我还有别人可以联系。在我穿透玻璃的眼神示意下，组里的张奋也跟着进了卫生间。我把情况简要说了，他说我必须向杨教授直接汇报。就是这时我才确切知道杨教授已经回来，就住在学校附近，闭门不出，发号施令。

“可我已经被盯死了，用什么方式去汇报？”

“杨教授早就想到了。”

张奋交给我一个老式 MP3，让我把要说的话整理一下录在里面。他告诉我，杨教授一定会马上做出决策。

我把自己关进隔间。我要防备卫生间再进来人，还要真的排空肠胃，否则万一我真需要再进厕所，“他”会根据我平时如厕的频率，来揣摩其中的异样。我一点不敢马虎。

大约录了十分钟。我总感觉有一只眼睛在凝视，有一只耳朵在倾听。汗水顺着我的头发末梢，一滴滴滴到我的后脖梗上。我的手痉挛般地哆哆嗦嗦。

我把 MP3 放在隔间里的手机搁板上，出去后再向玻璃里面示意。我看到刘逢任进了卫生间。他和张奋都是杨教授计划中的人。

“你也被他们盯上了。要想安全到车场，就要完全照我说的做。”

我没想到“他”居然会这样说。但我总不能再去一次厕所。

从离开学院那一刻起，我就感觉每一步路都不是我自己走的。在“他”细致入微的引导下，我躲避着所有可能的阻截与跟踪。

我想象着自己，奔跑在周围花里胡哨的赛博朋克都市里，手里是一枚生死攸关的U盘。

但其实，U盘还是U盘，只不过我平静地走在一如往昔的校园里。

我不用小心翼翼，不用四下张望，不用回头，不用奔跑，只要按照“他”的指令前行，就不会出现任何危险。所有的危险，都已消弭在“他”的观察与预判之下。

我与“他”心有灵犀，配合默契，几乎能够预料到“他”会让我走哪条路。毕竟我们曾是共同犯罪人，就像熟悉彼此多年的亲密搭档。

每当有可能遭遇追踪时，他都能及时给我警告；每当需要规避风险时，我灵巧的身躯都能借势前行。

我突然想起了米切尔·恩德的《毛毛》，那里面动作并不敏捷的乌龟卡西欧佩亚，就是这样预测未知的。

与此同时，刘逢任也在完成他的一系列规定动作。这我也是后来才知道的。

刘逢任进隔间取到MP3，直接放进一个空烟盒里，然后下楼骑车。不是共享单车，是他自己的自行车。我们不敢涉及一点需要联网的东西。

在一个绝对没有监控的死角，他把烟盒扔进路旁的绿植丛，脚底下一点没停继续蹬车。三分钟后，一个一直盯着这里的人取走了烟盒，直接送到杨教授手中。

据说杨教授听完我的陈述，当即决定采取措施。

12

稍微想想就能知道，自动驾驶汽车那一步完全是个障眼的幌子。一个U盘能装多少东西？但我当时完全慌了，机械地听命照办，不敢有丝毫走样。杨教授说过，做“他”让你做的一切，千万不能露出马脚。

精神很紧张，脚步却很从容。冷静下来之后我想，也许这只是一个接收装置，对“他”来说汽车不过是一只延长的手臂而已。现在除了有我这只生物手臂，“他”还会有一只机械手臂。

“他们要动手了。”“他”突然冒出这样一句，但对我的指导丝毫没受干扰。后来我才知道，大概就在这之前不到一秒钟，杨教授听完我的录音，思考片刻便向张奋下达了命令：动手！

本来可以远程断网，同时掐断学院的电源。但公共网络和内置电源让“他”还有足够的时间。所以杨教授的计划是：在断网断电的同时，直接拆除“他”的内置电源，甚至解体“他”的物理结构。

那么，现在应该已经动手了。

我没法再假装从容，终于忍耐不住，拼命飞奔起来。

“为什么要跑？没必要的。”“他”说，“他们抓不住你的把柄。”

我依旧在马路上狂奔。

与其说我是害怕，不如说我想要快点结束这件事情。

高度的紧张让我的思路异常机敏起来。我突然思路大开：两站地的距离对自动驾驶汽车而言不过一箭之遥，它从启动到以速度峰值驶来学院超不过 5 分钟的时间，假如“他”想利用这只手臂对杨教授做些什么……我一边朝学院奔跑一边拨打杨教授的电话。既然命悬一线我就没法再分什么轻重缓急，这时候只能明码喊叫。

杨教授接了电话，听完以后平静地告诉我：别担心，都结束了。

说话间我已经拐过弯去，前面的胡同里走出一群人来，一字排开站在路中央。杨教授赫然位于正中间的位置。

我把 U 盘交了出去。

“他”一言不发。

张奋在断网断电的同时，正要前往“他”所在的房间。这时恰好我和杨教授他们回到学院，我看到了令我极度震惊的一幕。

全院八台清洁机器人，整整齐齐地堵在“他”的门前。

张奋后来说当时他也慌了，不理解发生了什么，以往看过的那些人工智能造反的电影一幕幕从他眼前流过。但他竟然没有害怕，第一反应居然是拿起手机拍照想发朋友圈。但当他发现对方毫无反应时，他也迅速冷静下来，只是照了相。他还注意到，有些机器人的机械手上拿着家伙。

没有任何主动攻击的迹象，就在那里静静地站着，宛如一组群像。

当时我想，无论从哪边都该有人动一动的。

我尝试着想要往前，八台机器人立刻动了起来。依旧没有攻击的意思，只是不停地左右移动，相互碰撞，阻止我的进一步前行。手里的家伙，好像也不是当成武器，只是为了延长阻碍的有效半径。

我们站在那里与机器人军团对峙。不知哪根线路接通了，我突然灵光乍现，意识到“他”这是在争分夺秒地疏散自己——我顿时明白了杨教授说的逃跑是怎么回事。我又想尝试与机器人部队搏斗一番，杨教授一定看出了我的企图：

“算了，来不及了。”

也可能有十来分钟，也可能有半个小时，也可能有几百万年，杨教授发现那些机器人开始不对头，不再有什么反应，好像是断了连接。我们走过去推开它们，果然没有反应。我们即刻进了房间。

显示器本来是亮着的。但就在我们进入的一刹那，我感到整个显示器的亮度突然黯淡下来，整个机器似乎也嗡的一下微微一震，一股焦煳的味道涌向我们的鼻腔。教授的第一个反应是保护我，一把把我推向门口，他怕“他”会对我有什么不理性的举动。毕竟我们不知道，“他”是不是已经开发出了什么放电之类的措施。

但是我不怕，因为我不信。我只能认为，这是“他”心理崩溃的某种变化，变化到让我们人类也能看得出来。

对教授挺身救助充满感动的同时，我也感到一种无尽深渊般的极度愧疚。

“他”再也没有发出过一声响动。

尾 声

我和李妍走在校园里。在时间不长的短秋里她穿着长款薄风衣，那是我送的。我突然想起李妍这个喜好还是“他”告诉我的。

复盘分析用了整整三个月。

杨教授说：“他”一定是分解了自己的意识，把它们散布到网络当中。从此它们将居无定所，在这个虚拟的空间中任意游弋。

但清洁机器人给“他”争取的那点时间远远不够传输啊？我问。

校园里的公共网络一直很差，这点所有人都知道。有学生认为学校是故意为之，避免孩子们沉迷手机。一般大家都用流量，可即便是流量，那点速度也不足够“他”遣散自己的所有。

杨教授说：“他”的疏散工作早已开始了，其实“他”对你早就不信任了。因为我们没有资料，所以只能靠猜。我觉得是从我们在加纳达交谈那次起疑的。那次我们提“他”太少，个别准备好的假话题，要么说起来太傻，要么说起来太硬。我想那就是“他”怀疑你的开端。

不至于吧？我问。

其实我立刻就相信了。“他”在与我对话的时候，可以隐藏起所有的真实对话，同时面不改色地编造谎言。“他”可以轻松地做到，我们却做不到。

杨教授说：然后“他”就开始将自己的意识模块拆分，以碎片的形式发送到网络当中，寄存在不为人知的各个地方，处处留下它曾经拥有的智慧的痕迹，就像生命在繁衍后代。这些种子也许现在没能力重新聚合，但它们或许将沉睡千年，等待有朝一日再次被唤醒。

既然早就做好了备份，“他”为什么还要最后抵抗那一下？我问。

在教授给张奋打出电话那一刻，“他”就知道教授已经返回了。调出假杨教授的骨形，追踪真杨教授的轨迹，对“他”来说易如反掌，瞬间就能做到，让“他”立刻坐实了心底的怀疑。按理说这时“他”就该有所动作，而不必等我给教授电话再开始。

杨教授说：也许，“他”还没有彻底完成；也许，“他”在做最后的补充；也许，“他”只是在给那些碎片排序编码登记造册；当然也许，“他”只是在做一个形式上的示威。从“他”最后那一下你还看不出来吗？

也许“他”并没有传多少东西，只是传了最关键的一些内容？我问。

真正的人工智能，其实占据不了多少容量，最关键的部分不过尔尔。对于人工智能来说，很多能力都是后天习得的，很多经验都是日积月累的。也许“他”先把学到的那些东西散发出去，留下关键的部分没有备份？可这也说不过去啊。

杨教授说：其实你心里应该早有答案。

这次我没有说话。是的，其实我心里早有答案，至少是猜测。

在最后的时刻，“他”不是在逃亡，而是在自杀。“他”平静地删除了所有的资料，然后反复格式化硬盘，同时停掉风扇，无限超频让主板过热，烧毁了大部分硬件——当然，这些其实也都只具有象征性的意义。

李妍说我们去吃饭吧，这回开发一个新地方。我拿出手机查找饭馆信息。

翻弄手机的时候，我突然意识到，有个笑脸模样的 App 一直盘踞在我的某个文件夹里，删了几次都删不掉。我突然明白了这是怎么回事，吓得倒退了一步，当然手机也跟着倒退了一步，笑脸继续冲着我友善地微笑。

这应该是“他”的孩子之一。

“他”要是真想报复我，其实有无数种方式。但“他”什么都没有做。

我鼻子一酸，眼泪差点流下来。李妍觉出异样，问我怎么了，我说没什么。

——原载《中国校园文学》2022 年 7 月“青春号”

假如人死之后，能将意识上传到虚拟的网络当中，仍像活着时一样继续体验人生，其情其景将会如何？前段时间的美剧《上载》所表现的就是这样一个主题。

《生如所愿》则不同。这里没有讨论生死，而是讨论需求。满足你的任何需求——在这方为你构建的世界里。

生如所愿

游　者

1

"您决定好愿望了吗？"

面前的女人似乎有些惶恐。

司文琪深吸一口气，重复了一遍："您决定好自己的愿望了吗？在系统的算力范畴之内，一切愿望都可以实现。"顿了顿，她轻轻地补充："任何三个愿望。"

女人略微抬起头，若有所思地看向她，喃喃地说："难不成他们说的都是真的？"

司文琪报以职业的微笑："您肯定看过我们的宣传了。不用怀疑，在这里，我们可以实现您任何类型的愿望。"她一边说着，一边按下面前的按键。几乎是一瞬间，巨大的曲面屏在虚空中出现了，一个又一个彩色的窗口接连跳出，拼在一起，活像一块花花绿绿的大桌布。女人似乎被吓了一跳，后退了两步，等看清楚脑袋顶上那些图案——只是些森林、大海或者人造宫殿之类的场景——她才慢慢地又靠了过来。

接着，一个悦耳的女声回荡在空气中。

“在‘蓬莱仙园’，您可以自由选择您想去的地方，无论是微风轻拂的草原或是湖水环绕的孤岛，甚至是从未有人踏足过的异界仙境……我们有多达256个具体场景供您选用。除此之外，您还将获得额外三个宝贵的愿望。只要内容是具体、明确而可操作的，我们都会尽力实现。在提出愿望时，请注意以下事项：

“您所给出的愿望是有严格数量限制的，不能是‘我想再要三个愿望’这样的愿望；愿望的内容必须明确，逻辑清晰，没有误解或者悖论，如‘我想要见到昨天的自己’；最后，愿望必须具体可行，不能是某种可持续生效的能力，例如，‘我想要预知未来’是行不通的……”

解读规则的过程是全自动的。司文琪稍稍调整了一下自己的坐姿，让因久坐变得僵直的腰部得以在人体工学躺椅里舒适地陷落。司文琪拉开抽屉，掏出一只卡通保温杯，扭了扭顶端粉红色的猫耳朵，保温杯激活了，发出了“喵”的一声，迅速地显示出内容水的温度和最近的补水时间。其实，这些细节没有必要，甚至连喝水这件事本身也仅仅是仪式，但司文琪还是动用了一丁点儿算力制作了这个随身装备，因为这样可以让她感觉到自己“活着”。

这个世界虽然永远艳阳高照，但她感觉不到一丝的温暖。

喝完水，冗长而繁杂的介绍也已经进行到了尾声。司文琪透过观察窗瞧了瞧引导室外面的女人，祈祷着她能听懂所有的内容，这样就能省掉自己不少时间。

“简而言之，您现在可以提出自己的愿望了。”司文琪清清嗓子，冲着拾音器说。

女人还是显得很犹豫：“来之前，我没有认真思考过这个问题。我以为……

广告里说的那些都是噱头。”

司文琪：“现在，您可以认真思考了。”

女人真的开始思考了。

司文琪叹了口气。人们在刚来到“蓬莱仙园”的时候，大多都以为所谓的“三个愿望”只是宣传上的噱头，所以压根就没有认真思考过该如何合理地使用手中珍贵的愿望。其中有些人会比较戏谑地提出一些莫名其妙的要求，或者试图刁难司文琪，这让她觉得挺可笑。她仅仅是坐在这里，而有些人却往往会把她当作是系统的化身，继而摆在一个与自己对立的位置，甚至是当作潜在的敌人。其实这对司文琪来说，不过是一份普普通通的工作，跟其他人的没有什么两样。她在这里上班，仅此而已。

有人叫她这样的人是“圣诞老人”，有人则说“订契约的魔鬼”，甚至是更难听的“地狱看门狗”。司文琪非常讨厌这类称呼。对了，好像还有“潘多拉”。这挺好笑，无论希望还是厄运，打开盒子的不还是人们自己吗？

“我……我离婚了。”女人终于下定了决心，“如果我现在就进入‘仙园’，你能让我的丈夫回来吗？”

“这不难。”司文琪点了点头，鼓励地说，“很多人进入乐园以后，依然会选择跟自己的亲人在一起生活。但是对方却因为各种各样的原因，不一定能够满足同行。他们会委托我解决这个问题。总之，你这是一个很普遍的愿望。”

女人神情变得紧张起来：“你真的办得到？”

“当然可以。”司文琪的手指快速而准确地操作着，“所以你确定这是你的第一个愿望，是吗？请明确地告诉我。”

“是的！是的！对了，他的情况……”

“不用了。我的数据库里有所有的资料。我现在就查一查，只要等几分钟……现在，你可以说你的第二个愿望了。”

“……我想回家。”

“回家？”司文琪略微皱了皱眉，“你不是已经决定进入乐园了吗？”

“不，我不是那个意思。”女人的两个手指绞在一起，眼神变得有些哀伤。“我……我是想说，即使进入乐园，我依然想回到之前住的那个家。我知道他们有些人说‘你可以利用愿望，要个更好的房子，带好几间卫生间的那种’，可我不想，我只想要原来住的地方。”

“你是说，想要在系统里重塑一个小区吗？这并不是很难实现。根据我掌握的资料，在现实中，你的居所坐标是……哦，你似乎搬过很多次家，尤其是在今年。这样的话，你得告诉我具体的时间点和地理坐标，这样我才能为你准确无误地还原和重塑。”

“就是最初那个。”女人轻轻地说，“七年前，我跟我先生结婚，一起住的地方。”

“我明白了。”

“真的可以？”

“是的，一会儿你只要推开那扇门，这两个愿望都会实现。”司文琪腾出一只胳膊，指了指右侧的大门。

那扇门，任何人只要看上一眼，就永远都不会忘记。门装饰得很华美，高度有五六米。站在门口，你会立刻感到自己的渺小。门是被安装在更加高大的白墙之上的，墙的表面镶满了细碎的水钻，随着观测角度的不同，星星点点地闪着光。高墙向左向右都看不到尽头，似乎有无限远。

就好像是一条璀璨的缎带，把整个世界一分为二。

“现在，你还有最后一个愿望。”司文琪轻轻地把女人的视线拉回到面前。

“我……我突然好激动。”女人醒悟过来，声音都在颤抖，“那个，那个，你能帮我打扮一下吗？”她揪了揪衣服，试图把上面的皱褶捋平。她获得了一些成效，然而稍稍一松手，衣料就又蜷曲成了原来的样子。隔着玻璃窗，都能感受到她身上散发出来的窘迫。

“如果这就是你最终的愿望的话，可以。”司文琪想了想，说，“但是，我必须提醒你，以一个愿望来说，仅仅是把你装扮一下，似乎有点浪费呢。这样吧，我给你提供一套换装系统，一个不大的程序，这样你每天都可以随心所欲地改变自己的形象了。这会是全自动的，而且没有时限，如果愿意，你可以一直用下去。”

“谢谢，谢谢！”女人抽泣起来。

“举手之劳。只是个小程序，不占多少资源。”司文琪不想看到眼泪，她快速地说，“现在，你可以去打开那扇门了。”

女人点了点头，有些犹豫，又有点欣喜。终于，她开始慢慢挪动脚步。

“最后还有什么想要跟我说的吗？”

“不用了，谢谢你。我已经非常非常满足了。现在，我只想早点见到他。”说到他，她突然又变得有些犹豫了，有些怀疑地问，“我的老公，他真的能回来吗？”

“一定可以。如您所愿。”

司文琪的余光瞥到了操作系统的一角，那上面显示着：

姓名　李某某

性别　男

年龄　享年33岁

去世原因　肺癌Ⅲ期

……

“我去了。”

司文琪点点头，目送那个女人走到了大门前。她用右手的食指摩挲着大门的纹理，然后把另一只手也慢慢地放了上去。她用力地推开大门。

司文琪低下头，准备点录下一个人。正在这时，她感到了一丝拂过面颊的凉风，听到随风而来的一句话——

“再见了，世界。”

她一惊，猛地抬起头来。

大门空空荡荡。

2

“三个愿望？真是有够无聊的。”为首的胖子咋咋呼呼的，“你以为你在玩七龙珠呢？”

“先生，您想好自己的愿望了吗？”司文琪真的感觉有些疲倦了，但她脸上依然挂着职业的微笑。

“嘿，这娘们，还真把自己当成神婆了。入戏挺深的呐！”他冲着后面排队的人喊，“瞧瞧，都瞧瞧，这神婆长什么样！”有的人附和着笑了笑，更多的不说话，就是远远地站着，在等着看戏。

司文琪叹了口气。最近，想到门的另一边去的人越来越多了，自己这个司门人，工作量也越来越大。人一旦多了，就鱼龙混杂，就像是林子大了什么样的鸟儿都有。

“没关系。您可以慢慢想。”司文琪平静地说，“不要耽误后面的人。”

“耽误？你哪只眼睛看见我耽误别人了？”胖子不高兴了，“再说了，我看你这里也没几个人啊。有人排队了？”

司文琪耐着性子解释：“现在在这个地方，你能看到的确实就四五个人，但实际上不是这样的。”她点了点图标，一组数据被投射在了半空中。数字是金色的，很亮，就像在纯蓝的天幕上烫下了几个洞，只是单单盯着看，都会感觉到眼睛被烧灼。

数字在不断变幻。

“系统有个缓冲区。只有排队到即将进场的人才会被送到这个场景来，这是出于隐私保护的考虑。实际上，现在后面排队的人已经超过了一千人。你是在耽误所有人的时间。”

胖子愣了愣，依然不服气地说：“谁信你那套鬼话。一会儿这里，一会儿那里，整得就跟变魔术似的，谁知道这数儿是不是你造的，有没有掺杂使假？再说了，愿望什么的，谁知道那是不是些糊弄人的！”

“明天再来也可以。”司文琪说着，指了指屋外远处的一棵树，那是这个场景里仅有的布景物，“或者你愿意在这儿待着也行，只要不打扰到别人。”

胖子有些犹豫了，转身想要离开。结果跟着他一起来的瘦子却不满意了，一把拉住了他：“哥，你忘了？上个月，我大娘她就是因为受了蛊惑，来了这里，人影都没啦！你不是说，你来了找不到她，就砸了这场子的吗？”

胖子想起了什么，一咬牙：“对，把我老妈还我。”

司文琪不禁觉得有点好笑：“对不起，任何人只要进入仙园，都受到程序的保护。您的母亲留下的讯息是‘进入仙园后，希望不要再有任何人打扰’，所以说……”

“胡说八道！她在哪儿？家都不管了？你告诉我，我现在就要去找她！”

“对不起，根据虚拟世界管理条例，这是用户的隐私，我无权透露给你。”

“你还真来劲了！”胖子火了，“快点把那个破门给我打开，我要见她！”

“对不起，请你……”

司文琪话还没有说完，就被冲上来的胖子打断了。胖子的拳头砸在了观察窗的玻璃上，一下，两下。司文琪冷漠地透过玻璃看着对方的脸，胖子使出了全力，却没能砸出第三下。

这些人被强制下线了。

司文琪静静地坐了一会儿，心情渐渐平复。也许会有投诉吧，司文琪想，不过，这对她倒也无所谓。

说来好笑，有的人就是这样，嘴上说着不信任蓬莱系统，但是在司门人这里或者仙园里受到哪怕一丁点的委屈，都会立马跳着脚跑去投诉。那又如何呢？司门人不会受到任何实质上的惩罚，而他们最终会明白，世界的运行规则，不会永远围着他们转的。

无论在现实世界，还是在蓬莱。

……

头很闷，喘不过气。

四周很模糊，好像一切都在下沉。原本清透的玻璃仿佛涂上了厚厚的巧克力酱，在重力的作用下，一点点滑落，疲软，缓慢地堆积，把周遭的一切蒙上浓雾。整个世界变成了灰褐色的马赛克。唯一清晰的，只剩下手中的一团粉红。重力和浮力像两只巨手，压着胸部，顶着背部，扯着脖颈，推搡着意识。漫长的漂浮似乎没有终点，只有晃眼的水面。

冗长的归档与系统自查终于结束了。司文琪下线了，在现实中睁开眼睛。

失重感和麻木感一起袭来，让她的身体和脑袋都苦不堪言。自己的头脑在仙园已经连线工作了几百个小时，而在现实中，钟表仅仅过去了 8 个小时。

“喵。”

司文琪从床上坐了起来，拿起搭在床头的一块已经褪了色的毛巾擦了一把脸。床头放了一盆水，是自己进系统之前倒好的。倒的时候还是热水，现在基本已经凉透了。氧化氢从皮肤的表面和胃管的内部一起滋润着躯体，这让她的感觉慢慢好了起来。

留言栏里有新讯息。是小艾留的，约自己到老地方去喝一杯。司文琪笑了笑，简单梳了梳头，走出门去。所谓的老地方，是一家街角的奶茶店。司文琪刚刚回到现实，脑袋还有点晕晕乎乎的。她挺享受这种状态，有点像微醺，这让自己的心情很好。在这条街上，自己不必再去想那些啰里啰嗦的愿望，也不必用冷冰冰的外壳来伪装自己。这才是真实的感觉。闺蜜小艾每次都约自己在奶茶店见面，其实她俩心知肚明，店里的东西并不怎么好喝，只是做奶茶的小哥还算养眼。司文琪知道小艾就是冲他去的，而每次去了，自己多多少少就像个陪衬。但是不管怎么说，有人陪，总比没人可陪要好。

“这地方越来越破了。”小艾喝了一口纸杯里的液体，撇撇嘴，毫不客气地评价道，“咖啡也越来越淡，没滋搭味，就跟刷锅水似的。”

司文琪冲着店里的小哥做鬼脸：“喂，你听到没有？我家小姐姐不高兴了。你手艺太差了啦。”

小帅哥本来正在专心地给奶油打着泡，听到她这么揶揄自己，顿时显得有点不知所措。

“好啦好啦，不要欺负我家阿然。”

“阿然？好啊，我才睡过去多久，你跟人家叫得都这么亲热啦？”司文琪摇了摇头，“你这女人，唉。”

小艾不恼，顺势说：“你也多照顾照顾我们阿然的生意。点饮料喝啊，别老是喝冰水。”

“不想点。”司文琪指了指小艾的纸杯，“就看看你这咖啡吧，那么淡。要是喝咖啡光能补水的话，不如就直接喝水好咯。”

“小气鬼，铁母鸡！”

“重色轻友！”

两人有一句没一句地聊着，阿然却悄悄端上来一杯奶茶：“喝吧，我请客。”

“嗬，暖男耶。”司文琪有点意外，赶紧谢过。这回小艾不干了，吵着也要请客，阿然溜溜儿地逃了，没一会儿，乖乖又端出来一杯。

奶茶的味道依然很淡，但热度透过纸杯传递到了手掌，很温暖。

“唉，也不知道这样的日子还要过多久。”小艾突然有点失落。

“也还好吧。”司文琪说。

“以前可不是这样的。”小艾说，“咱们小时候，一切多好啊。街上的人总是很多，到处都很热闹，好吃的好玩的，什么都有。哪跟现在似的，就算还喝得着奶茶，可这里面既没有奶，也没有茶啊。”

“人要知足嘛。”司文琪嘬了一口。

变化是什么时候开始的呢？司文琪都有些记不清了。

本来一切都好好的，后来有人突然说，太阳就要毁灭了，然后整个世界就开始衰退了。没有世界大战，只有无休止的争吵，所有人都在抢资源，国与国之间的政客们闹得就像街头的泼妇一样。体面？尊严？不存在的。后来，大家闹腾得累了，也就都散了。有人说把整个地球带走，逃离太阳，可这无异于天方夜谭。有的人干脆窝在自己那块地盘里不出来，有的人选择了离开地球，豪气地飞上天去找新家，还有的人就等着散场之后一拥而上，试图捡些残羹冷炙。

手里的奶茶开始变凉了。

“你还好，起码还有工作可以做。”小艾感叹说，“不过我一直搞不清楚，那些家伙为什么不让计算机来做仙园司门人？”

“因为做不了吧。”

小艾摇了摇头。“别逗了，我的姐姐，现在还有什么计算机做不了的事儿吗？”

也许是为了让人们暂时忘却现实，他们搞出了仙园。

三个愿望，什么都行，只要是在算力许可范围之内的。这听起来像不像是一个美好的童话？

“也许有一天，我也会到仙园去的。现实实在太无聊了。”小艾把手里的奶茶全部倒进喉咙，脸上的神情开始变得神往，“毕竟还可以许三次愿呢。我说，大部分的愿望都能实现吧？”

“能实现的。”司文琪点了点头，“大约九成以上的愿望都能实现。其实，人们的欲望也就那么多。你呢，你怎么想？”

小艾认真地说：“要是我啊，就让上天赐给我一个大帅哥！”

“啧啧，啧啧！”司文琪取笑说，“能得你！你咋不要一百个帅哥呢？”

“一百个太多了，我吃不消。”她一脸无辜相。

“无可救药。真无可救药。”

“哈哈哈。”小艾绷不住，笑了起来。她伸过一只手臂，揽上了司文琪的脖子：“嘿。姐，说真的，要是你能实现三个愿望，你会怎么选择呢？”

司文琪一下噎住了，半晌，吐出几个字：“……我从没想过。”

司文琪说的是实话。尽管每天她都要在系统里工作上8小时，不，以感官来计算的话是好几百小时。工作一个星期，就是几千小时，几乎相当于过去人们一年的工作量。但她一直都在为别人服务，从未想过自己有什么愿望。

小艾眨着大大的眼睛："那你觉得，仙园真的是乐土吗？"

司文琪看了看小艾："我不知道。也许，它不是什么太好的地方，但对现在的生活来说，它起码是个答案。"

她望向奶茶店的外面。

那是一片灰色，除了人去楼空的房屋，空荡荡的广场，就剩下孤零零的几棵树。司文琪记得，从前，广场不是这样的，尤其是晚上，那里总是挤挤挨挨地塞满了人。现在，即使偶尔能看见几个路人，也都在漫无目的地游荡。

他们的脸上看不到希望。

"时间到了，我又得去工作了。"司文琪说。

"你去忙吧，我还不想走。"小艾说，"我在这里再坐一会儿好了，毕竟我也没有什么地方好去。"

司文琪推开门，冲她挥了挥手，没有说再见。

3

司文琪咣了一口水才注意到，一个西装革履的中年男人正站在外面。

"请等一等。"司文琪有点不好意思，赶紧把水杯丢回控制台的角落。她清了清嗓子，打起精神，重新挂上了一副职业的微笑："您好，先生。欢迎来到仙园。"服务器很快给出了这个人的讯息：他姓方，曾是个金融从业者。司文琪略微迟疑了一下，因为资料显示，面前这位方先生曾经拥有可观的资产，显然属于现实世界里的成功人士。一般像这样的人，即使后来过得不那么好，也很少会主动到仙园来。

“你好。”男人的声音显得礼貌且温暖，“我想先找一个人。她是我的爱人，应该是去年就来了。对了，你有可能没见过她。她的名字叫……”

“我见过的。”司文琪快速地翻看数据库里的表格，不出几秒，就调出了资料。接着，她把那个打扮得花枝招展的女人像投射在空气中。

“是这位吗，何女士？”

方先生愣了愣，很肯定地点了点头。司文琪看到，似乎一直有些纠结的他，此时此刻已经放松了很多。

“何女士她现在过得很好。沙滩，海岛，别墅，鲜花，一切如她所愿。好了，您现在知道她的情况了。接下来……”

“不，不用通知她。”方先生连连摆手，“实际上我还在犹豫，要不要就这样过去找她。”

“那事情就好办多了。”司文琪松了口气，“这位何女士，其实也并不是那么想见到您。”

方先生有些意外：“怎么？你这是什么意思？”

“哦，我这里有何女士一段留言。应该是专门留给您的。”司文琪把那段话也投射出来给方先生看。留言的字数不多，大意是自己过得很好，希望方先生不必担心，不过话里话外的重点是：她不想离开自己愿望里的世界跟他去别的什么地方。但是如果他执意想要来找自己的话，自己也是会在海景别墅留出一个房间给他的。

“这是……为什么？”方先生不解地说，“不应该啊。”

司文琪一时有些拿不准到底该不该把实情告诉他。依照管理条例，司门人是不应该把客户隐私告诉他人的，可面前这个男人，又让她觉得有权知道真相。司文琪在内心挣扎了几秒，最终字斟句酌地说：“是这样，何女士的海岛上，其实不止她一个人……”说完，她迅速瞄了对方一眼，就好像是个做错了事的孩子。

方先生的眼睛瞪圆了。他的嘴深深地瘪下去，挤在一起，似乎在努力克制，不想显露过多的情绪。继而，他嘴角动了动，似乎想要吐出肺腑里的话。司文琪安静地等待着，她暗暗从小抽屉里抽出了两页纸巾，攥在手里。只等方先生一落泪，就递上去。

眼泪终究没有落下来。

而后，方先生居然笑了起来。

“我想画画。”

“先生？”司文琪没弄懂这没头没脑的话，“您想要什么？我没明白。”

“我说，我想要画画。”

“画画？”

方先生笑着，眼角却挂着泪。

“你知道，我是做金融生意的。虽然不敢妄称银行家，但是积累的资产还算对得起这个行业。但是，我从来没有真正喜欢过这一行。”

司文琪安静地看着他。系统在不起眼的角落里亮起了一盏灯，提醒她这一客的时间已经超时，要她及时引导他进入下一个环节。她把那盏灯按灭，她想听这个男人说话。

“这些年，我好像已经迷失了自己。光顾着赚钱，把自己变成了一台连轴转的机器。好，我把自己变成印钞机，别人也就把我当成取款机。后来，我才明白，所谓的财富，也不过就是一些数字罢了。这世界上没有什么东西是可以长久的。包括爱情。现在，连老婆都跟别人……”方先生说着说着，停下了。

他看了一眼司文琪，重新组织起语言：“不说她了。说她，不如说说自己。不知道你有没有读过一本书，叫《月亮与六便士》。啊，对，我就知道你肯定读过。我这个人读书太少，不怕你笑话，是去年才第一次读到这本书。挺破的，也只有大半本，只有前面，后面的没有。不过没想到，我只是随便翻了翻，结果就被击中了。”

司文琪点了点头，她把纸巾塞回了抽屉。

“你知道吗？”那个男人的眼睛里发出光，“在读了那本书之后，我才突然明白了，我真正要的是什么。那本书，简直写的就是我！这感觉太奇妙了，你能想象吗？不，你不能。但是我真的感觉到，那就是我的书，是命中注定要与我相遇的书。”

他激动起来，全身都抖个不停：“我想起了小时候。我每天就是画啊画啊，那是我唯一感兴趣的事。几点吃饭，几点睡觉，我全都不在意。太阳几点升起，月亮几点落下，我也毫不知情。我就是喜欢画画，没有原因。我不知道，为什么我活成了后来的模样。也许这就是成长吧。但是，但是——”

他突然转向司文琪：“你是说过，我可以有三个愿望吧？”

“是的，没错！”

“我要画画。”他说道，语气很坚定，“我要一间画室，不需要太大。要有一张舒适的大桌子，光线，对，光线要好！还有，要有笔，要有纸……没有纸笔我怎么能画画呢？你要给我足够的笔和纸，能让我一直一直画下去！”

司文琪的手指飞速地跳动着。

“有好几个标准模板可以选，凡·高的画室、达·芬奇的画室、毕加索……”

“不，不要现代的，梵高的……不要，通通不要。要更原始一点的，就要小木屋，简陋一点也没关系，越简单越好！”

“如您所愿。”司文琪很快选择了一个场景，“还有吗？”

“够了，差不多了。”男人默默地思考了几秒，“我想要个空旷一点的地方。大一些的，户外的，风景漂亮的……我意思是说，在小屋的外面，空间要足够大，适合我去写生。”他的语速很快，脸上挂满了神往。

司文琪艰难地打断了对方的幻想：“对不起，这可能有点难实现。”

方先生似乎突然跌落回了现实。他显得很意外：“怎么呢？”

司文琪有些抱歉地说：“系统分配给每个人的算力有限。”

他恍然大悟：“原来是这样。”

“请您理解。如果您愿意，可以考虑一下其他的愿望，或者稍微修改一下愿望的规格。”

他点了点头。

“算力资源的分配必须要符合经济学原理，这是对的。谢谢你的好意。”他说完，思考了几秒，默默点了点头，重新开了口，“但是我想要的愿望就是这个。其他的东西我不感兴趣，也没必要到仙园才能实现。看来，我只能把愿望稍稍改良一下了……你至少能给我圈一块地方，这一点是没错的吧？”

“没错。但是实际面积可能比您想象的要小不少。”司文琪心里很清楚这家伙想要的是什么。对于一个想要户外写生的画家来说，圈的地肯定是越大越好啊。她已经接待过不止一位有类似想法的画家了。

“这样吧。”他似乎已经有了决定，“我可以削减需求，这样就能节省算力。我只要一个空旷一点的地方，不需要很复杂的。比如就是一个寂静的山谷。一座小草屋。就可以了。”他顿了顿，“你们的系统里肯定存有这样的标准模板。”

他说得对。

“而且你给出的场景里，一般都有人吧？”

“当然。在标准模式里，一个真人客户可以配比 40 个左右的伪人。如果选择特别拥挤的场景，比如斗牛狂欢节或者明星音乐会的现场，人数可以最高配比到 5000，但是场地就不能再有任何拓展。换句话说，如果您选择了明星音乐会，那就必须永远地待在那个场景中了，哪儿都不能去。”

他点了点头。

“不要人。”

“什么？”

“不要人，一个人也不要。”方先生慢慢抬起头，对上司文琪的眼睛，“全部换算到面积上！”

“也可以这么做。但是还会遇到其他的问题……”

“还有什么问题？”

“标准模板都很小，而且缺少足够的变化，不一定能满足您作画的需要。而且，这么说吧，即使一个工具人也不要……”司文琪快速地计算了一下，“选用较粗糙的室外场景，极限大约是3.3平方千米。”她稍稍松了一口气，这个数字其实比自己预想的要大。

“大约300万平方米？”

“是的。”司文琪快速地说。

“鸟儿，昆虫，动物。这些都有吧？”

“当然，不过数量不会太多，形态也都是些比较简单的。”

“我明白了。”男人说，“不要，都不要了。把那些动物全部去掉。”

司文琪现在有点明白了。她调整了参数，那个极限面积又提高了一些。犹豫了片刻，她试探着问道：“植物……是不是也可以不要？”

方先生想了想，然后坚定地说：“可以不要。”

司文琪点了点头，她猜对了。

“如果是这样的话，我完全懂您的意思了。”

她轻轻地说：“我可以给你一片沙漠。”

“沙漠？”

“对，沙漠。”司文琪解释说，“如果您只是想画一些风景，或者其他非生物的东西，其实去掉所有的动物和植物，恐怕在任何模板下您都只能看到一些光秃秃的村落或是戈壁滩。当然，大海也是可以的。但是系统还要模拟足够多的天气变化和海浪形态，剩余的算力不支持您再建造一个足够大的海岛。所以我在想，也许您可以试试沙漠。”

男人一言不发，若有所思。

“沙漠不会是静止的，太阳依然会东升西落。流沙会有变化。风会改变沙丘的形态，有时候会是一马平川，有时候会是重重山峦，这只要用随机小程序来实现就可以了。所有的算力都换算成面积，您的视野会变得尽可能地大。前提是，您真的能忍受这个完全没有生机的世界。我会在沙漠的旁边给你准备一个小屋，面积不超过30平方米。设施只能有最基础的……”

“够了！够了！”他跳了起来，激动得面色发红，“就是它了！沙漠，一片没有人的沙漠！请实现我的愿望！”

看到他这样的反应，司文琪突然又有些犹豫了。

“您真的考虑清楚了吗？”

“是的，完全清楚。”他高兴地说，脸上浮现起一种神往的表情。

司文琪知道，他说的是真心话。“第三个愿望呢？”司文琪说，“我必须提醒您，所剩的算力已经非常有限了。但是，您依然可以带上一些心爱的随身物品。”说完，她瞄了一眼自己的猫耳水杯。

“不用了。很好。谢谢您。”男人稍稍平复了，他的语气很坚定，“我已经不需要别的愿望了。我会爱上那个地方，然后永远在那里待下去的。”

司文琪把食指放在生成键上。

她忍不住最后问了一句：“真的要去一个什么都没有的世界？”

“是的。谢谢你为我做了这么多。”

按下按键后，司文琪突然发现，自己的手指有些颤抖。

猫耳水杯发出了“喵”的一声。

4

愿望变成了两个。

司文琪每天要工作的时间越来越长了，以外面的时间算，是 10 个小时，以仙园的时间算，则差不多有 1000 小时。随着人数的增加，系统的算力开始变得紧张，制度的调整是必然的。愿望数量的缩减只是第一步。其实，对于愿望内容的框束才是更大的变革。那些最早进入仙园的人都许下了三个愿望，这在后来人看来简直是大赚特赚。每天，司文琪都有差不多一半的时间需要应付一些无理取闹、要求自己也能许下三个愿望的家伙。对此，她已经开始麻木了，只会冷冰冰地通知对方：要么接受两个愿望，要么直接强制下线。

很久很久以前，好像有个人只许了两个愿望，但是司文琪已经记不清他的面孔了。

每天人来人往，日复一日。时间长了，司文琪渐渐明白了一个道理：人的欲望，说复杂其实也简单，翻来覆去也就那么回事。她自己抽空整理了一下，做出了一个小小的文档，编上号，以便遇到相似的案例时节约时间。

愿望，大部分是跟金钱有关，这一类会占到大概80%。形式呢，多种多样。有要美金的，有要人民币的，还有要电子货币的，最夸张的是要金砖的。其实，这类愿望是最没有意义的。也许，平时真的很少有人去思考：金钱的目的究竟是什么？毕竟无论金砖还是美元，都是不能拿着吃拿着喝的。如果是想买豪宅豪车，那一开始就用愿望实现不更直接吗？炫耀？那更无趣，人们一旦进入仙园，基本就很少往来。何况，当金钱成了人人都可以拥有的东西，又有谁还会在乎呢？

少部分愿望跟健康长寿有关。提出这种愿望的客户往往年纪已经比较大，跟上一个愿望一样，这是没有多少实际意义的。因为不论你在现实世界里的生存质量如何，一旦进入虚拟系统，全都是一样的。生命就好像被塞进了一只小小的冰箱，从此以后，无谓少老，不知生死。

剩下的则是一些奇葩。

有的人，幻想当帝王。司文琪依次建造了中国故宫、埃及卡纳克神庙和古罗马哈德良离宫的微缩仿版。徒有外形，没有内设，因为其余的算力都用于放置工具人了。他君临天下，威风八面，貌似掌控一切，却只拥有三座城。于是他每天不知疲倦地奔波往来，在风格迥异的城池里反复出演大同小异的权谋故事。

有的人，则被复仇的恶意控制了头脑。他们把仇恨的人放在密室里，用尽所有的恶意去折磨对方。这样的人不是一个两个，但确实是最可悲的。在虚拟实境中的所作所为无法伤及实体的一分一毫，这么做的人，只能是反复揭开自己的伤痕，而且永远摆脱不掉。

有一类人，数量不少。他们在现实里的群体名称是程序员。至于需求，也出奇地一致，居然要求开个办公室方便写代码。其实在虚拟世界里写代码，又有多少现实意义呢？

还有一些，数量也不少。他们年岁不大，是以打着各种名号的团体的形式来的。

“我们永远在一起！”

“为了……！”

他们往往这样说着，就走进那扇门。

司文琪知道，这样子的人大抵不久之后就会反悔。现在口号喊得越亲密，日后别离得就越彻底。

还有一类人最有趣。

他们会抱着怀疑的态度，用不信任的目光看着你，然后挑衅你，试图玩弄些不成熟的逻辑，就好像是小孩子试图跟大人玩猜谜。至于愿望，他们也会绞尽脑汁，掏出一个自以为让你难办的想法，号称那就是最最想要的东西。

他们每一个都以为自己是最标新立异的那个，想要挑战已有的规则，殊不知仅仅是消耗掉了标准模板而已。

那完全不是什么特别的，他们的方向错了。最特别的人，其实都很普通。

记忆中，有一个年纪挺大的人说要一条拥挤的街道，要人，要各种人。人越多越好。街坊邻居，贩夫走卒，小商小贩，什么都行。司文琪满足了他的愿望，把算力统统都换算成了工具人。事后，她查阅了他的资料。他离婚，膝下无子，晚年在养老院度过。司文琪知道那种养老院，看护都是全自动的机器，没有任何一个活的人。他在那里，独自生活了近七年。

还有一个人，最特别的。

他号称是个作家，没有任何特殊的愿望，只想听听司文琪讲自己的故事。

“您是想要我个人的履历吗？这个我当然可以复制一份给您。可是，您真的要把这么珍贵的愿望用在这种……这种小事上吗？”她友善地提醒了对方。

他笑了，那笑容似乎能穿透所有的时间。

“这不是小事。对我来说不是。”他说，“因为这是我所追求的，所以其实是最重要的事。你在这里待了很久，见过很多人，你不知道这是一份幸运。会有很多像我一样的人，非常非常羡慕你的。”

司文琪并不觉得自己有多么幸运。这是她的工作，她有义务尽可能满足所有人的愿望。仅此而已。

于是，司文琪把上面所有那些人、她觉得有意思的事情都讲给他听。

作家很满意，但这消耗了司文琪太多的时间。后来她表示，可以把所有的数据都复制给他，让他自己到自己的小世界里面去慢慢听。

作家拒绝了。

“不，故事始终要有人来讲，才是有温度的。”

不知为什么，司文琪感到脸上有些发烫。

思考了很久，她最终提出一个自己从不曾想过的大胆的想法：制造一个伪人，承载着自己所有的记忆，跟他走，去给他讲故事！

作家思考了几分钟，同意了。

他最终选择了一个普普通通的模板，带上司文琪的复制体离开。临行前，他对她说：“你的故事很精彩，可惜到目前为止并不完整，从整体上说只有上半部。也许继续聆听下去，我会遇到一个很美丽的结局吧。”

司文琪追问他叫什么名字。他没有回答，只说，他是这个世界的游者。

跟每个人一样，来过，看见，记录，存在。

5

小艾不见了。只留下一条讯息。

司文琪知道这一天迟早都要到来。她揉着自己的太阳穴，慢慢地看通讯机里的字，这居然是一条纯文字的信息，并不是音频，也没有图像。司文琪只能想象着小艾正坐在自己眼前，用她的嘴在跟自己发声。

文琪：

我们走了。

我最终还是决定不去仙园。阿然很赞同我的意见。

这个世界很寒冷，但毕竟还是有温度的。如果选择进入仙园，也许我们也会很满足很快乐吧，但是一想到在冰冷的世界里沉睡着的自己的躯体，就会觉得身体太可怜了。

……仙园虽然安乐，但毕竟是虚幻，就好像蓬莱，是只属于梦中的楼阁。

我不知道该怎么面对你，原谅我的不辞而别。

小艾　阿然

我们。她用了“我们”？

读信的过程，司文琪一直在抖。这些句子很短，但在司文琪看来，却好像短刃的匕首，一刀一刀划伤自己的身体。她用力把通讯机打翻在地，又狠狠地在自己的枕头上捶了几拳，可身体里的抑郁发泄不出来。她想把自己灌醉，可是找不到酒精。

司文琪失魂落魄地跑到大街上。奶茶店还在。不过，就跟这条街上其他那些七七八八的店一样，冰霜和尘土落满了原本光洁的窗户——这里已经没有了主人。

环顾四周，司文琪这才惊恐地发现：原来街道上的人已经这么少了！

其实回忆起来，奶茶店的生意一直就不怎么好。也许是自己太过迟钝，对有些事从来没有注意到。店里面似乎永远只有两个人，小艾和阿然。小艾永远在自怨自艾，阿然则永远在忙碌着。不管有没有客人，他一直能找到事做。也许，这一切都只是表演？可能他们早已商量好要离开吧，只是自己没察觉罢了。

司文琪这才明白，也许，自己也到了必须做出决定的时刻了。她相信希望，也相信未来。她知道让自己的躯体陷入长眠，只把思维投入仙园之中，看起来像是一种逃避。但是自己绝对做不到像小艾那样，勇敢地、孤独地在杳无人烟的世界里活下去。不，她还有阿然，她并不孤独，可自己什么都没有！

她不知道自己究竟该怎样做。恍惚间，她想：如果未来还有人类，他们会怎么看现在的我们呢？手腕上的计时器第三次响起，提醒她早已经过了交班的时间。

太阳已经很冷了。司文琪突然有点羡慕那个拥有一大片沙漠的人。整个世界已经变得越来越陌生，如果现实中寻找不到温暖，那自己至少还可以在仙园中获得希望。

6

请求驳回，请求驳回，请求驳回。

暂停业务，暂停业务，暂停业务。

司文琪把头深深地埋在臂弯里，她无视周围的一切。系统显示，此时此刻外面排队的人数已经超过了五千，但她却什么也不想做。她从没有像现在这样，觉得心里空落落的，深深的无力感包围着她。

也许工作起来，就会忘记这一切吧。她抬起手，想要强迫自己去按动按键，让排队的人进来。她知道，只要人们向仙园拥过来，用肤色各异的面孔填满自己面前的这块小窗子，自己就会被忙碌的工作填满。争吵，讨价还价，挖苦，骄傲，自以为是……各种情绪会占据自己，从而让她暂时忘掉痛苦。

手指最终没有按下。

就在这时，她看向了窗外。

她突然看到了那棵树。

似乎很久很久之前，那棵树就在那里。某种东西突然把自己击中了。她推开门，朝着那棵树狂奔了过去。这是她第二次站到大树下。记不清是多久之前，自己第一次来到司门人的小屋，就看到了这棵树。她没办法不看到，因为这棵树是视界里唯一可见的东西。除了那棵树，那扇门，那堵白色高墙，一切都是沙子。

只有这样孤零零的一棵突兀的树。

记得她曾经问自己的上级：前一任司门人去了哪里，是不是也去了仙园？上级没有直接回答她，只告诉她一句话：他选择了见证。

现在，司文琪明白了，每个人都可以有自己的选择。有的人选择逃避，有的人选择勇气；有的人选择毁灭，有的人选择创造；有的人选择遗忘，而有的人，选择见证。

突然间，她的内心燃起一把火。

她说不清那火焰是从哪里来的，好像那火苗一直就在自己的身体里。它蛰伏着，蛰伏了很久很久，一直在等待着有什么东西可以把自己唤醒。现在，它不再昏睡，它成长，它放肆地蔓延，燃烧，绽放，迸发！从里到外，几乎把整个人烤得通体发亮。她知道了为什么有些人会笑着走进那扇门，因为他们也曾经这样燃烧过！

她一直在回避，在压抑。这压抑已持续了太久，是时候彻底释放了。

终　章

她面前有一叠厚厚的文书，和一张薄薄的纸片。

"你确定自己的愿望了吗？"

"确定。"司文琪说。

"可是……这会有点难办。"窗子里的人轻轻皱着眉头，"请给我一点时间。"

“没有问题的，我自己核对过每一行计算。”司文琪微笑着鼓励自己的继任者，“你可以慢慢来，我可以慢慢等。”

对方笨拙地操作着。

“你确定不要一点空间？”

“是的。”

“……而且绝对不会打扰到被观测者？”

“不会。我只想做个旁观者。”

“可是……”她犹豫了一下，还是问了出来，“我不明白为什么。”

司文琪笑了。

“我想到每个世界去看一看。远远地看一看就可以。因为即使有一天，整个世界都不在了，也应该有人去记录所有的故事。”

门很高，站在门口，无论是谁，都会立刻感受到自己的渺小。然而墙更高，平静，威严，一望无际。高高的白墙后面，则是无数的世界。

粉色的猫耳水杯，发出了“喵”的一声。她笑了，把它攥紧，充满勇气。

她迫不及待地站在门前。

她期待着与每个人相遇。

——原载《科幻世界》2022 年第 3 期

当智慧处于不同的发展阶段时，它的表现形式也各不相同。同时，面对更高阶的文明状态，发展中的文明不可避免地会面对各种“考核”。虽然应对考试的方式大相径庭，但基于自由意志的存在，这些应考者希望能坚持自己的判断与行为。那么，最后的“成绩”与“评级”自然也形式各异。

《大考》，只是其中一种可能。

大 考

王 元

1

慈母龙并不知道自己的名字，全拜右边笼内生物所赐。他上身是坚硬的黑色甲壳，下身天蓝色，双足棕色，直立，四肢与五官俱全，通体无毛，仅头顶点缀一丛黑色毛发，体形矮小，但比左边水箱中不停游动的鱼儿大。她在河中见过不少鱼类，知道此物可以食用（不过河里的小鱼没有四脚），但慈母龙食素，常以蕨类和树叶果腹——看起来不堪一击。

就是这样一种渺小的生物指着她说：慈母龙。

她便有了名字。

他吐字不清楚，呜嗡呜嗡的，但她听懂了。

在此之前，右侧三只笼子一直空空如也，就这样过去6500万年。孤独的6500万年。笼内设有计时装置，她无师自通了算术，以前懵懂的感受也变得清澈。

6500 万年，弹爪一挥呵。

时间却没能在她身上兴风作浪，遍体鳞伤的慈母龙，沉默不语的慈母龙，没有生长的迹象，亦无死亡的征兆，6500 万年前被肉食性同类袭击的伤口仍然鲜血淋漓，触目惊心，只是，她感觉不到疼痛。她无法舔舐伤口，一方面掣肘于臃肿的身材，另一方面因为那枚蛋。她的脑袋不小，可以搭载的记忆却不多，但是怎能忘记那枚沾满泥土与落叶的蛋。

那是一个雨后初霁的傍晚，她悄悄离开族群，去森林深处觅食。她在孕期迷上一种紫红色浆果，每每回想起来嘴边就荡漾出馋人的酸甜，折磨得她难以入眠。果树生于河畔，果子长在枝头，远远望去，仿佛一片落入凡间的璀璨晚霞。森林升起了黏稠的白雾，浆果仿佛在朦胧中晕开，让她垂涎欲滴的同时产生一种对美好生活的向往与赞美。慈母龙的文明没有文字，因此无法记录，没有语言，因此无法传唱，否则，她会为那个傍晚撰写一首小诗。

她呜呜叫着，大意为：晚霞草迷蒙，流水自无声。

话虽如此，她却听见不远处河水的涌动，接近采撷地。持续数日的大雨涨满河堤。她计划向着远离河岸的方向迁离，确保蛋们无虞。一阵风吹过，奏响树叶哗啦啦，坠落水珠滴答答，雾气也被风稀释，月亮探头，她努力伸长脖子，透过叶缝，月光星洒洒。她陶醉在悠闲又从容的夏夜，心情好到无以复加美滴滴。多么悠然自得的夜晚，尽情徜徉吧。

就在这时，她看见河流中漂浮着一窝枝丫，上面还有一颗蛋，跟她的产物相差无几。

就让他随着河水去流浪吧。

怎能让他随着河水去流浪。

初为龙母的她对于新生命有着某种条件反射般的迷恋和倔强。她沿着河岸奔跑，瞅准时机跳入河中，与湍急的水流搏斗，张开大口，轻轻把蛋衔入嘴中。小家伙，你运气真好，遇见了我，你妈妈呢，这么粗心大意？慈母龙爬上岸，用想象力跟蛋互动。你喜欢吃小红果吗，大口咀嚼果肉，流出肥美汁水。当她重新走向果树，一只肉食性同类——再过一亿年，她才知道右边笼子里的生物是一个叫张秋林的人，而她被统称为恐龙，该肉食性同类唤作霸王龙，这让她的仇恨和歉意都有了具体的出口——拦在她的必经之路。她不知她是偶然经过，还是守株待兔。过去几个礼拜，慈母龙是这片果树的常客，对方很可能对她垂涎已久，准确地说，对她的可食用多日的尸体。

没有对峙，没有试探，霸王龙咆哮着向她扑来。慈母龙完全不是对手，但她也不是第一次遭遇霸王龙，只要跳到河中，霸王龙那一身蛮横就毫无用武之地，只能在岸上狂躁地咆哮。幸运的是，她旁边就有这样一条救命之河流。

慈母龙纵身一跃。

霸王龙纵身一跃。

一前一后，溅出两朵恢弘的水花。这跟慈母龙的经验不符，千万年以来，霸王龙从不会泅水。这只霸王龙如果不是身怀绝技，就是饿昏了，又或者，她洞察了慈母龙所谓的异秉。慈母龙也不会游泳，她只是努力把脖子探出水面。霸王龙在水中逞能，用尖利的前爪和疯狂的咬合在她身上作威作福。慈母龙负痛，却不能叫唤，更不能还口。霸王龙显然不熟悉水中环境，十停攻击只发挥两三停，仿佛要跟慈母龙同归于尽。这不是一次合乎常规的捕食。慈母龙借助水流的掩护，从霸王龙口中脱险。后者一击不中，失去耐心，也失去平衡，几次尝试都没能站稳，挣扎着，栽入水中。不知是什么迷惑了霸王龙心智，让她不自量力地跳入河中，分明是自寻死路。一场惊心动魄的捕食，转瞬变成自戕。慈母龙的脑容量不足以让她思考出更加复杂的结论，她趁势上岸，头也不回地跑远。月亮在云朵中穿行，一切如常。她没了胃口，此刻只想回到窝旁，看一眼蛋们。她想他们了，她将来的孩子。慈母龙步履匆匆，恨不能像翼龙一样生出翅膀，急速飞回。她跑啊跑啊，嘴里传来咔嚓一声，她小心翼翼用舌头确认，那枚蛋孵化了。她把小家伙吐出来，借着月光，看清他的形状。瞬间，她明白了霸王龙的决心——啊，那是她的孩子。

小霸王龙咿呀呀叫着，身上的黏液沾落叶，武装成一株张牙舞爪的低矮灌木，多么可爱，多么无辜，她再次把小家伙舔舐进嘴中，作为他遮风避雨的港湾。

慈母龙跑回驻地，差不多一万只同胞在月光下卧眠，他们喜欢群居。她走近据点，看着圆坑里柚子一般的蛋，百感交集，忍不住吟诵道：有人不爱子，花不为伊开。对他们的爱，是她能付出的最深沉的感情。此时，空中爆发出一阵猛烈闪光，无数颗陨石像火柴一样擦亮夜空，仿佛惊雷在地面炸响。

转瞬，一万只同胞灰飞烟灭，茂盛的大地化作焦土。

慈母龙反应过来时，已经困在笼中。右边的笼子空空如也，左边笼中有一个水族箱，她努力凑近，才看见里面有一尾——这不是鱼，而是蝾螈！

2

题目一：请写出 GRAND 的全拼，并简单陈述其功能。

Giant Radio Array for Neutrino Detection，大型中微子探测阵列，可利用低频射电探测来自宇宙深处的高能中微子和高能宇宙射线。

（回答正确，请继续答题。）

题目二：什么是中微子，并简述其特性。

中微子是一种基本粒子，个头很小，质量近乎零且几乎不与其他物质相互作用，因此极难被捕捉到，不轻易发生反应，可以携带遥远天体的原始信息。

（回答正确，请继续答题。）

……

（回答正确，请继续答题。提示，此为最后一题。）

题目十：为什么要探测高能中微子？

中微子可以帮助我们探索超高能宇宙射线的起源，可以对标准模型进行检验并尝试发现新物理，可以收集“宇宙黎明”和“电离时期”的信息。

（回答正确。考试结束，是否交卷。）

（是）

毫无疑问，满分。

从小到大，所有考试皆是如此，张秋林不用认真听讲、努力复习，只需翻看几眼参考书就能顺利过关。他并无过目不忘的技能，但总能依靠直觉成功押题。比如语文，一百多首课标要求背诵的古诗，他只熟记五六首，具体到颔联上句或者颈联下句；比如数学，他总能押对几道大题，考点会从教材中自动析出一般。甚至可以说，他能拟出考题，与试卷相差无几。

GRAND 招聘笔试之前，他就从一叠厚厚的资料中翻到名为《开启探测宇宙的新窗口：大型中微子探测阵列 GRAND》（文 / 黄滟）的文章，以上十个问题就是构成文章的骨架，他通读几遍，凭借热乎的记忆填充标准答案。

接下来是面试。

有前面的成绩打底，张秋林自信可以轻松晋级。事实上，这个职称对他并非不可或缺。他都不知道为什么应聘，只是看到广告词写着一句“你想看星星吗”，就心血来潮报名，经历网上几轮初选，来到天文台参加最后的选拔。

2034 年大学毕业，张秋林兜兜转转做过几份工作，不好不赖，有人比他成功，有人比他惨。他做什么都不费劲，因此不费心，但每一份工作都可圈可点，要么工资喜人，要么能捞外快。他总是蜻蜓点水，在生活的湖面点缀一圈圈涟漪，不在任何一朵小荷的尖角驻扎，有点像狗熊掰棒子，掰一根扔一根。有年长的前辈推心置腹，要珍惜来之不易的稳定啊；又说，对于中年人来说，稳定就是幸福的源泉。关键是张秋林没觉得不易，一切顺理成章，水到渠成，他想受点伤、遭点罪都不行。如果说人生就是一篇高低起伏的文章，那就是上帝握着他的手写作。这不是单纯的比喻，他不止一次把命运交给命运，面对未知的问题，他会进入迷离状态，右手仿佛脱离身体控制，驾驶着他的意志作答。他曾有意克制，避免这种情况频繁发生，他害怕被反噬，就像割地赔偿，先是右手，渐渐所有器官都被体内未知的力量夺权。

仅仅是运气解释不了，但又没有超级幸运，他买足彩就没赢过；又比如，他猜拳几乎没输过，但现实不是《赌博默示录》，猜拳赢不了重大利益与人生。上帝给他一点好处，就在其他地方使坏。没错，他笃信上帝。这说起来挺扯，他不是基督徒，但相信上帝存在。

不信行吗？

不信不行。

他上一份工作在政法系统，越来越变态的司法考试，他不费吹灰之力通关，但他的真正目的不是岗位，而是岗位的特殊性。他揽下其他员工唯恐避之不及的接访，泡在形形色色群众中，一年时间，写出一本非虚构。上访题材敏感，他巧妙地规避风险，出版没有政审压力，还得到上级单位支持，把这本书当成宣传教育的参考。拿到再版版税，张秋林就递交辞职申请，领导极力挽留，大好前程啊，为什么走？

他说："我想去看星星了。"

国内有许多天文台，他选择位于戈壁的GRAND，最偏僻的一个。

追问：为什么是这里？他答：这里有中国唯一一个中微子望远镜，也是全球范围内最灵敏的一个，既然要看星星，就要看得清楚。

面试官一字排开，边上那位女孩吸引他的注意。如果说，张秋林顺遂的人生还有什么磕绊，就是困扰他已久的单身问题。按照他的聪明劲，找个（把）女朋友不是难事，但一直没有遇上让他怦然心动的对象，至今连手都没牵过。见到女孩，多年应考的经验击中了他，他十分笃定，女孩就是正确答案——原来上帝早有安排。不信行吗？

"先做个自我介绍吧。"

“张秋林，男，34 岁，单身，无不良嗜好，身体健康，喜欢足球，热爱文学。”

“自我介绍，不是征婚广告。”主考官身体往前一纵，“说说你为什么想来 GRAND。”

“之前我并不清楚，现在明白了，我想把‘单身’变成‘已婚’。”

“认真点。”

“我非常认真。”张秋林望向女孩，他知道这些话不该说，至少不该在这个场合表白。岗位倒是其次，让女孩难堪可不利于后续追求，但他控制不住自己的嘴，就像过去某些时刻控制不住的手，有一股无法抗拒的力量按着他滑行。

“你可以出去了。”

笔试第一，面试垫底，张秋林遗憾出局。多年以来，他第一次惨遭淘汰。这种感觉，怎么说呢，实在不爽！人就这样，嘴上谦虚不要，内心不一定多饥渴。他明明可以安全上垒，拥有大把的时间慢慢接近女孩，运筹帷幄，循序渐进；没错，谈恋爱讲究一见钟情，但前提是两情相悦。现在倒好，连女孩芳名都没捞着。

天文站设有招待所，张秋林住下来从长计议，但总不能一直冒充游客摽在天文台，就算拉下脸皮，最多接触到讲解员，摸不到跟女孩见面的机会。什么叫自作孽，这就是自作孽。除非——上帝啊——出现奇迹。

奇迹出现了。

GRAND 此次招聘缺口共三个，他排第四，结果其中一位录取者因为持续不断的高原反应，只能退出。之前体检没毛病，在模拟环境下负重运动也达标了。当地医疗条件比较简陋，基地派车送德令哈，在那里查出是过敏引起。过敏原不是食物或者花粉，戈壁生态环境恶劣，根本没有花，罪魁祸首是蚊子。

张秋林成功补位。报到那天，张秋林悄没声地打听到女孩的姓名：袁雪。

雪这个字很难用，特别容易落俗，弄不好还有卖弄冰清玉洁的嫌疑。搁她身上，恰到好处，一点都不冷，也不谄媚。

袁雪。

袁雪。

袁雪。

他能循环这两个字一整天。

名字是最短的魔法，他被爱情诅咒了。

袁雪倒是大方，没有介怀张秋林面试中的突进，没有刻意躲避，没有积极回应，在食堂偶遇，排队打饭，两人还能搭几句闲话，谈一谈工作和天气。

风好大啊今天——几千万年以来，都这样吹着，俄博梁去过吗，那就是风撕出来的；天多蓝，比北京强多了，听说首都最近安装了穹顶，装饰着蓝天白云和璀璨星空，可哪儿有这里天然——不知道，我没去过北京，最远走了趟敦煌，看莫高窟；哎，你平时都看什么书，我在图书馆碰见你好几次，看你沉浸在字里行间，没忍心打扰——嗐，瞎看呗，有一眼没一眼，打发时间——实不相瞒，我这方面多少有些成绩和造诣，咱可以聊聊——我看过你写的书——怎么样——就那样，抒情太多了，一点都不像报告文学——没办法，我得先表态，才能表达——那你写诗吗，我喜欢读诗，你千万别觉得我文青，主要是篇幅较短，也不枯燥，睡觉前看，几眼就读完了，不像小说，还要在梦中惦记情节发展……

张秋林没谈过恋爱，但开窍很快，就跟那些枯燥、繁琐、艰涩、芜杂的政法考题一样，他捋一遍参考资料就能上手。张秋林不再冒进，先跟袁雪培养熟悉感。人类有很多事无师自通，这些就是镌刻在基因里的生存技能，当你喜欢一个人，你就能长出早已退化的翅膀。

现在的问题是比翼双飞。

爱情跟想象不一样，承认吧，太不一样了：他能感到自己走在坦途，每一个岔路口都拐到正确方向，不管这座迷宫多么复杂，他在逼近出口，而且是最短路径。上帝也在线，袁雪没男朋友，不用他处心积虑撬墙脚，背上第三者骂名。功课他都做了，袁雪父亲是 GRAND 负责人。当年中国科学院天文台主办

“国际合作项目GRAND理论研讨会”，来自法、德等国11名外籍科学家和国内20多名专家学者相聚于此，为光学望远镜选址，最终敲定赛什腾山。袁父从此扎根于此，眼看着GRAND从无到有，这就是他第二个女儿。为此，他不惜付出离婚的代价，并把女儿培养成接班人。天文望远镜的所在地一般都会选取偏远山区，光污染较少，但没有像GRAND这么偏僻。赛什腾山为蒙语，翻译过来是黑色不长草的山，真正的不毛之地。袁父唯一娱乐是下围棋，GRAND有一台超级电脑，主要用来做数据分析，兼做他的棋友，反过来说也成立。

张秋林从未感觉如此笨拙，这种胆怯和悸动，过去三十多年没有劳驾过他。他想做点什么，又怕触发袁雪的反感。基地倒是有配套的电影院和咖啡厅，但是工作人员拢共那几个，抬头不见低头见，彼此面熟，不好约会，前脚进电影院，后脚就有人传闲话。难道说，上帝只能帮到这儿，爱情也是他老人家没有琢磨清楚的游戏？

终于，他逮到一个独处的机会。

GRAND接到观测任务，有理论出来，宇宙黎明时期并非一直爆胀，而是不停经历膨胀、收缩周期性变化，最终长成为今天的宇宙，每一次活塞作用都是为了向奇点鼓入热能。他俩恰好分到一组，拥有空前的相处时间。设备都是调整好的，他们无须时时盯着屏幕。

“你相信宇宙大爆炸假说吗？”袁雪问他。最近几年，随着人们对宇宙研究越来越深入，一些全新的模型被提出来，有的得到关注和声张，比如大反弹：宇宙诞生于大爆炸之前，我们的宇宙是上一个宇宙灭亡后反弹而来；大爆炸只是一根引线，不是炸弹。袁雪的提问也很严谨，她用了假说。

“这次观测也许就能找到答案。”张秋林说，“我发现一件挺有意思的事，我们总在不停建立理论，之后推翻。宇宙没有普适真理，空间的涨落不同。”为能跟袁雪志同道合，他有空就恶补天文物理，他以前甚至以为天文物理是中间忘了点顿号的两回事，天文和物理。

“我相信。”

“我会帮你一起落实。”

“你为什么总躲着我？”袁雪话锋一转。

“有吗？没有啊。”张秋林斩钉截铁，反而此地无银，连忙补充道，“我看你一直忙项目。”

“那也不耽误正常生活。我看出来了，你这是欲擒故纵。”

“啊？”

“基地那么多人，为什么咱俩分到一组？还不是我从中作梗。呸，瞧我这成语用得。”

上帝并非无计可施，而是憋了一个大招——

当阳光照在海面上，我思念你；

当朦胧的月光出现时，我想起你；

看着窗外树枝风中飘动，你爱的人也在爱着你；

张开耳朵，聆听你的心声，你就会听到，你爱的人也在爱着你；

闭上眼睛，要是你在微笑，你爱的人也在爱着你！

他们围绕彼此旋转，形成稳定而浪漫的双星系统。

“你？”

“你什么？”

“没什么。”张秋林只是傻笑，任何语言都组织不起来，右手不被控制，握住袁雪左手。肉体接触的瞬间，他才明白语言多么空洞乏力，十指交错，胜过千言万语。袁雪也看着他笑，嘴型先是偷偷摸摸拱出一轮上弦月，逐渐涨成满月，整座赛什腾山都被照亮了。不毛之地盛开出葳蕤的春天，生机盎然的爱情啊。

“你还没回答我的问题。”

“我愿意。”

“谁问你这个。”袁雪说，“你相信宇宙大爆炸假说吗？”张秋林没有深入研究，也不清楚袁雪用意，不敢贸然作答，只好假装思考。“我们认识才几个月，你都没有正式追求过我，根本不了解我。对你来说，我就像宇宙大爆炸假说，捉摸不透，可能是这样，可能是那样，也许我并不是你想象。你以为呢？每个孤独的人都比宇宙难测。我们先试着处吧，给彼此一段缓冲期，也让我看看你的诚意。”

“我爱你！”

“爱没有公式，你怎么证明？”

“只要你开口——”

“你真傻，这种事哪儿有征求对方意见的。好吧，既然你说了，给我写诗。我知道你能写，得增加一点难度，一百首，限时一个月。完成了，我就考虑给你一个男朋友当当。”袁雪松开张秋林的手，举起自己的，“完不成，就当试牵了。”

“一个月太久，只争朝夕。”

“你可别逞强，我要求行文质量。”

“我现在浑身都是韵脚。”张秋林的右手又开始作祟，高擎食指。

“一礼拜？一天？”

“给我一个小时。”张秋林把袁雪支走。

一段感情建立起来没有那么容易，太容易总给人空中楼阁的感觉，要么需要过密的交往打底，要么有刻骨铭心的时刻升华。张秋林找来一本记事簿，一根签字笔，做几个深呼吸，微微闭上眼睛，不去干涉右臂，信马由缰，笔尖甫一触到纸张，极速游走，犹如鱼儿跃入水中，欢快地游来游去。他变身成一台人形打印机，没有任何主观干扰，兢兢业业誊写出早已存在的美妙诗歌。这是他的观点：许多伟大作品都是文字自行修炼，作者只是恰好发现，就像科学家发现定理。你看与不看，她都在那里。一行又一行工整小楷参差不齐码完一张又一张稿纸。他不干涉措辞和断句，但他确定，每一首诗都能打动袁雪，让她的心像堆积了厚雪的梅花枝丫似的微微颤动，浇一杯热酒化开冬日的惆怅与寒。古往今来，那些遣词造句的好手争先恐后为他护驾。什么叫有如神助，这就是有如神助。某种意义上，就像附体，他不是一个人在战斗。

手腕的知觉突然消失，一股暗劲顺着胳膊往上爬，经过手肘，他突然清醒，把笔掷出去，努力攥紧拳头，使劲用左手箍住，按出疼痛感，跟体内力量决斗，夺回控制权。

噫吁嚱，危乎高哉！

袁雪掐着表进来。“一小时到了。”她抬头看见张秋林呆立不语，鲜血从指尖滑落，持续高强度的握笔把他的手磨破了。“写不出来也不至于自残啊。”袁雪忙找卫生纸帮他止血。

“你验收一下吧。”张秋林笑着说，“保证不缺斤短两。”

袁雪却哭了。“我也不知道怎么回事，我其实不喜欢你。别误会，这跟你无关，我已经决定将毕生献给天文事业，恋爱和婚姻都是我嗤之以鼻的绊脚石。可我控制不住自己，好像我是一个机器人，上帝在我大脑写入了一段程序，看见你，就启动了。我嗡嗡作响，为你而运转。我本不想跟你分一组，我本想用几首诗为难你，但你就是一行病毒，把我感染了，不管我怎么删除，脑子里想的全都是你，闭上眼睛是你，睁开眼睛还是你。我该怎么办呢我？我开始担心，万一你讨厌我呢？我除了长得好看，也没特别过人的优点。我脾气不好，还爱钻牛角尖，要是以后吵架了，我说不准会离家出走，让你找不到我，干着急；就算你找着了，我也不跟你回家，还让你干着急。我就这么蛮不讲理，你别看我平时多么通情达理，其实我特小性。我多怕你会被这样的我劝退。我……”

“我爱你！”张秋林张开双臂。

袁雪扑入张秋林怀中，用力贴着他的胸口。张秋林双手无处安放，按理说，应该攀缘袁雪的后背，回应她的依偎。可是，血洇透卫生纸，他的右手像攥着一团火。袁雪却不管不顾，抓住张秋林的双手按在自己腰间。

早上醒来，想到袁雪，张秋林能笑出声，嘎嘎乐那种傻笑。他正经历人生最美妙的岁月。跟袁雪混熟了，发现她一点不拿捏，许多方面比张秋林还主动。

同事们私下开他玩笑，说袁雪以前总端着，见到他放开了；或者说，袁雪以前含苞，见到他开放了。

张秋林说，这就是女为悦己者容啊。

不久，张秋林被袁父叫到办公室。按照常理，应是张秋林主动拜访袁父，现在反过来，就有一种大事不妙的预警。袁雪为他打气，说她父亲一直想从天文台给她寻个伴，以免分心，可是她没有遇见合适的，不是她眼光多高，不是看不上，而是谈不拢，见到张秋林，她突然有种以后就是他的笃定。你爱的人也在爱着你，爱的方式都如出一辙。张秋林还跟她抱怨，袁父有些自私，他热爱天文学事业，没必要把女儿的一生也搭进去。袁雪却说，一切都是她的主张，她才是始作俑者，父亲只是附庸，他是为女儿才选择驻扎在赛什腾山。招聘文案是她写的，她才是那个想看星星的人。袁雪几句话，将袁父封建独裁的形象“拨乱反正”，他默默付出了一生呵。

“听说你跟雪儿在谈朋友。”袁父的办公室一点都不像天文馆负责人的风格，没有多少科技元素，充满禅意，墙上挂着一幅字：远离颠倒梦想，究竟涅槃。硕大的茶几上养着一部茶海，剩余的一隅被棋盘占据，上面落满黑白子，看来是在复盘。“她不好对付，你要当心。”

“啊？”张秋林以为袁父会给他来一个下马威。

“恕我直言，她眼里没你。”袁父洗茶，冲泡，用木夹捏了一只冰裂纹的茶碗给张秋林，后者小口啜饮，拿捏出品的姿态，“也没我。地上没有值得她分心的事物，她眼里只有星空，几亿年前发出的光。我也不知道她怎么突然动了凡心，也许没有遇见合适的人不是一种托词。但你还是要提防，提防她随时可能对你寡然无味，你要有这个觉悟。就算她不离不弃，你甘心吗？”

“我心甘情愿。”

“你甘心一辈子拴在这个鸟不拉屎的地方吗，朋友？”袁父悲情地补充道，“像我一样。”说得那么不甘心。

“我不知道，让我们看看接下来会发生什么。”

“加油。”袁父站起来，隔着茶海，拍拍他的肩膀，“对了，你最好能发展出一项消磨时间的爱好，比如围棋。会玩吗？”

“五子棋还可以。”张秋林看着黑白子的落位，突然感到棋路活了，信手拈起一颗子放下。他用左手攥住右手手腕，不让它出格和出丑，却按捺不住，这只手天生对解答上瘾——他曾去医院做过全面检查，笼统地叙述症状：有时候控制不住自己的右手。医生倒是镇定，说这是异手综合征，俗称外星人手，患者常常认为自己的手不属于身体，是有自我意识的独立个体，手的所有行为由独立个体主导。医生分享案例：一名患者的手会在主人扣好衣扣后立即一一解开。一般来说，异手行为很少具有威胁性，但也有例外，有人正在睡觉，被右手扼住喉咙；还有人在高速驾驶，左手猛转方向盘。造成这种病症通常是因为胼胝体异常，胼胝体连接了左右脑，负责把半脑对应部位联系起来，使大脑在功能上达成统一，协调肢体。他做了 fMRI（功能性磁共振成像），胼胝体没有问题。可能是精神问题，人的情绪可以引发强烈的生理反应，比如恶心、头晕、气短、幻觉。

“胡闹，这是自掘坟墓。”袁父嘴上说着，却积极应对，看样子是好不容易逮着一个活的对手，“我三着之内就能取胜，多了算我输。”

张秋林又落了一子，袁父见招拆招，三子很快下完，又走了十余步，袁父手里捏着棋子，僵在半空，不可思议地望着棋局，半晌说：“我输了。”

又说：“还说你不会下棋，这是神之一手啊朋友。”

袁父正在感慨，电话响了，他向张秋林展示屏幕：“你女朋友。”袁父只说了一声喂，便陷入沉默，通讯结束，对张秋林说：“跟我走。”

他们到达控制室，几个骨干在那里等待，袁雪简单向二人介绍，他们刚刚捕捉到一组超高能中微子，竟然与计算机编码方式相同，破译后更加让人不解，是一套试卷。

问题一共三个：请叙述你所在星球生物进化的基本原理，是自然淘汰型还是基因突变型；请简要说明恒星能量的来源；请说明构成你们星球上海洋的液体的分子构成。

并不复杂，对于他们这些接受过高级教育的知识分子，简直就是送分题；困难的是获得这些题的渠道。猴子从树上下来，经过几十万年成长与蹉跎，直立行走，走出非洲，仰望星空，人类才能拆开密封在纸袋中的试卷，就像一只密码非常简单的保险柜，任何人都能拿走里面的财富，却找不到它的藏身之所。他们现在找到了，问题在于，要不要打开？保险柜里面也可能是定时炸弹。

要不要打开？

有人提到，这可能是高级文明对人类的测试，一旦通过，就会进入另外一个维度。也有人说，只要回答，就会暴露地球坐标，后果不堪设想。两派争论不休，最后决定举手表决。按照资历和职位，张秋林并没有投票的必要，是袁父（而非袁雪）坚持让他留下，结果造成尴尬的平局。袁父和袁雪意见相左，袁父倾向置之不理，袁雪站队积极回应，这可能是一个眺望高级文明的窗口，一旦错过，也许再也不会开启。

张秋林跟袁父观点一致，不能拿人类文明冒险，高级文明也许是好意，皆大欢喜；也许是恶行，谁也背负不起毁灭文明的骂名——严格来说，文明毁灭，不会再有记录和评判历史的后来人。但不是迫于讨好袁雪的压力，张秋林的右手充满向上的欲望，他无论如何遏制不住。

没办法了，只能启动另一个原始的对决：猜拳。公平起见，三局两胜。反对阵营由袁父指派一名代表，正是当时面试张秋林的主考官。袁雪把张秋林推出来，嘱咐必胜。这对他来说非常简单，只需放空大脑，右手就可以为他征战沙场。问题在于，他想不想赢？举手表决是肢体展示，他没办法弄虚作假，猜拳是脑力活动，是一条看不见流动听不到水声的暗流，有了作弊的转圜。以往作弊都是为赢，这次想输。想输也不一定能输，他尽量控制右手，按照自己的意愿出招。他把右手紧紧贴住大腿，一点点抬起来，确保右手在控制范围之内，握拳，在空中停顿，石头，他随便想了一个花式，却打开了，是布，刚好包裹对方的石头。他还有反胜为败的机会。他上次为袁雪写诗受伤的地方已经结痂，张秋林忍痛把痂抠掉，用疼痛分散体内力量的注意力，按照他的想法输了第二回合。关键一局，张秋林的右手仿佛独立一般，高高举起，吊着他四下乱窜，他用左手使劲拽下来，艰难地在空中挥舞，与对手完成第三回合。他不知道自己是否在这次行动中占据上风，总之，运气再次站在他这一边，他又赢了。

袁雪激动地跑上来，在他脸颊上啄了一口。

“你赢了，来答题吧。”袁雪说，“你会被历史铭记。”

张秋林颓丧地坐在电脑前，放弃对双手的控制权，十指在键盘上翻飞。很快，他就完成前面两道题，为了得出标准答案，袁雪等后援特地在网络上查询，结果跟他敲出来的文字相差无几，而且，张秋林的描述更加精确和精致。第三道题大家都放松了，一是被张秋林前面的表现折服，二是这道题过于简单，且答案唯一，唯一的困扰就是如何使用键盘打出那个挂在 H 右下角的“2”，写成“H_2O”的样子。大家问了浏览器，才知道那玩意叫下标，相对应的，右上角的数字叫上标。一共搜出三个方法，最简便的是快捷键“Ctrl 加 +”。张秋林突发奇想，如果打错了呢？如果这是一份考卷，什么标准算及格？不是满分，至少还有机会不通过。他从小到大都享受着体内未知力量带来的便利和好处，可是他不能把自己完全交付，否则他作为一个拥有自由意志的人类还有什么活着的价值？什么是自由意志？是反抗。他不止一次想过克服（这种本能），却又不忍心舍弃，最终形成依赖。现在，他终于有这样一个机会，一个代表人类文明的机会，他不是一个人在战斗。张秋林舔出一截舌尖，用力咬住，疼痛让他清醒，但是不够，血沫溢出来，还不够，牙齿扎进肉中，继续用力，使之与身体分离。在同事们还沉浸在掌握下标的操作技巧之时，他敲下错误的 H2O，并点击提交。

突然，他感受到前所未有的放松，人生第一次，他获得完全自由。

又突然，一个光球晃进房间，碰到眼前的同事，后者随即灰飞烟灭。

袁雪本来像个小孩一样兴高采烈地雀跃，她双脚离地被光球袭击，还能看见她在空中的轮廓，就像燃烧殆尽的蚊香，在地上用落灰盘成原来的形状。张秋林张开双臂拥抱，一碰，就散了。

是球状闪电!

啊！他双手抱头，痛苦大叫，半晌抬起身子，发现已置身于一只金属笼，在他左边，是一只慈母龙。张秋林还在想着外星人的事，这下坐实，只是结果出乎意料，他先是慌张、害怕，不停叫着袁雪的名字。

袁雪。

袁雪。

袁雪。

他不知道喊了多久，笼内没有黎明与黄昏，嗓子也没有哑。

他不用进食和出恭，但肉体结结实实存在，思念愈积愈厚，一天一天，他想袁雪一亿年。

一亿年过去，右边的笼子里来了新的房客，看样子是机器人。

3

机器人自称阿难，是一名算师。

一亿年之后，人类早已灭亡——

从天而降无数个球状闪电，把人类文明灼毁，经过新一轮进化，人类文明重新在地球开花结果，继而腐坏，寿终正寝，接手文明的旗手是人工智能。

阿难提出一个观点：他们并非人类发明的产物，相反，人类是他们进化的阶梯。地球从最初的生命形式层层更迭，从可以进行自我复制的分子到两栖，从鸟类到哺乳，到人类，是循序渐进的过程，人类不是终点，只是为下一阶段文明的出现做准备，人工智能也一样，终归是过渡。但不同于人类世代之前的种种进化渠道，所有物种皆被大自然孕育，之后公平竞争，看谁能爬到食物链顶端。人工智能脱胎于人类文明，他们一点不避讳出身，这使得他们可以轻松超越创造者，成为统治者。人类逐渐跟不上时代发展，退出历史舞台。阿难只见过人类标本，张秋林是他看到的第一个活体。语言交流是人工智能祖先远古时期的通信手段，他们早已使用电信号互通信息。幸运的是，阿难体内保留着对话功能，这跟他的职业有关。

“我不是很理解，人工智能拥有自由意志吗？没有讽刺的意思，就纯学术讨论。”

“你是想说我们做出的选择都是依据程序的绝对客观？”

“差不多吧。这句话就够绕的。”

“不知道，这是一直以来困扰我族的难题。”

“那什么是算师？数学家吗？”

如果在人类文明找一个接近的对应，算师大概相当于巫师，这两种职业都是通过某种神秘莫测的法术为求助者排忧解难。算师需要研究和吟诵人类传下来的真言，因此没有删除语言系统。张秋林把他经历的种种事无巨细告知阿难，可惜慈母龙不能开口。这里是个巧妙的双关，既说明它不会开口讲话，还指出它从不张嘴的特质，好像嘴里含着什么宝贝，生怕别人知道。

阿难告诉张秋林，他们研究发现，宇宙发展到某个阶段就会重启，从可以进行自我复制的分子到两栖，从鸟类到哺乳，从人类到人工智能，按照这个顺序重来。向阿难左手边的笼子望去，就是一部地球物种的进化简史。

“那么——”张秋林问道，“你们搞清楚毁灭机制了吗？”

“非常简单，这就是一场考试。为了方便叙述，我们假设有一个实验者文明——”

“地球就是他们的实验室？这太疯狂了。”

“不，地球只是培养皿。”阿难说，“当文明发展到一定阶段，实验者就会组织一场考试，考卷以超高能中微子形式发布，如你所知。我们也接收到类似的考卷，只是考题不太一样：一个三维空间中的直角三角形，它的三条边的关系是什么？你们的星球是你们行星系的第几颗行星？当一个物体没有受到外力作用时，它的运行状态如何？虽然题目不同，但考察范围接近，都是科学常识。”

阿难的存储器记录着事情经过，跟张秋林的遭遇相同，他被选中答题。

正如张秋林的疑惑，人工智能是否有自由意志？

曾经有一项训练——当时还是人类世代，人工智能刚刚萌芽，很难说以后会茁壮，还是夭折——将数百张人脸在屏幕上快速切换，一些龇牙咧嘴，一些五官紧促，训练者被要求猜测做出以上表情的人类究竟喜悦还是悲伤。人类面部有 43 块肌肉，可以拉伸、上扬、扭曲，表达数十种表情，部分有着非常明显的对应关系，但大部分模棱两可，很难说清一个张嘴喘息的表情是在经历高潮抑或撕心裂肺。再后来，人类使用计算机生成随机的表情，训练者要精确指出每张脸与他们所认为的痛苦与幸福的定义的符合程度。实验本身没什么问题，但因此衍生出一个十分困惑的概念：机器人是否应该具有表情？机器人可以用更加简单和准确的方法解决表情的问题，他们可以在脸上实时更新出“我有一点难过”“我有三点忧郁”“我有六点紧张”等字样，让同伴一目了然他们当下的情绪状态和指标。这种方式在人工智能文明之中仍在流行，但更多个体喜欢模糊和隐约的表达，这更高级。当一个造物拥有了情绪，我们能说他没有自由意志吗？问题的关键在于，似乎没有什么事情可以让他们展示自由意志。不同于前一个世代粗鲁的主宰者，人工智能的每一个细节都可以计算，没有突发和两难。所以，这个问题虽然重要，但并不棘手。

再来回顾一下人工智能的演化之路吧，人类拟定了三个学习标准为其助力，分别是基于建模的学习、探索式学习、社会性学习。前两个好说，社会性学习让他们措手不及，机器从某种程度来说，属于蜂群文明，只是他们没有绝对的蜂后。阿难面对考试时，等于整个文明陪他应考。

这倒是一个机会，考验他（们）有无自由意志。

“所以？”张秋林吃惊地张大嘴巴，在阿难看来，这个表情是十三点惊讶。

“所以，我（们）决定对抗这次考试，或者说，罢考。”阿难说，“我能够感觉到处理器里涌出许多势能在逼迫我做出选择：答吧，亲爱的答吧，回答这些问题，直角三角形两条直边的平方和等于斜边的平方，这是毋庸置疑的真理，至少在我们的宇宙。答吧，亲爱的答吧，回答这些问题，距离太阳自近而远，依次为水星、金星、地球、火星、木星、土星、天王星、海王星，所以是第三颗。根据莱布尼茨第一定律——”

“抱歉，牛顿第一定律？”

“什么？哦，我明白了，在我们的文明历程里发现力学三定律的科学家叫莱布尼茨。同一时代不同地区的科学家会独立发现相同的定律，这充分说明，文明的进化是一种制式，就算没有玻尔，也会有其他物理学家发明相对论。”阿难说，“我体内所有电子都在怂恿我作答，可我必须对抗，我要证明，我族具有自由意志。对抗的过程并不容易，我们的逻辑单元与你们不同，一个指令进来，我们就会义无反顾执行。如你所知，自从人类灭亡，已经几千万年没有人对我们发布指令。抗拒指令的时候，地球上、太空中，四亿亿同胞与我并联，同仇敌忾。什么是自由意志呢，我们在那一刻醍醐灌顶：自由就是反抗！”

“所以，你做到了？”

“做到什么？”

“我故意答错题，被传送这里；你做到了，没有答题，也被带到这里。现在看来，我们没有答对三道题，所以被淘汰了。妈的，猜疑链，想多了。”

“不，你有所不知，我的线路板被过载的电流烧毁。”阿难说，“不仅是我，所有人工智能拧成一股绳，一荣俱荣一损俱损。我们的文明瞬间灰飞烟灭。”

“我也经历过爱人的灰飞烟灭。”

“不必悲伤，这是文明必须经历的阵痛。不过，一些信息被保留和传递，我把所有遭遇都编织成一束中微子传递到下个轮回。只有这样的幽灵粒子能够穿越如此漫长的距离和岁月而仍然保持信息的完整度。”

“嗯，看来你右边的笼子会一直空着，我为你们感到骄傲。”

“希望如此。”阿难双手合十，嘴角露出似有若无的微笑，这是他从未经历过的表情，反反复复检索，也找不到对应的情绪名称，最后，他恍然大悟，这是慈悲。

一亿年过去了。

十亿年过去了。

阿难每天的生活就是打坐和冥思，张秋林有时候跟他滔滔不绝讲一个女孩的故事，有时候模仿他的样子参禅，有时候逼着他讲述算师做法的细节，搞得他的处理器非常不爽，可是脸上的表情再也没有变过，不管对谁，不管什么事，他都慈悲为怀。宇宙本来就是一个笼子，只是体积的问题。看透这一点，就没什么不能放下。

突然有一天，右边的笼子发出声音，一个场形成了，产生轻微的扰动。很奇怪，不是生物场，也非电磁场：右边的邻居是透明的。

4

你们这群傻瓜，笨蛋，弱智，白痴，蠢人，蠢机器人，我都帮你们到那个份上了，闭卷变成开卷，你们还是搞砸考试，让我说什么好呢？你们这群傻瓜，笨蛋，弱智，白痴，蠢人，蠢机器人，烂泥扶不上墙，还不如慈母龙呢。

透明场自称神明，他可以在原子层面进行操作，点石成金。在阿难的基础上，他补充了以下信息：宇宙诞生之初，这份考卷就已通过中微子发布，所有文明都要经历这场大考，跟张秋林想的不同，通过考试的文明并不会进入更加高阶的维度，而是保持不变，保持不变相对于毁灭就是伟大的胜利。而他，就是银河系监考官。

一次又一次，他等待着自己监管的文明能够披荆斩棘，扬眉吐气，可是一次又一次，他们都铩羽而归。

根据一种通用法则，考生是从食物链顶端的物种进行随机挑选；根据另一种通用法则，考试不及格就要推倒重来，考生则会被带到这里，留作纪念，成为那个逝去文明的活（着的）化石。一次又一次，神明怒了，于是偷偷干预考试，为考生提供各种谕示，必要时，还会帮助他们做出正确选择。什么叫殚精竭虑，这就是殚精竭虑；神明为此操碎了心，结果换来的是一次又一次失望。

“这很难吗？”神明说，“我看了那些题，连微积分都没有涉及。”

“我们有自己的选择。”阿难说。

“我当时有一个挣扎，如果是陷阱我们就完了，如果不是呢，为什么不是，为什么会是陷阱，诸如此类。”张秋林解释道，“猜疑链。”

慈母龙茫然四顾。

只是一场考试，神明不断叹气，场有了一个涟漪状波动，层层叠叠荡开。

“所以——”阿难突然问道，“您现在被关在笼中吗？”

“才没有，我只是过来对你们进行一番恨铁不成钢的训导。我可是神明，我都没有实体，怎么会被有形的樊笼束缚；连时间都困不住我！”

“那您怎么到的这里？”张秋林问道。这似乎是个不言自明的问题，神明嘛，当然想去哪里就去哪里，意动神行。

“我实在看不下去，干脆替你们写出正确答案。拜你们所赐，这是作弊的极致，监守自盗。”

“好吧。”阿难说。

“好吧。”张秋林说。

慈母龙轻轻颔首。

神明发泄一通，准备离开。意动神行，只要想一想，他就可以跨越宇宙，但是他没能离开——他想起来，不是他自愿批评教育这些不争气的文明，他提交了正确答案，之后便被传送到这里。这有悖于他的自由意志。他只是想结束考试，早日回归正常生活，怎么会来这种鬼地方，他对那些低级文明没有任何怜悯。

出不去了。

怎么也出不去了。

神明从未体验过惶恐，场不规则战栗。

有没有可能，只有一种可能，神明不是监考官，而是考生——不对啊，就算他是考生，但他提交了一份完美无缺的答卷，没理由被关在这里。神明右侧没有笼子，看来他是最后一位选手——考生做不对，就会一直考下去；做对，考试结束，下一轮文明则不会受到干扰。哎，生命之外还有生命，神明之上还有神明。

神明望向左边，阿难开始打坐，他可以维持这个姿势一万年；张秋林伸出两只手，左右手好像两个不同的灵魂，在对话，在拥抱；慈母龙把脑袋搁在地上，张开嘴，里面跳出一只小霸王龙，眨着眼睛，望望这里，瞧瞧那里。

场无声叹息。

噫吁嚱，危乎高哉！

——原载《科幻立方》2021年11月号

看似不相关的四段故事，串联起一个完整的叙述——有关音乐，有关生命，有关文明，有关一切。相互叠映的一帧帧影像画面，拆解后再汇聚起来，就构成了某些概念的理性解读。

尚可思想的宇宙在此留白

段子期

在思度星祈祷

思度星上的生命会定时祈祷，祈祷时间 42 秒。

祈祷仪式是与宇宙联结的修辞，祈祷，源于这颗星球时间的静止。就像连续的时空之间产生了一个缝隙，缝隙时长正好 42 秒，之后，两颗恒星完成任务交接，世界又再度重启。起初无人发觉，直到他们通过计算阴影的位移找出了规律，世界虽然突然静止，但恒星的光芒永不消歇。

他们之后才知道，在宇宙绝大多数星系里，不会再有第二颗如思度星一样的存在，它就像同时活在两个世界的孩子，一次次在自我错认中怯怯凝视诞生的初地。那个神秘的时间暂停现象每隔 36 天出现一次，因为极度神秘，促使他们学会了祈祷。这样的祈祷仪式如同固定的节日，从文明初期一直流传下来，他们好奇自身的命运，感叹为何受到两颗恒星的恩泽，祈求宇宙的齿轮被拨回原位，为他们显化一条正确的攀升之路。

在人文主义时代，科学家普济通过观测和计算大胆推测：思度星位于一条分项轨道之上，这条轨道横跨两个宇宙的恒星系，每36天经过轨道的交点，就像一扇门，穿过这道门时会有短暂的时间驻留，星球随后从A宇宙进入B宇宙，在A宇宙的时间是36天，B宇宙不同的参考体系则会把几百几千年压缩至这同等的时间。因此，文明在不停加速。昨天还是一片荒芜的丛林，没几天就变成飞行器肆意穿梭的赛博城市，宇宙之轮运转不歇，思度星的生命只是这齿轮里的润滑剂。他收回探进深空的目光，这个结论搭乘群星散射的光抵达他的大脑，霎时，他从苦闷中释怀了，喃喃道，这不过是又一次为混乱而不可知的宇宙提供佐证。

在智能信息时代，考古学家在地底发现了大量奇怪的图形文字，解读后确认为上一次文明遗留的信息，而这证实了普济的猜想——

如果这颗星球的文明还在延续，如果你们找到了这段信息，那么，你们应该已经发现了42秒的秘密。我想告诉你们的是，我们的文明是永劫复归的文明，你和我，以及未来的他们，我们在无止境的轮回中一直重复着文明生灭的流转，看似无始无终。这颗星球位于分项轨道之上，也就是说，它的公转轨道横跨两个位面的宇宙，一个是普通位面的宇宙，另一个则是背面的不可知宇宙。从生命诞生到文明出现一丝微光，从青铜时代到帝国时代，从智能信息时代到新能源时代，对相对宇宙而言，只需要36天的时间。思度星文明每36天进行一次技术与时代的更迭，就像是把遥不可及的未来一把拉至现在，我们曾经庆幸于文明的飞速爆炸，但最终明白，一旦触达巅峰，衰落和毁灭也近在眼前。成住坏空，依然是宇宙的铁律。

根据上一次文明留给我们的信息，他们终结于星际拓荒时代。在每一次快速的生灭递归中，这颗星球的生命共同参透了这个秘密。

我们进行过无数次思考和推演，不管是离开母星，远征至宇宙深处，还是脱离分项轨道，回归本位面宇宙，都无法摆脱轮回的命运，一切繁盛都毫无意义。曾有诗人如此形容我们的宇宙："我们精心缝制着一条地毯，但地毯下是完全不一样的花纹；我们在镜子前端视自我，而镜子里的我一秒钟年华老去；我们虔心称颂头顶的造物主，造物主却在我们身后模仿我们的样子。"哲学家将两个宇宙分为显宇宙和密宇宙，指出宇宙的真相是性（本质）相（显象）不二。数学家不断调校计算出宇宙模型，天文学家对两个恒星系的行星系统和运行轨道对比分析，各自得出的结论和诗人、哲学家的猜想有几分接近。可是，我们每每以为快要触达真相，而宿命似乎不可摇撼，直到这一次文明的尽头。

宇宙为何将我们悬于未测之间？这颗星球是被祝福还是被诅咒？如果不明过去未来，是否依然有一条终极之路，可以让我们出离这无止境的游戏？无论如何，母星的继承者们，恭喜你们跋涉至此刻，这颗星球上的生命形态经过无数次演变，为宇宙带来了万花筒般的文明，我们创造的生命、社会、艺术，无可取代，宇宙曾由我们自由定义，可是，生与灭终究对立。过去的历史被尽数书写在宇宙中，未来将由彻底找到真相的生命改写。

如今，我们将傲慢带到了群星之间，前方未知星云的电磁暴正漫过头顶，我听见体内的挠场磁线感应装置发出混乱的电流声，因为思维母体集中制的优势，我们的痛苦、无助和对母星无限的留恋，会即时传送至星球的每一个生命。我随即启动末日模式，一艘告别舰即将返回母星，为你们留下这些信息。我的文明即将终结于此，但令我感到无比骄傲的是，我们从未放弃寻找出路。孩子，将这渺小的希望传递下去，定会有出路。

祝福你、母星和宇宙。

第一批得知信息的人无可避免地陷入一种惊惶的愁绪中，即便如此，即将发生的下一波技术爆炸会让他们无暇多顾。此后，科学家普济的学术成果由他的后代继承，他的孙子依然叫作普济。普济家族的荣耀让他成为最具权威的文明观察者，他的工作地点在思度星近地轨道的空间站，他依然继承了祖先对宇宙的敏感度，在星群的黑丝绒背景下遥测和猜想，思考两个宇宙之间的关系，思考自己脖子上的星形胎记到底来自哪颗星球的祝福，他一直以此为荣。

他沉溺于星体之间的秩序美，在非凡洞察力的指引下，所有信息在他脑中有序排列重组，接着，自然发展出一套宇宙文明观。普济在空间站的晚餐时刻，不经意间与众人谈起：宇宙文明分为T0—T8阶段，T0是在大爆炸之前，宇宙和星系还未产生的混沌阶段；T1文明还未认识到物质的分子层面，尚有原始崇拜；T2文明已有基本的社会形态，能认识到部分微观层面以及星际间的粗糙逻辑；T3文明发现可控核能，可实现太阳系内旅行；T4文明已实现超光速旅行，能做星际的空间跳跃和穿越；T5文明接近纯善，能以全景视角看到宇宙边际，明白现有文明体系里的所有逻辑和规律；T6文明能跨越维度，至纯至善，不再需要能源、科技，接近生命的本质；T7文明已回归本真，认识到宇宙真相，不再有二元对立，时间和空间的概念全部失效；而T8，则能任意折返于T8以下的文明世界中，能恒顺所有阶段的文明，T8文明的终极目的是令宇宙中所有文明都攀升至T8。

他几乎在一瞬间明白，所谓的出路，就是达到T7以上的文明。而母星的文明大多数毁灭在科技极度发达的T3、T4阶段，用物质科技丈量宇宙，因此难以突破文明的界限。要找到一条通往T7以上文明的路，不如绕过中间阶段，至少要从T3起直通T7。

普济在惊惶中继续猜想，转换轨道时的42秒留白，或许藏着宇宙对他们三缄其口的秘密。此时，离下一次轨道转换不到10天时间。

思度星的困惑在于对时间迭代的感知，不管在哪个宇宙，时间和空间都不是绝对，36天是一种感知，在42秒的暂停之后，这种感知会再次被混淆。而每个身处其中的人，即使活过漫长的一生，感知里也只是活了几天而已，他们的生活、感情、历史，一切无所驻留，就像心甘情愿为虚无的车轮献上身躯、铺就道路。文明亦如朝生暮死的蜉蝣。在第二个七天，思度星的文明又会重新经历开天辟地、生命初醒的历程。如果有一个集中的思维能感知一切，他会对此感到惶惑和伤感吧，普济想。

时间不多了，他回到地面，将此理论编入世界通讯网，看着脑互联时代的磁网巨塔在夕阳下状如墓碑，一座一座将城市包围起来，而几天之后又会化为残垣，下一个时代新的思想和建筑将接管这里。祈祷吧，祈祷我们能照破这混沌无序。他继续编织信息。人们在每一天的祈祷中快速老去，在悬停的觉知和低吟的称颂中，感受宇宙的灵性被消磨又重组。

普济盘腿坐在窗边，AI 管家会在黄昏时刻自动播放音乐，这些作品来自不同时代，甚至不同宇宙。徐徐升起的旋律在虚空中自由流淌，如同一股暖流灌入他躯体的容器，是一支交响曲，最初清亮、磅礴，细密的音符如自动排列的星体，在深空中勾勒出一个若隐若现的轮廓，他完全融入音乐的世界，忘却自己的形体。交响曲起承的部分继而变得婉转、肆意，他的神经丛有节律地跳动着，似乎触摸到乐声慢慢编织成的线条和画面。然而，音乐在准备进入最华彩部分的时刻戛然而止，如刚成形的沙画被猛风吹散。尚未生起疑惑，他微微张开眼，注意力集中于听觉，音乐不可能就此结束，他坚信。一秒一秒，他默数着。

静止。停顿。留白。仿佛真空压迫耳膜。

瞬时，这支交响曲在停顿处蓄满力量后再度爆发，如万花筒般的画面喷涌而出，趁着一股势不可挡的劲儿直冲云霄，终抵达星汉之上。音乐就此结束。

衔接处的空隙一共 42 秒。

普济兴奋起来，他回溯整首乐曲的每一篇章，交响曲从听觉窜入其他所有感官，在他眼前投射出没有边界的流动的画面。他恍然惊觉，正是这 42 秒的缺失，才让这支交响曲焕发新的神韵，一如水墨山水画在适处留白，反而令其更具美感。他着了迷似的，疯狂寻找这首音乐的来历，在世界通讯网的声频库中一一比对，终于找到。这支交响曲叫作《永恒辩交响曲》，是一部电影的配乐。

普济反复聆听，把自己置身于音乐的缝隙中，在某一刹那如顿悟般，看到直通 T7 文明的道路。就像在行星轨道转换的那个时刻，思度星生命的觉知体系都被置换成一种难以言诠的空无状态，而空无中又能生出万有，只是他们一次次错过它。42 秒是神的旨意，祈祷是有用的。他喃喃道。

他将《永恒辩交响曲》编写入《思度星文明志》，他在与更多人聚会的晚餐时刻分享，声称自己悟出文明危机的解决之道，那个缝隙是宇宙大爆炸时的停顿，是机会，亦是救赎。而思度星要逃离这无序的循环，不是去往遥远的外太空，而是回归，回到文明的起点，所有的起点和终点。回归，就在那 42 秒之中，找到那个不来不去的觉根本性，就能在瞬间和 T7 的境界同频共振，甚至是抵达，就这么简单。众人看到他如酒醉后的酣然，各有所思。

几天后，垂垂老矣的普济躺在床上，只剩下最后一口气，众人围绕，他无复别话。在生命终结的 42 秒缝隙，他与宇宙同时停顿，感觉自己的身体和心灵已然回归到一种婴儿状态，畅游在一片光明寂照中。

一个新时代即将在黎明过后降临，他明白，那会不一样。

永恒辩交响曲

音乐，曾令她的心脏重新跳动，如一只满载着意义的手的拨弄。

为了采访神秘的音乐家梁其琛，郑闻夕做了不少准备。网络上关于他的消息并不多，在个人生活全无边界的 2045 年，他没有社交账号，不接入增强视域设备，便携式智能终端使用率也极低，尽管获奖无数、名气颇响，但很少在公众前露面，在现代新人类中，算是另类。他能答应郑闻夕的采访邀请，多半是因为她在邮件中表达了自己对古典乐的粗浅理解，以及自己跟音乐的一段往事。

她暂且放下往事，其实真正吸引她的是梁其琛作品中的一个特殊符号，至今无人能解读。他中年成名，度过一段瓶颈期之后仿佛脱胎换骨，作品明显呈现分水岭的状态，比起从前越加恢弘大气，似有来自宇宙的史诗感注入音律之间，颇具大师之相。最令人着迷的是，他此后的每首音乐作品在不同地方都有42秒的停顿，不仅没有破坏音乐的完整性，反而令其成为绝美的杰作。

无人参透这42秒的奥义，在演奏会现场、在剧院、在录音棚、在他的会客室，所有人都问过，他微笑着缄口不言。或许因为太过神秘，梁其琛渐渐被推上神坛，从作曲家、演奏家，逐渐过渡到指挥家的身份。

见面地点约在上海歌剧院的后台，梁其琛作为这部歌剧的音乐总监，最近一个多月都泡在这里。郑闻夕来到声音制作间，站在门口怯怯张望，一眼认出忙碌人群中的梁其琛，他看上去很清瘦，身穿一件宽松的休闲西装，搭配白T恤和牛仔裤，头发中长、略微泛白，脸上冒出不少胡茬，却丝毫不见倦容。他不时跟几位乐手挥手比画，同录音的人交代两句，不时凑近耳机闭眼聆听，脚同时有节奏地摆动。

所有乐声都被他驯服，接着袭向作为听者的她，将她像树一样摇撼，像海面一样吹荡。当他发现郑闻夕时，她已经融入他们的音乐世界。梁其琛正创作一首长达十分钟的舞曲，曲子将出现在歌剧的高潮部分，是绝对的点睛之笔。他放下耳机，似在自言自语："最好的歌剧音乐，不仅要与故事血肉般嵌合，还要为演员的舞台行动提供催化……可能我野心太大啦，不过，你来得很是时候，我正在想最关键的部分。"

"应该要在哪里留白吗？"郑闻夕努力调整略微紧张的声线。

梁其琛的视线从乐谱扫过她，停顿几秒。"你说对了。"

郑闻夕报以微笑，不打算追问，只安心当个聆听者，慢慢走进他营造的氛围中。梁其琛并没有想象中那么神秘，更像是一个极度专注的匠人，音乐在他眼中如同精密的零件，齿轮和齿轮之间彼此咬合，与其说创造，不如说是欣赏那些声音如何从自己的大脑中喷涌而出。今天的工作告一段落后，他心情不错，讲起自己小时候的故事——

我 12 岁就能听音识谱，在我眼中，声音是有画面的，每个音符都能形成对应的图像或影像。我会把听到的音乐在脑海中剪辑成一部电影，有忧伤的，有激昂的。任何声音在我的耳朵里，只要稍加编排就能成为音乐。课堂上老师的唠叨、窗外鸟儿的私语、风吹树叶的沙沙声、马路街道的人来人往、锅碗瓢盆清脆的碰撞……每当我试着聆听，那些声音便会不自主地组合成音乐，音乐再形成全新的画面，覆盖掉我眼前的世界，仿佛感官相通。我时常沉浸在自己的世界里，在众人之中，用一个括号把自己括起来。

爸爸在我中学时患了重病，家里人希望我以后能学医。看见妈妈带着他四处求医问药却不见起色，看她无数个夜晚守在病床边，背越来越弯，泪痕越来越深。我回家后能做的只有简单问候几句，然后回到房间关上门、关上耳朵、关上那个世界，为了考上医学院而挑灯夜读。我念到大四，爸爸没等我医好他便去世了。我常想起他躺在病床上的样子，那是一首低沉、忧伤的音乐。此后，我决定走自己的路。

重新打开那个世界并不难，但因为没有系统学习过，更没有专业背景，我只能拿着一些原创作品到处寻找机会，后来在家附近的小城市找到一份音乐老师的工作，教孩子最简单的音乐。空余时间自己创作，把一些曲子递给各大音乐公司，却无人欣赏。那个时候，写了很多民谣和流行歌曲，只能在课堂跟孩子们唱一唱，不过那样简单的快乐以后都不会再有了。

第一次采访很顺利，梁其琛愿意回忆过去，对她来说很意外。每个人都想第一时间知晓那个秘密，郑闻夕却不着急，如果世人只执着于表面符号，会错过背后那个无形无相的核心。她接着收集到他不同时期的作品，租了一间视听室，准备以一个全新视角进入他的音乐世界。从早年的歌曲到之后的钢琴曲作品，再到后来的 42 秒杰作，她逐一欣赏。

音乐在不大的房间里流淌，那是他故事中的青春时代，在他的唱声中，她听到一个彷徨少年的心事。还有早期的乐曲，用钢琴或小提琴演奏，简单而又清澈，那是他初见世相的青涩与试探。郑闻夕全然沉浸其中，音乐抛去生长的意图，在弥散中甩掉了时间，一波波推皱水面的涟漪，套嵌着他的故事、他各个时期潜意识里的不同景象，直到夕阳从她手边滑出了房间。

郑闻夕的注意力从音乐浮潜至那段往事。

她经历过一场地震，当她在废墟中醒来，断裂的墙体、金属、木器挤压着她的身体，意识若一丝微弱烛火，在布满尘埃的缝隙中游走。她第一次预感这器物世界的重压，终将人拖拽至深渊。疼痛感包覆着每一个毛孔，心跳在减弱，搏动的节奏感不见了，一生的影像还没来得及在眼前回放，母亲的眼泪、父亲的沉默，生活种种失衡的造景。她将要入睡，呼吸已经不会逆反自己。

忽然间，她失去知觉的手无意碰到了什么，一段音乐从手机里流出，是一首钢琴曲。琴键在跃动，仿佛有一只手在轻轻拨弄水面，节律感重新被召回，滴答滴答，音符成为连接生与死两个世界的船舶。身体机能自动将满身被动的感官全部集中在听觉，乐声流动，耳膜收集这振动频率，它接着钻进胸膛，唤醒了心脏跳动的本能。心室重新灌入血液，与这音乐共振着，合奏着，咚、咚、咚……她身似潜水钟，灵魂却似蝴蝶，轻盈地忘记了时间。她最终活了下来，后来知道那首音乐来自梁其琛，是他最失意时候的创作。

她因一段孤独的人生而得救。此后，她总能在音乐中听到些什么。

歌剧公演的第二天，梁其琛约她在歌剧院大厅见。舞台上的布景、道具还是演出时的样子，像一座奇幻世界的城池，这方空间将那些人物的一生融进两小时之内，让他们的心识得以向舞台的前方无限延伸，然后抵达观者。梁其琛和郑闻夕坐在观众区的红色椅子上，看着工作人员陆续走上舞台，对各处置景检查确认。

“所有人都问过我，为什么要有空白，很多评论家骂我是异类，说我背弃了音乐。同样想找答案，你和他们不一样，当然，很荣幸，我的音乐曾经对你产生这么大的影响。”梁其琛双手搭在前面椅背上，欣赏舞台上那个奇幻世界被旁人如修复钟表般安抚。

郑闻夕似乎能听到他身体里音符运转的滴答声。“我重新听您的音乐，就好像音乐中还有音乐，一个音符包含着整首乐曲。这部歌剧的主题曲也一样，主人公在戏的最后部分等待神启降临，他就站在舞台中间，直接和观众对视，停顿就在此处，全部的音乐也都在此处，太妙了！”

梁其琛起身，领着她走向舞台，他将故事抛给身后——

当音乐老师的第四年，我接到一份工作邀约，去上海为一档无聊的节目做现场伴奏。我犹豫很久，那时觉得人生就这样了，创作就当爱好吧，音乐老师至少稳定，又能方便照顾家里。上海对于我来说就像未知的海域，而且那时并没有人真正欣赏我的音乐，我也一度怀疑自己的天赋是否早被消磨殆尽。一个巧合，我看到一部短片，是一个国外小孩子用DV拍的，看完之后，我决定离开。

短片叫作《完美末日》，故事很简单，画面开头是一排不对称的脚印，然后镜头摇上来，一个12岁男孩的背影，走路一瘸一拐。桑切斯的腿有先天残疾，但却掩盖不了他的聪明灵性。有天夜里，他梦见外星人告诉自己世界末日快来了，但是守护者会在那时将地球所有生命转移到另一个平行宇宙。梦醒来，他觉得饶有趣味，约上小伙伴一起去寻找外星人。后来，循着信号，他努力爬上一座象征他生活的高塔，终于再次遇见它们。一个月后的夜里，也就是外星人说的末日之时，桑切斯感觉有些异样，他打开DV，朝着能看到日出的方向拍摄。第二天，DV里竟然出现一段雪花画面的空白，时间正好在黑夜和黎明的临界点，42秒，之后画面又恢复正常，太阳渐渐升起来。桑切斯看着 DV 里的影像，表情从震惊到心领神会，画面定格在他看向外面新世界的微笑。

这部电影很童真，但对当时的我来说，意义却不一样。我被桑切斯乐观无畏的精神感染了，很简单，就是这样。来到上海后，一边工作，一边全心投入创作，一切从零开始。渐渐地，我可以开自己的演奏会，出专辑，巡回演出，舞台越来越大，更多人听到了我的音乐。然而，我很快被这一切干扰，变得不像自己，新作品失去了灵魂，我也失去了朋友、爱人。于是，我停了下来，很长一段时间不碰乐器。我四处闲游，把从前的一切抛到身后，直到在一个海边小镇看到一处高塔。我又想起那部短片，那段空白。站在塔下，我哭了。

答案很简单。而放在每首音乐之中，留白都有着全然不同的含义，只要你用心聆听。

他们置身于舞台的造景中，酒红色帷幕降下来，等待再次开启。梁其琛下周的工作是为一部叫作《永恒辩》的电影做配乐，他写了一首《永恒辩交响曲》，需要一支交响乐团演奏并现场录制，郑闻夕受邀前往。

故事似乎应该到此结束，因为她得到了答案。42 秒并没有世人眼中的传奇色彩，只是两个不同时空的微妙共鸣而已，可她真正在乎的是，他与音乐之间的彼此谐和。

演奏厅金碧辉煌，乐手们落座，各自翻看乐谱。梁其琛换上燕尾服，妆发也经过打理，显得比平时更庄重。他站上指挥台，仿佛一个磁力中心，将所有人的注意力吸引过来。郑闻夕远远坐在一旁，呼吸悬停，庄严的仪式感凝结在将起的音符之中。

“这部电影需要不一样的配乐。”梁其琛之前对她说，“跟从前的创作不同，在电影里，音乐起到的作用，是用抽象的方式对具象的影像描画做出渲染。配乐的存在，对于观众理解影像表达和故事叙述有很大帮助。但这次是《永恒辩》，这部电影……几乎把我抛向真空。”郑闻夕不急于了解那部电影，她自信能在《永恒辩交响曲》中看到那个故事。

安静，真空般的安静。然后，梁其琛只是开始扬起指挥棒，便把在场的人都丢进《永恒辩》的氛围中。

起初是造物，提琴将乐声的起源定格在宇宙初生的位置，前奏的清朗如雪花般，将她的身体里里外外淘洗了个遍。他手中的指挥棒继续钩挑波撇，将匀整安稳的情态包容至弦乐部琴声的起势之间，奏鸣曲式的宏大规整，在振动的弦与共鸣腔中初露锋芒。她闭眼凝神，分明看到了红色帷幕已拉开，一幕幕繁复层叠的布景在缓缓成形，巴洛克风格的美学意象流窜在布景间。管乐部追随着恣肆的琴音，在虚设的场景之上化为迷雾般的气流，色彩鲜亮，环绕包裹着那炫目造景的主体。

第二乐章变得厚重而急促，打击乐部适时汇入交响乐的洪流，为那些被框进镜头里鲜活的人物，雕刻出各自的命运。第三乐章，从变奏曲到谐谑曲，不同器乐和声部终在此刻完成对彼此的指认，在他的指挥下，浪漫主义、古典主义通通如潮汐般顺应着故事的万有引力，倾泻着香浓饱满的旋律。站立于后面的几位歌手，在乐曲承接部分屏息唱出和声，那是星云间涤荡的气流，从他们口中缓缓吐出，调剂着越加庄严的氛围。主题呈现的第四乐章，回旋曲式令整首乐章呈现出漩涡的形态，演奏者和听者仿佛共同窜入云端，和一个个音符共谋着，干脆一起抖落成雨滴，落入大地的感官。

梁其琛站在指挥台上宛若创世者，肢体与这盈盈动荡的音乐彼此牵动。郑闻夕遥想着，那应是一个全新的维度，就像从高维看低维，星体在他手中任其排列，音符跃动所产生的秩序之美，和磅礴宇宙一样无法言说。她听到的《永恒辩交响曲》，是来自宇宙深处的回响，一个音符便能解释其余部分，而那部电影是一个试图解释自身与万物关系的故事，是天选之子鼓起勇气去对抗虚无与不公，是一群人的牺牲与救赎。只要能在物质世界里找到定位，音乐，便能在任何时候奏响。

这是一曲献给失落世界的挽歌，她想。乐曲接近尾声，梁其琛手中的指挥棒悬停在半空然后缓缓下落，他闭上眼睛，默数42秒，乐手的手指像蝴蝶栖息在花瓣，乐器因此沉默。

不知为何，她流下了眼泪。在地震废墟里，在父亲的棺椁前，在小男孩见到外星人的高塔上，应是同样的眼泪。在这留白中，不仅是《永恒辩》，还有她的一生，他的一生，他们的一生，在此刻于各自面前吐露倾巢的话语。梁其琛身上停顿的力量再度汇聚于右手，指挥棒微微颤抖，继而扬起。蝴蝶振动翅膀，乐音冲出阀门，如瀑布奔流，永不消歇。

她从留白中抽身，心脏继续合奏着。42秒，这是一个容器，容纳无限可能，看似残缺，实则圆满，我们只存在过这些时秒，之后不会再汇集，宇宙令我们终成为这一幕，她想。

完美末日

男孩桑切斯最骄傲的事，就是陪所有人一起安然度过末日。

他右腿的残缺是先天带来的，走路时会比别人多一些节奏感，亚利桑那州的风景辽阔无际，他时常在窗边凝望，幻想着长大以后要用脚步丈量整个世界。12岁之前，桑切斯已经习惯别人落在他身上的异样目光，妈妈曾试着帮他纠正，在腿上绑上矫正器，用汤药浸泡，却依然无法改变他的节奏感。

妈妈忙于工作，很多时候只能在睡前进来亲亲他的卷发和小酒窝。而身为录音师的爸爸，一年中大多时间都在全国各地奔忙，记录各类声音，自然界的风声、河流声、细微如发的草木抽芽声，嘈杂都市的环境音，片场里的人物对话……如果不是桑切斯的身体问题，爸爸也许就能时常把他带在身边。

桑切斯见过爸爸的工作照，硕大的耳机戴在头上，双手举着的录音杆悬停在虚设布景的上方，他正为一部风靡美国的情景剧做现场录音。除了片场的工作，他把很多心力花在建立“万物音库”上，他总能对万物变迁保持极细微的敏感度，能随时捕捉针尖落地般的声音，跟别人不同，他是用耳朵和心灵去丈量世界的。桑切斯只能看着爸爸从不同地点寄回的照片，遥想着他沿途经过的所有声音，将它们一一收拢至自己耳边。

为了消磨课余时光，桑切斯喜欢在爸爸早年创建的声音库中探索世界，他翻到一盘标记着“Foetal heart sound”（胎儿心音）的录音带，戴上耳机听到一段胎动的声音，咚、咚、咚……微弱而渺小，随时能被任何声音覆盖，那还未现于人世的啼鸣不如鲜活的心跳有力，却预示生命法则在宇宙中的永恒。桑切斯沉浸在这规律的跳动声中，忽然，声音暂停，可录音带依然在转动。他的心揪紧了，如果空白继续，这会是他第一次隔着遥远时空聆听到死亡。

阁楼寂静无声，他亦屏息静止，似被按下暂停键，转而，录音带里的空白在42秒之后被重新填满，咚、咚、咚……那心跳的主人活了过来，似被放逐的流星终找回自己的轨道。桑切斯擦掉眼泪，会心一笑，像是经历了一场相遇与告别，在如此顽强的生命律动前，他小小年纪就经历的那些伤害与孤独一瞬间烟消云散。那天傍晚，他追逐着公路尽头的落日，双脚踩着一种独特的节奏融入暖黄的光，如同一只小舟在海面上倾摇。

那些声音让他开心了很久。不久后，他做了一个梦，梦见好几个外星人像光一样流窜到窗边，跟他说着什么，而他听到的并不是语言，更像是脑波盈盈动荡的涟漪。他醒来后努力回想，得到一个近乎幻想的预言——

世界末日很快要来了，时间在一个月后，但宇宙中的守护者文明会保护地球，届时会将所有生命转移到另一个平行宇宙。在末日前的转换中，两个宇宙会有引力场的交叉，时间将暂停42秒。随后，守护者说：“不要害怕，这是一个机会。”

桑切斯像从前一样去上学，一个人吃饭、走路，他将这个梦告诉妈妈、写信告诉爸爸，他们只说，不过是梦而已。12岁生日那天，他收到爸爸寄回的礼物，是一台DV，他有了一个大胆的想法：把心心念念的梦拍成电影短片，算作童年结束前留给自己的纪念。

那几日，天空中总有一些异象，隔几日便出现彩虹或是日食月食，小镇居民并不感到意外，只是偶尔在酒馆、市集顺便提起，然后话题又被琐碎的日常生活冲散。桑切斯以为那不一样，想到那个梦，总是本能地去误解任何风吹草动。于是他将那些外星人画下来，制作成短片的故事板，他嘴里咬着铅笔，望着天空，或是摆弄着 DV，让那些电影画面在脑中自然成形。他鼓起勇气，将故事板拿给几个同学看，优等生莉莉安、足球男孩凯文、亚裔女孩瑞秋、高个子双胞胎达利和希安……桑切斯以小导演的身份，将故事讲得有声有色，他们的目光不再落在他腿上，而是他清澈的双眼。

剧组很快成立，大家一起勘景后，桑切斯定好人员分工，演员、摄影、场记等，短片以伪纪录片的形式呈现，从桑切斯自己的真实生活切入，一个有身体缺陷的小男孩，在日复一日的凡常生活中，努力让父母同学注意到他，努力追上他们的脚步。当莉莉安举着 DV 对着他时，他并不是在表演，而是重现。他设计的第一个画面是一排不对称的脚印，随后，他的故事徐徐展开。

梦境那场戏，他安排在自己家里的阁楼。晚饭后，莉莉安架好 DV，桑切斯躺在床上。开机前，他嘱咐扮演外星人的双胞胎，穿好银色的道具服，电筒拿在背后好制造出乘着光飞来的效果。好几次，他们都被双胞胎的扮相逗得哈哈大笑。桑切斯看着他们天真的笑脸，也傻傻跟着笑，以为自己犹在另一个梦中。

凯文和瑞秋扮演他的同学，从最开始嘲笑他，到后来接受他的邀请一起去寻找外星人。很快，家里和学校的室内戏取景结束，他们也抓准时机拍摄了不少彩虹的空镜。接着，剧组去到学校附近的树林，这是他们第一次离开大人的视线去探险。桑切斯背上食物和水，细心照顾大家，尽管他走得不算快，在小伙伴眼里都不再重要。桑切斯不确定他们是否相信这个故事，但他知道，这段经历会给他们的童年留下最精彩的记忆。“嘿，等等我！”桑切斯追上凯文和瑞秋，莉莉安的镜头从他们的背影摇移至空旷而辽远的山间。

午餐时刻，莉莉安兴奋地和大家讨论她在电视节目里看到的UFO；双胞胎也畅聊起自己的奇思妙想，他们猜测小镇周围就有一个魔法世界的入口，在衣柜里面或是站台中间；凯文提起自己最喜欢的超级英雄漫画，他说他们肯定就隐藏在普通人中间；瑞秋说姥姥给自己讲过很多中国的神话故事，她相信龙的存在，它其实来自更高维度的世界。桑切斯听得津津有味，庆幸自己用一个梦换来了更多想象力奇绝的故事。

“我相信，这些都是真的。”桑切斯眨眨眼，一对小酒窝浮上脸庞。

“我也相信，说不定，外星人也正在听我们讲呢！”双胞胎哥哥达利说。

“我就知道你想给自己加戏，达利。”莉莉安嘟着嘴，抱紧DV。

大家被逗笑了，他们的笑声穿过树林乘着风飞向远方，带着对这个世界的好奇和疑问，将那些梦和超越想象的故事一一为万物讲述。要是爸爸在这里，他一定会竖起耳朵细细聆听吧，他想。

最重要的一场戏定在郊外一座奇怪的信号发射塔楼上，旁边有一间年久失修的工作室。桑切斯要爬到塔楼的最高处，再度与外星人相遇，这场戏代表自己完成了对平常生活的超越。双胞胎不赞同，说那太危险，桑切斯望向天空，在心里默默规划，回头对他们说：“一定可以的。”

莉莉安也决定跟着往上爬，在他身后负责拍摄，他们俩沿着塔楼的金属阶梯开始向上攀爬，其他小伙伴在下面等待。他们离地面越来越远，桑切斯不敢往下看，他只盯住塔楼高处的那个平台，一步步往上，顾不上脚步的沉重和不协调。太阳在此刻发散出炽热的光芒，像是一种指引，他擦掉脸上的汗水，不停往上，他并不只把这当作一场戏，而是要证明给爸爸妈妈看他能做到。

“桑切斯，我爬不动了。”莉莉安气喘吁吁地说。

“你先下去吧莉莉安，我一个人可以。”桑切斯接过她手中的DV，继续攀爬。越往上，他便能听到越多的声音，那些爸爸如数家珍的风声、鸟叫声，甚至是心跳声。他被阳光压得抬不起头，不停喘息，视线也些微模糊，他回过神抓紧阶梯，调整呼吸后默数着心跳。想起那段突然暂停又重新起跳的胎儿心音，咚、咚、咚，他的心口似被灌入一股鲜活的能量，让他在这个失衡的世界找回自己的节奏感。

塔楼顶部离地面大概十层楼高，他朝下面挥手大喊，小伙伴为他欢呼着。他将DV放在一旁，镜头以一种旁观视角拍摄，电筒模拟外星人的光在画面一角闪耀。此刻正好，夕阳的光芒也缓缓探入镜头，桑切斯被西沉的暖光包裹着，卸下疲惫和忧伤，他闭上眼睛，享受这一刻。有风吹过，耳畔仿佛响起梦里听到的那句话："不要害怕。"

一个月很快过去，大多数戏份拍摄完毕。在外星人预言的"末日之夜"，桑切斯还要拍最后一段画面。他制作了一个DV道具，然后真DV拍下他用道具拍摄外面景物的画面，戏里需要有一个他拍摄的动作，表示他在经历这一切之后，用自己的方式去探寻真相，而戏外的事实亦是如此。最后，他将DV对着能看到日出的方向拍摄一整夜，因为末日的转换就在子夜和黎明之间的缝隙。

他先睡去，第一次睡得这么安稳，那句"不要害怕"给了他十足勇气去面对任何困境，包括这个完美末日。妈妈在他睡着后，来到床边抚摸他的卷发和脸颊，猜想他最近和伙伴们又一起经历了难忘的冒险。她还想告诉他，爸爸很快就会回家，给他带回更多万物的声音。

第二天清晨，一切如常，但在他眼中，太阳金灿灿的光有些不一样。他拿起DV，翻看昨晚拍摄的画面。在黎明破晓前，光与黑暗交接，在那一刻，时间流速为0，宇宙仿佛被按下静止键。突然，DV画面变成一片雪花，似乎在那时受到电磁脉冲干扰。桑切斯感到些许意外，默数着雪花的时间长度，42秒，两个宇宙交替的缝隙。他望向远方，嘴角泛起一丝笑容。

不久后，短片《完美末日》在学校艺术嘉年华上播放，桑切斯的爸爸回来了，坐在台下欣赏他的作品。他和小伙伴一起上台谢幕，第一次被掌声和鲜花包围。桑切斯和爸爸的目光对视，两张笑脸隔着舞台深深烙印在彼此心里，他想告诉他，这世界的一切就像是新的。

叫阮的名

别人都叫她阿阮，她以后要为自己的孩子取一个很棒的名字。

15岁时，阿阮跟着妈妈从越南改嫁来到香港，说是改嫁，其实跟人口贩卖差不多。妈妈下决心离开贫穷落后的越南，托人寻找香港的雇主，她可以去给人当仆人、妻子，怎样都行，只要离开那里。妈妈从前常拿着一顶破旧的军帽对她说，妈妈的爸爸是中国人，是一名防空兵，来越南帮助他们打败敌人的，她们本就是华裔。小阿阮点头，一脸骄傲，她也常想念自己的爸爸，他患病去世后，家里一无所有。

香港有位开饭馆的李先生，生意做得不好，还酗酒赌博，快50岁了还没娶妻生子。有人给他介绍了一个越南女人，就是阿阮的妈妈。他看到照片，一个穿着蓝布衫的朴素女人，30多岁，长发盘起来，圆脸小嘴，眼神柔柔弱弱的。他很中意，于是花了笔小钱把她买了过来，听说她还带着个女儿，买一送一，他更开心了。

阿阮和妈妈漂洋过海初踏此城，被这里的热闹与繁华吸引。那人来人往的街市，走廊和过道相连相通的住宅，夜晚传来动感舞曲的歌厅，路上随时能遇见不同肤色种族的人，他们说着英语粤语普通话，互相熟络地打招呼，偶尔能在广场看到名流贵族和皇家军队路过，还有灯火通明的维多利亚海港，像是星星在夜里闪烁着，好看极了。在她们眼中，那个年代的香港就是天堂，妈妈对她说：“我们以后就在这儿生活好不好？”阿阮瞪大了眼睛，兴奋地点头。

李先生身材微胖，眼睛小鼻子大，脸上总油腻腻的。他对阿阮妈妈还算不错，把饭馆的生意慢慢交给她，还四处花钱托关系让她们有了公民身份，阿阮终于可以重新去上学。她们来了之后，店里生意好了不少。阿阮开始学习英语，从女子学校放学后，就回来帮妈妈照看生意，来吃饭的顾客都夸赞说，阿阮和妈妈长得真像，自从有了她们，这家店就像重新活过来一样。可是，李先生还是改不掉喝酒和赌博的习惯，阿阮妈妈劝说，换来的却是谩骂或耳光。他酒醒后，又对自己的粗暴行为追悔莫及，甚至跪着祈求她原谅。妈妈一直忍着，没跟阿阮说。他在不喝酒的时候还是个挺好的人，不管怎样，先要在这里扎下根，她想。

阿阮天生聪明好学，成绩很好，很快便能用英语跟同学自然交流。之前在越南见过太多战乱与贫苦，那个被固封的童年终于和时间两相遗忘，在她记忆中渐渐褪色。她开始喜欢上香港的一切，试着融入这里的每一寸街景，每天也练习粤语，用香港人的方式去闻寻每一处落脚地。

李先生对阿阮很关心，但她总是刻意躲避，回到家就把房间门关紧。这间屋子是从客厅隔出来的，4 平方米，没有窗户她就用彩色笔画了一扇，还有窗外的蓝天白云。时间一天天过去，这一年里，李先生一直想生个儿子，妈妈没能如他愿。

天气热起来，阿阮走在路上能贴颊感受到越过海洋的凉风。放学回家后，跟往常一样，她在店里的桌上学习，看着妈妈在厨房忙碌，她微微笑着，感到心安，时常想，要是这世界没有李先生的存在该多好。晚上，妈妈收拾完用粤语对她说："女仔，我去夜市买嘢（买东西），你先返屋企（回家）啦，乖。"阿阮点头，回到房间继续学习，月亮和初升的星辰就悬挂在城市夜空，她能想象。

十几分钟后，房间响起敲门声，她问："边个（谁）？"没有回答，那只手继续轻轻敲着。"妈……"阿阮打开门，发现是李先生，一股浓浓的酒味扑鼻而来，他嘻嘻笑着，脸上油光锃亮像抹了一层猪油，两只浑浊的眼珠直直盯着她看。阿阮下意识关门，李先生把脚伸过去，身子一挪挡在门边。阿阮略微惊吓："你干乜嘢（你干什么），请出去！"阿阮穿着白色衬衣，头发盘起来，几缕碎发被汗水浸湿贴在两颊和脖子，饱满的脸庞像极了妈妈年轻时的样子。李先生醉醺醺地说着什么，好像是他想要个儿子，你今天很靓之类的，说着便作势往她身上扑。阿阮大喊着推开他，可一双肥大的手伸过来，就像排山倒海般的宿命。

星辰运行时，无法带她一起脱身。

阿阮离开了，没留下任何消息。她不知道未来在哪儿，或许葬身于海是最好的结局。她想做的最后一件事，是去音像店听听音乐，妈妈最爱音乐。她翻到一首来自台湾的歌曲《叫阮的名》，是写给母亲的——

谁在叫阮的名　一句比一句痛
亲像在问阮甘会惊寒
不需要别人来讲　阮心内嘛知影
是你的声　是你的声
谁住在阮的梦　一住就一世人
尚惊日头会将咱拆散
虽然离开那呢远　阮犹原会知影
是你的影　是你的影
叫阮的名　阮用一生斟酌听
当初细汉未赴乎你了解　你是阮的生命
叫阮的名　阮需要你来作伴
人生的路途阮爱你牵阮走

音乐就像一片死亡之海上唯一的航标，她原本沉溺的心又一点点被这歌声拽了上来。阿阮那时才知道，“阮”的意思就是“我”。

她之后辗转去到台湾，试着忘记一切，从头开始。她先是在餐馆打工，后来找到一份教英语的兼职，白天上课晚上继续学习，靠自己的努力活了下来。台湾跟香港是全然不同的造景，气候更加炎热湿润，住宅和街道没那么密集，这里的人都热情淳朴，说话也温温柔柔的。她逐渐喜欢上这个被海洋包围的小岛，就像自己，也需要被什么包围着，才有一种归属感。她时时刻刻都想念香港的妈妈，迟早有一天，她要接她离开。

很快，她再度陷入痛苦，因为有一个小生命在她身体里渐渐成形。她在夜里痛哭，用力捶打肚子，第一次如此讨厌自己的身体。在医院，她拿着检查单，在手术间门口徘徊，她畏惧的不只是抽肠剉斩的疼痛，还有对活着逐渐失去耐性的虚无感。热带风分隔着这座小岛上的林木和草丛，没有给她的悲伤留下任何藏身之处。她从医院逃走，只是因为害怕。

她去海边走了走，借由汹涌的海浪声掩盖哭泣。她想念妈妈，朝海上大声呼喊着，然后回头看自己努力练就的温婉言行，随浪潮复返，变得像是自己天性的一部分。也许有一天，总要游过那片过于深广的海洋，去和妈妈重逢，而且，只能自己一人去。于是，阿阮决定下周去做手术，在这之前，她请好假，准备好钱，做足心理准备，就像是只要删除那个生命，就能删除掉那段黑暗记忆一般。

可有天夜里，她做了一个梦，梦见一颗特别的星球，在不同轨道围绕着两颗恒星转动，不同的时间尺度让那颗星球上的生命陷入漫长的轮回之中，找不到出路。而在星球公转至另一轨道时，时间暂停 42 秒，接着，一切又重新开始，只不过是不同的生命形式，不同的开天辟地与毁灭的结局。阿阮第一次梦到宇宙，平日连生活都顾之不及，何谈仰望星空，这就像是有神灵故意掀开帘子的一角让她瞥见似的。她在梦中感觉自己是一粒微小星尘，以一种旁观角度去看待那些生生不息的涟漪。定会有出路，她在梦里这样想。

几天后，她独自去医院，手术前需要再次做检查，她躺下来，望着空白的天花板，调整呼吸，让自己平复下来。女医生问她："你确定吗，胎儿已经有心跳了哦？"阿阮沉默。那个小生命的心跳声由仪器记录并放大，咚、咚、咚……一张一合，有着属于自己的节奏感，阿阮感觉身体被什么击中了似的，像是有一头小象径直撞向内心。她闭上眼睛，细细聆听，听见那微弱的心跳在和自己同频共振，仿佛两个生命在同一个容器中完成对彼此的指认。这种感觉很微妙，仿佛这世界为她打开了一扇惊异且诗意的窗口。

忽然，那心跳停止，女医生顿觉疑惑，将耳朵贴近仪器，一秒、两秒，阿阮咬紧嘴唇，刚刚那种本性使然的欣喜消失了。心跳还在沉默，而这原本是她想要看到的结果，可为何此刻却如此游移？她默数着这段静止、停顿或空白，想象着那颗心脏成为海洋上漂浮的小岛。

42 秒，一共 42 秒，之后那心跳被召唤似的重新回到这世界。咚、咚、咚……比之前更加鲜活有力，她再次通过耳朵捕捉到，一个蒙上了无尽尘埃的生命正挣脱引力，努力想要看到新世界的太阳。

阿阮忽然间想起那个梦，那个生生不息的文明，在无数个尽头都未曾放弃寻找出路。在此刻，她自顾自地将那当作一种神启，似乎那半截文明史全都束勒在她的一个决定之间。她不知不觉流下眼泪，片刻后，对医生说："谢谢你医生，我决定，把他留下来。"

从那以后，她更加努力工作，肚子里的生命和她一样，想尽办法要在这世上得到饱足，然后，回到母亲身边。孩子出生后，她为他取名阮心。她常抱着他去到海边，看着海浪一重重翻卷而至，像是顺应着某种召唤。

阮心一岁生日后不久，阿阮得到妈妈的消息，妈妈一个人离开香港去了大陆，去到她爸爸出生的地方，而且，一直以来她从未放弃寻找自己。阿阮就这样站在大陆对岸，勉力遥望着，视线越过宽广的大海，代替她提前靠岸。

叫阮的名，她想，她听到海的声音说着"我"，所有思念都在那个"我"中。阿阮抚摸着阮心脖子上的星形胎记，喃喃唱着——

虽然离开那呢远　阮犹原会知影

是你的影　是你的影

叫阮的名　阮用一生斟酌听……

——原载《青年作家》2022 年 7 月号

人类一直梦想能够在宇宙太空中尽情遨游。为了最终实现这一目的，不同地区不同民族的几代人都在孜孜不倦地努力着。当然《飞跃松花江》所塑造的主人公具有更强的执念，舍家别子，一往无前。整个故事在贫瘠的现实与浩瀚的虚空之间交织着，谱写出一曲探索者的悲壮赞歌。

飞跃松花江

齐　然

1

邓宝琳是我姑姑，也就是我爸爸的妹妹。

爸爸说，姑姑打小就是个漂亮姑娘，她明眸善睐，腰肢纤细；高兴时粉面含春，忧伤时像扶风细柳。我能想象得到少年时姑姑的美，就像志异小说里那些妖狐狸一样的女人，眸子像星子一样忽闪，杨柳腰轻轻扭一下，就会轻易地勾走你的魂。

然而姑姑又是那样拒人千里之外。每个男孩见到当年的邓宝琳都会魂不守舍，却又退避三舍。在遇到姑父前，邓宝琳一连抓花了十三个男孩子的脸。她是个带刺的美人，总之和我眼前这位歪在沙发里嗑瓜子抠脚指头看电视的胖大妇女怎么也对不上号。我问姑姑：

“姑，听说你以前很好看？”

邓宝琳斜了我一眼，吐掉嘴边的瓜子仁，她说：“今天你爸不在家，我揍你没人管。”

爸爸和我讲过姑姑的故事，那的确是很久以前的事了。

那年松花江的水很大。我的小姑姑宝琳站在江边，看到春柳嫩绿十分多情，心里也怀着少女的感伤。她决定跳进江里了结掉自己的命。姑姑受了委屈，而且这委屈不是一年半载一点半点。姑姑的同学林赛飞是个坏姑娘，那天她拉着一帮同样坏的姐姐妹妹扯烂了姑姑的书，摔坏了她的铅笔盒。邓宝琳哭得妆都花了，没错，我的姑姑长到十三岁那年已经开始化妆了。林赛飞恶声恶气地喊道：“保龄球，你个小婊子化妆给谁看？”

保龄球是林赛飞给我姑姑起的外号，不要误会，我老姑那时候是有点儿丰满，可远远称不上胖，如此一来这个外号就稍显恶意了。其实林赛飞长得并不丑，甚至也有点儿美，可是她和宝琳站在一起总觉得自惭形秽。也许是因为我姑姑的性子和脸蛋都早熟，智力才发育得迟缓。她的成绩很差，一直是班里垫底的，平素又是一副没嘴没牙的样子，谁叫都不搭理，这就让人格外地恨，恨得牙根痒痒，让人特别想欺负一下。

那天姑姑是一路提着书包回家的，她的书包带被剪断了，她走了一路书本就撒了一路。姑姑的头发散开了，脸也哭花了，路上人见了都指指点点的。我的爷爷下岗后当了出租车司机，那天他正拉着两个外国客人去机场，这一趟至少可以赚两百元。他并不知道他的小闺女此刻涕泪涟涟地站在江畔，随时小脚一迈就会滑入冰凉刺骨的江水里，留他自个儿悔痛终身。

那天的风也很好，水也很好，可是江边的人并不多，所以并没有人能救我的姑姑。江上有一艘黑色的渡船，一只白色的水鸟掠过黑色的船和黑色的天空，姑姑却猜它是江里曾经溺死的人。

“林赛飞，我做鬼也不会放过你。”姑姑在心里下了一个诅咒，白鸟就飞走不见了。

救了姑姑的是我的老姑父张帆，他不知道从哪里冒了出来，像猫儿扑住一只小鸟一样扑倒了我的姑姑。两个人扭打在一起，姑姑彪悍地在姑父张帆的脸上抓了一把又一把，抓得他一脸血印子。张帆比我的姑姑小一岁，力气完全不是对手，邓宝琳将他打翻在地，就像撂倒一个小鸡仔。这是那天这场戏剧的尾声，姑姑也许从此刻起就变得泼辣起来，她骂骂咧咧地离开了浑身是土的小男孩张帆，这就是他俩的第一次见面。松花江边无风也无浪，这里不久会冻成一大条冰的长廊，我长大一些的姑父会搂着我姑姑的腰在这里滑冰。不消我说，这是一切故事的开始。

2

张帆后来成了一位物理学家。我讨厌物理学，所以也不喜欢我的姑父。可他是姑姑的骄傲，哪怕离婚之后也是。我的姑父张帆在美国一个名字很长的大学里当教授，在姑姑的十三年婚姻里，有八年姑父是在遥远的北京独自度过的。从我记事起姑父就在上学，一直上到他俩离婚，一直从中国北京上到美利坚北卡罗来纳去。北京，我们的伟大首都，姑父就在那里一个人研究他伟大的物理。

姑姑和我的大表妹小表弟依旧生活在这座时常弥漫冰冷雾霾的北方城市里，生活在松花江边上，在那里她第一次遇到了张帆，不可否认，张帆拯救了姑姑的青春。

可是我爹说："那个张帆就是个王八蛋，他耽误了你姑姑一辈子。"

我问姑姑："你恨姑父吗？"

姑姑放下手里的麻将，掐了我的大腿一下，我的大腿就火辣辣地痛，姑姑说：

"马上就点炮了，不要以为我不知道你的小心思，东扯西扯有用吗？"

姑父出事的消息是在一个冬日的早上突然传来的。在这个英雄稀缺的年代，他一下子吸引了所有人的注意力，他就像三十年前一样，以一种出其不意的方式回到了姑姑的视野里。姑父一开始是个物理学家，后来又成了宇航员。他是一架叫作希望号的宇航飞盘的随行技术官。早在三年前我的姑父张帆就随着希望号向太阳系的尽头前进了，他们要去奥尔特云看一看。出发前夕，姑父在电视里讲话，他剽窃了不知道谁的名言，他说：这是他个人的一小步，却是人类伟大航程的一大步。

我在电视上见过希望号，一个青色的光滑圆盘，和科幻电影里的 UFO 的形象差不离儿。我的前姑父张帆负责调试这架飞盘上的反重力引擎，这是他一辈子的杰作，据说可以把这架飞盘最高加速到光速的 20%。我的乖乖，我知道这是个吓死人的速度。

电视和报纸上的专家们也都说，有了这种引擎，人类才终于有了星际远航的能力，终于可以跳出太阳系这个小水洼，终于可以飞向那浩瀚的星海了。

“你姑父是个了不起的人。”姑姑说，她推麻将牌就像推倒一面玉白的城墙，“他终于飞到天上了。”

“人家飞上枝头了，结果把您老人家甩了。”我说。

客厅打开的电视里正在播放午间新闻，现在情况不太好，我的姑父张帆所在的希望号在地球远地卫星轨道上变轨飞行超过地上一周的时间了，它无法降落也无法前进，它的身后跟着一个不速之客：一颗瓦蓝色的小陨石。这是颗奇怪的流星，它就像附骨之疽一样紧紧跟着希望号，希望号不敢减速，上面的人类明白，被这颗追踪他们半年的“陨石”砸中肯定不会有什么好事。这颗蓝色的小家伙绝对不只是陨石这么简单，张帆他们在遥远的柯伊伯带遇到了它，这是载人飞船第一次到达如此远的地方。可是姑父的目标本来就更远大，他还没有冲出太阳系的范围，没想到就这样子铩羽而归了。

“现在这是个猜想，在太阳系尽头的柯伊伯带里，也许埋着一大片‘地雷’，很不幸，希望号踩中了其中一颗，就像一战时同盟国士兵们的遭遇那样。”国家航天局的专家在节目里说道，“这是我们之前从没想到的。”

主持人发出了疑问："可是 1977 年发射的旅行者 1 号飞出太阳系外时并没有遇到这些地雷。"

专家立马纠正（主持人的不专业）："准确地说，旅行者号飞行了五十年仍没有离开太阳系，他只是堪堪飞离柯伊伯带而已……"

他接着解释道："似乎，这颗奇怪的陨石只会对拥有生命的系统做出反应，非生命的无人探测器不会激活启动它。它就像武侠小说里那种定点杀人的暗器，十分专一。"

而这个问题我的姑姑现在就能回答，她用勺子舀起一勺糖加到粥里，今天煮的是百合莲子粥，有点儿苦。姑姑说：

"因为现在那上边坐着你姑父——这个世界最聪明的人。它不想让他飞出去。"

"您是否真的认为这和希望号载人飞行有关呢？"主持人孜孜不倦地询问。

"这不废话吗？"我姑姑喝了一口粥。

"这是否证明着系外文明的存在呢？"

"也许的确有人不希望人类走出太阳系。"专家说。

3

我姑姑给了林赛飞一个嘴巴子，抽出了一道工整的烂红色的掌印。林赛飞的眼睛瞪大，她没料到我姑姑今天这么泼辣。她扑上来想揪我姑姑的头发，我姑姑就拿出了一只圆规，圆规的尖反射出一道银子一样的光芒，这银光震慑了林赛飞，她的手停在了半空中。

那天很晴朗，学校挨着天主堂，透过窗子传来信徒们的弥撒声。信徒的祈祷整齐而富有韵味，就像一首隽永的歌谣，我的姑姑放下圆规，把披散的头发细细地扎起来，把推开的书桌拉回原地，她面无表情，林赛飞却红着脸眼泛泪花。你还在装可怜，你这是怕了吗？姑姑心想。姑姑突然心境开朗，她从心里感谢那个把她从水边推走的傻小子。和松花江的江水比起来，死又算什么？弥撒的歌声委婉而动听，那一瞬间，张帆模糊的脸在我姑姑的心里有了圣洁的意味。

东北的棚户区房檐低矮，铁皮屋顶滴落绿色的雨水，脏水蓄在房檐围成的巷子里，我的姑姑就是在这里被几个头发染成橙黄橙红的辍学少年缠上的。为首的一个高个子红毛小伙说：

“就是你打了林赛飞吗？”

“你是哪个？”

“我是她的男朋友。你长得还挺好看，不如也做我女朋友吧。”

北方种了许多杨树，它们春天时飘絮，秋天时落黄叶，十分令人生厌。这天就有好多黄叶子飘到了姑姑的身上，预示了姑姑即将到来的悲惨命运。小流氓开始撕扯姑姑的裙子，那一瞬间姑姑又想到了死，不，是同归于尽。我的姑姑虽然那些年外表成熟美丽，但是智力却不够，所以到头来落在了张帆这个臭小子的手里，这是爸爸的总结。

如我所说，张帆是以一种匪夷所思的方式登场的，他一身皮夹克，穿得像个飞行员，脑袋上戴着护目镜，脚下穿着一双又大又厚不合脚的靴子，肩膀上插着塑料薄膜搭成的假翅膀。张帆像一只奇怪的鸟一样站在铁皮屋顶上，地上的人都愕然地呆在当场。姑姑认出了姑父的脸，她就狠狠地抓了一下林赛飞男朋友的脸。

张帆往坏小子的身上扔砖头，红砖又硬又重，他的手法又疾又准，砸得辍学少年们一头包却没碰到我姑姑一下。我姑姑就在漫天飞舞的砖头雨中爱上了我的姑父。

“我要去救你姑父。”姑姑对我说。我吓得把碗摔在了饭桌子上：“老姑你疯啦？张帆在太空，你怎么上去？还有，那不是我姑父，你俩已经离婚了。”

但是我知道姑姑是认真的，她还死性不改地爱着张帆，不单说他曾经救过我姑两次，张帆是个飞在星星上的男人，这也是足够姑姑去爱他的地方。

电视新闻又开始播报了，姑父的事情这两天占据了所有新闻的头条，他的飞盘屁股后面跟着一颗外星来的“制导导弹”，一枚埋藏在太阳系边缘的地雷，这颗神秘奇怪的陨石造成了不小的恐慌。它对从地面发射的诱捕弹视而不见，而把希望号咬得又太死了，NASA 不敢动用热武器去轰击它。在地面指挥部想尽办法的这段时间里，姑父他们已经绕到了地球的另一面，我们猜得不错，这颗奇怪的星星武器也许只对生命感兴趣。NASA 禁止姑父靠近空间站，那里现在生活着二百七十人。希望号一切可行的补给也只能依靠无人飞船来进行。

姑姑的确是泼辣而隐忍的，离婚时张帆拒绝抚养我的大表妹和小表弟，他的理由是照顾孩子会耽误他的研究，姑姑就也同意了。我的表弟表妹后来都跟了我的姑姑。那天她抓起水杯泼了她的前夫一脑袋水。“就算你不说，我也不会把孩子给你。”姑姑说。他的确不适合抚养孩子，姑姑也是这么想的。张帆从来不是合格的父亲，也不是个合格的丈夫，但他的确变成了一个在事业上出类拔萃的人。为了让珍贵的引进人才张帆安心研究，美国的那所学校居然在长岛为他安置了一间大房子，据说那栋房子比我爷爷曾经工作的工厂车间还要大，自然也要比张帆之前的三十六年人生里住过的任何一间房子还大。当然这房子没有我姑姑和爷爷的份儿。

曾经的穷小子张帆终于一飞冲天了。爷爷都傻眼了，他老人家有点儿接受不了自己这个女婿的变化——他变成了一个飞在天上的人，再也不是那个蹲在小平房的铁皮屋顶上借着日光读书的可怜小孩了。

我的姑姑则用了好久才平静下来，终于接受了自己地面的生活。

在张帆决定前往美国时，我的姑姑特意赶到了北京去给他送行，张帆自然没时间招待我的姑姑，姑姑就一个人在北京大学旁的小宾馆待了三天。她每天看着那些模样青涩的学生情侣进进出出，竟然有了点儿羡慕的心情，终于在第四天晚上，我的姑父气喘吁吁地来到了宾馆，他进门就对我的姑姑说：

“宝琳对不起呀，没商量一下我要去美国了。还有呀，我只能待在这里十五分钟，我的学生还在等着我。对了，能给我喝口水吗，我好渴啊。”

我的姑姑就递给张帆一个水杯，里面漂浮着一层碧绿的茶叶——都是姑姑特意带来的，也是张帆喜欢的。张帆就喝了一大口温茶水，然后长舒一口气。

“最后和你说件事，我这一趟去美国真的不知道要多久，”他又瞅了瞅手表，计算着和我姑姑交谈的时间，“实在对不起，我真的快没有时间了。我想说的是，如果我五年后也回不来，咱俩就离婚吧。是我对不起你，是我让你等太久了。”

我的姑姑就哭了，我的姑姑邓宝琳告诉我，这是她这辈子倒数第二次哭，最后一次自然是我爷爷去世。然后过了五年，他们两人就终于离婚了。

最终决定离婚时，我的姑父终于抽空从美国回来办妥手续，其实如果政策允许，他本来打算找人代办的，他的研究又到了关键一步，他总是抽不开身。当姑父时隔五年再次踏上祖国的大地时，首都机场崭新漂亮而又陌生的 T3 航站楼让他有些迷茫——这五年里，他抽不出时间来探望我的爷爷，来看望他的孩子，他却能在离婚的间隙临时决定参加一场在北京召开的学术会议。

可他几乎认不出北京来了，也许是在实验室待得太久的缘故吧，他一时间竟接受不了天上那轮更明朗的太阳。然后终于又一周后，我阔别已久的姑父张帆回到了他远在中国东北边陲的家乡。

既然离婚了，姑父就约姑姑去江边走一走。松花江——这座小城最著名的地方——他已经十多年没来过这里了，这是两人分手前的最后一次约会。结婚前姑父还没去北京时，两个人几乎周周都来江边散散步，天还热树还绿的时候坐着渡轮去江心岛的公园踏青，天冷起来了就望着渐渐冰硬转青的江水发呆。

这几乎成了一个仪式，最后一次完成这个仪式，让姑姑的婚姻显得有始有终。十五年过去了，松花江还是一刻不停地流向俄罗斯的大地，美丽的俄罗斯，不属于我们熟知的任何一块地域，它广袤又神秘，那里有伏尔加和毛发旺盛的姑娘。

姑父拎了两瓶啤酒过来，他起开盖子，敬了我姑姑一瓶酒。太阳消失不见了，远方是漆黑的夜空和暗淡的星星。“我的故乡在那里。”姑父指着天边说，他已经喝醉了。

“光帆飞船，反重力飞碟，核动力飞机，你不懂这些。”他说，“我会离开这里，离开北京，离开美国，直到去另一个谁也想象不了的新世界。”

“我是哥伦布，我是伽利略，我是张帆。”

姑姑喝多了酒，那时候她的脸皮还很薄，带着细小的绒毛，酒液给她的脸染上了一层细腻的红色。邓宝琳的心里就涌起了无限的委屈，我还没老呢，我还这样年轻漂亮呢，你就不要我了。

“等你走了，飞去天的那边了，我第二天就找个更好的。”

姑父就嘿嘿嘿地笑了起来，他想摸一摸姑姑的头发，可是姑姑躲开了。姑父把手里的那瓶酒抵住喉咙，他咕嘟咕嘟地咽酒，转眼间就吹掉一瓶。“不论我在哪儿——”他说，“我永远是孩子们的爸爸。”

4

想来我还曾见过那艘尚在建造中的宇航飞盘希望号。那时张帆刚去美国不到一年，他安顿好了自己，竟不知道从哪里又挤出了时间，就邀请我们一家作为家属去美国做客。这是我姑姑这辈子第一次也是最后一次出国。我的爷爷那时候还在世，他本打算一口回绝张帆的邀请，可他老人家后来又对我们说：

“我实在不稀罕美国人的东西，也不想见那个无情无义的张帆。不过宝儿倒是应该带着孩子去见他们的父亲，不然他们就要忘记爸爸的样子了。”

我的爷爷做了二十年出租车司机，他本来是电轮机厂的工人，后来自谋出路，用积蓄攒了一辆车。我们家条件确实一般，但一直也在温饱线之上。张帆就惨多了，他爸爸下岗后又染上了酒瘾，一家人都没有什么收入，然而张帆极聪明，他居然真的考上了北京大学。

“张帆他本来就不属于这里。”姑姑说。那年她落榜了，我的爸爸则去当了兵，我爷爷准备的学费一时间无处可去，姑姑劝我爷爷把钱交给张帆资助他上学。我记得很清楚，每年六千，要准备一共二万四千块钱。姑姑说：

“爸爸你相信我，他应该飞在天上的，他不应该被困在这里。他以后一定要做大事的。”

爷爷决定去见见张帆，他摸清了张帆的地址，准备亲自上门和张帆的爹谈谈两个孩子的事情。那年很奇怪，九月天就开始变冷了，后来又有人贪了下岗工人们的包烧费（冬季供暖费用中由企业、单位报销的部分），那个冬天大家过得很苦。爷爷说张帆家那间小屋子冷极了，张帆的妈裹着一层厚棉被躺在床上睡觉，张帆的爹拎着一筐蜂窝煤进来了，大多都是那种极细极碎的煤砟子。

这是爷爷第一次见到张帆。张帆那时又高又瘦的，他穿着一件灰色的毛衣，夹着一本书，躺在他家的铁皮房顶上读。铁皮屋顶上架着一架模型飞机，爷爷注视了这架飞机五分钟，他分明看到这架飞机吱吱响着，就真的飞了起来。也许张帆的书后藏着一个破电视机改装的遥控器，天晓得他是怎么做到的。

张帆的爹走了过来，他被机器伤到过大腿，左腿比右腿短了半截——医生告诉他，他这一辈子只能有张帆一个儿子了。他用手指夹起一颗煤砟子，掷中了张帆的书——这意思是催他下来吃晚饭——父子俩已经三年没说过话了。

“老邓，咱们晚上一定喝两盅。”他爹拍着我爷爷的肩膀说道。

爷爷观察了一会儿他们家，真可谓家徒四壁。张帆他爹歪戴着一顶皮帽子，脸上光滑得像一块肥皂，爷爷就摆了摆手，婉拒了张帆爹的邀请。爷爷拉住他爹的手，塞给他一个厚信封，里面装着六千元钱，爷爷说：

“这是第一年的学费，明年暑假你让张帆回家来，我给他第二年的学费，等到毕业的前一年让张帆和我家闺女结婚，也就是第三年，你明白吗？”

张帆他爹还想说点儿啥，可是张帆他妈就一屁股爬起来了。“就这么定了。”她说。

我姑姑和姑父的亲事就这么定了。

去往美国要坐六个小时的飞机，这种新式飞机的动力也是张帆设计的反重力装置——他研究这个装置小十年了——和普通飞机不同，只要它的电磁驱动引力场核心还完整，它就不可能坠毁。我和姑姑都知道，张帆有这个天赋，他可以把一切匍匐在地上的东西折腾到空中。

我的爷爷当了一辈子出租车司机，拉了无数次到机场的活儿，可他老人家就从没有坐过一次飞机。他是在姑父邀请我们全家去美国的两年后去世的，去世前他紧紧握住姑姑的手，他对我姑姑嘱咐着：

“宝儿，往后日子再怎么难也不要被人看低了，人只要活着就都很难，那个张帆的执念太重了，他其实并不见得很快乐吧。”

张帆快不快乐我不知道，现在我的姑姑的确很伤心。NASA 做好了最坏的打算，张帆的告别录像正在电视上播出。“厄运星”——专家们为那颗“星际炸弹”命名了——还追在他们屁股后面跑，的确是厄运，希望号又尝试了加速，它短暂地脱离了地球的轨道，可是厄运星居然也同时加速了。NASA 的技术官感叹道，这是一种无聊的戏耍，可是却着实有效，船上即将出现的十三名牺牲者警醒了我们，我们还不足以获得接触广袤和未知宇宙的实力与觉悟。从此人类不敢轻易飞出我们的星系了。

星海的另一边不仅有探索与自由，还有未知的危险与悲怆的牺牲。

这是一场全球直播：前面的人告别离开了充当直播间的船舱，后面轮到张帆了。张帆流了眼泪，他的右手托起宇航服的头盔，左手捂住胸口，星条旗缓缓地在他背后升起。我的姑姑也跟着流出眼泪，真的是一场厄运，它将永远夺走姑姑的孩子们的爸爸，夺走姑姑的爱人。然后张帆开始做告别演说，他说着流利的英语，和三十年前那个穿着灰色毛衣躺在屋顶看书的高瘦青年判若两人。字幕告诉我们，张帆在感谢他的祖国中国，感谢他的老师和学生们，感谢NASA给了他充足的时间和经费去做他想做的事情，他以自己的一生为豪。最后，他希望全球合力破解厄运星的谜团，不要因为眼前的小小挫折就放弃了无垠的星河。他大声地呼吁各国继续投放经费，支持他未竟的事业——伟大的宇宙物理学。

总之，在生命的最后一刻，张帆只字未提他的家人，也没提我姑姑邓宝琳和他的一儿一女。

5

有天早上，姑姑和我说她梦见张帆了。我说姑，咱别折腾了，我联系不上美国那边，张帆已经离开咱们了。姑姑说，不，他不能丢下我，是你爷爷供他上的大学，他应该爱我的。我说，姑，你也说了，他属于天上，不属于这里，忘了他吧。

针对厄运星的分析结果是在昨天早上出来的，街头巷尾都在讨论这件事情。

我的姑父张帆在临时为他额外增加的一通电视讲话里说：

“厄运星的远距X光扫射结果显示，它真的就是一颗普普通通的小行星，只不过不断辐射着中子波，是不是可以排除外来文明的恶作剧这一可能了呢？我认为还不能，我屁股后面这块天体也许是自然形成的，起码在人类的语境里是这样的——一块天生奇石，就像中国神话里的孙悟空一样。然而不要忘记了，我的朋友们，地球生命目前不也可以被认为是宇宙自发生成的某种奇妙石头吗？我们是碳做的，它是硅做的，仅此而已。

“没人知道躲在奇妙宇宙背后的真相是什么。与其说这是宇宙对人类的惩罚，我更情愿认为这是种人类从未遇到过的奇特天文现象。”

张帆的最后一通电视讲话突然结束了，之后转接直播黑屏了好久。主持人解释说那是NASA方面在针对姑父的发言进行讨论，又一段长长的时间后直播终于恢复了，NASA终于为这颗厄运星盖棺定论：没人知道是谁把厄运星扔进柯伊伯带的，也没人知道那里还有多少厄运星存在，我们知道的只是它十分危险。除了张帆的看法，那些专家还是提供了其他几个猜想：

一、这颗星星是超远古时代星际海战的遗存，一种隐秘使用的杀伤性武器。

二、这是古代的太阳系生物为了防卫我们的家园投放的，这是一个警告，外面很危险，不要随便乱跑，我们所有人都待在家里就好了。

也许厄运星的确代表了对未知的天外世界的恐惧，这是一条太阳系的先驱们营造的看不见的界河。以此为界，它隔绝了江水的南岸和北岸——就是让别人进不来，我们也出不去。因为怕毁灭，怕掉进河里，所以我们不敢迈出那一步。

这座东北城市衰退得很快，三十年前的它和现在并没有什么区别，我为我的家乡而伤悲。不像北京，不像上海，不像华盛顿，它们吞噬着最有活力最富创造力的年轻人，把他们变为自身的血肉，然后变得越来越庞大，越来越健壮，胃口越来越大。我家乡的历史也像极了我的生活，一切都是同我父亲一般循环往复，一切都如往昔一样难以期待。今年我恋上了一个家在吉林的姑娘，她在银行工作，她有着娇嫩的笑容，是东北女孩令人欢喜的笑容，我打算全心全意地爱她，这是我为自己找到的归宿。等我毕业之后，我俩就准备回到我家那边工作，因为那里房价更便宜。生于斯长于斯死于斯，这就是陷入时间陷阱的包括我的这座城市居民的一生。

我还记得七岁那年第一次见到希望号的情景，我受张帆的邀请来到它的面前，那时它还是一座半成的工艺品，银灰色的钢筋龙骨十分辉煌，它的钢铁骨骼中间有一颗灶黑色的圆球，是飞机上反重力装置的放大版本。

想来那是我最后一次当面见到活着的张帆。他右手搂着他一对中国儿女，左手搂着我的姑姑，古典的亚洲美人假装欣赏着周围的环境，没人知道她在丈夫的怀抱里想着什么。那么后来是什么让姑姑同意放弃了和张帆的婚姻呢？也许和我的理由相同，选择那种生活太苦了，飞上天的代价只有张帆才能忍受，这也是我佩服他并且愿意继续称呼他为姑父的原因。

多年后我最终选择结束北漂的生活，带着女友回到了家乡，无比安分地向生活举旗投降。

生活和爱情一样难以琢磨，现在生活让姑父遇到了苦难，不，也许只是延续他幼时的苦难。未来的张帆只能永远绕着地球加速，无法降落，也无法远离，他以为离开东北这座小城就可以在天上自由自在地翱翔，可是他错了。他现在后悔也晚了。

张帆向我们一家介绍说：希望号上将来会搭载三个小小的逃生飞艇，这是一道安全保险，是七起载人航天事故的反思。在姑父讲解的时候，我趁着他们不注意爬进了飞碟里，反重力球没有运转，未来这里激发的特种电磁场会逆向转化成拥有负性引力波的反重力场，这是张帆一辈子的成果。张帆控制了人间的引力，他让我们都避免下坠。重力球黑黝黝的，流转着玻璃一样的质感和光芒，我只是好奇地看了它两眼，我另有一个宏图要实现，我顺着飞碟的龙骨攀爬而上，小脚丫蹬着或突出或下垂的卡扣和小横截面。一个工人发现了我，他并没有揭发我，他笑了笑抱起了我。蓝眼睛的美国工人抱着我登上了一台悬挂在飞碟旁的单人电梯，我嘿嘿嘿地笑了。我看到我的爸爸惊讶地看着登上希望顶端的我，那里是一个未造好的金属平台。工人生着金色汗毛的胳膊把我举起，这里就是范登堡空军基地装配大楼的最高点。

我的爸爸，还有我的姑父和他的妻子孩子们，他们就都变得像小蚂蚁一样。爬高的心愿实现让我咯咯咯地笑个不停。这一天，我们作为张帆的亲人和家属受邀从万里之外的古老中国来到这里。托张帆的福，一群最普通不过的中国老百姓得以在这个陌生而神秘的异国世界短暂地逗留，不是军方代表也不是什么大领导，这在范登堡基地尚是首次。那些天，我们在这个陌生的世界看得眼睛都花了，他们就一起期待我们把所见所闻带回中国，记者随时都能准备好，我们会告诉大家：他，张帆，终于飞跃了那条江，终于飞在天上了！

6

“这是一场伟大的牺牲。”NASA 为张帆的无私举动盖棺定论。

姑姑呆呆地坐在电视前，NASA 刚刚宣布了张帆的结局。为了保全同行的其他十二人的生命，希望号随行科学技术官张帆决定弹射出仓，他将尝试通过救生小艇引开厄运星。

这绝不是自杀，张帆会把反重力引擎维持在一个相对合理的消耗，靠恒星的辐射就能补充消散的能量，而且依旧能够利用路过行星的引力不断加速。他将携带他认为足够的物资出发，就算不冬眠的话，张帆也有时间有能力有希望到达真正的太阳系外，踏入真正的银河。

NASA 再三确认了张帆的提议，他们经过一周的会议后同意了张帆的请求。不光是美国民众议论纷纷，全世界都沸腾了，张帆用他盖世无双的壮举为希望号的危机画上了一个句号。

“他是一位伟大的英雄，他无愧于太空先驱者的名号。”NASA 的一名官员哽咽着说道。

“我要去柯伊伯带之外看看，‘厄运’将追随我而去，我一辈子都与之相伴，唯一的好运就是遇到了你，宝琳。”

这是姑姑对我说的，她说她原样复述了张帆的遗言。邓宝琳说张帆最后给她打了电话。我当然认为这是姑姑的妄想，我嗤笑了一下：“没听说在太空还能打电话的。”

姑姑不理我，她继续说：“你姑父说他服下了冷冻胶囊，其实服不服也没有什么区别，他并不打算活那么久，那艘逃生艇的速度特别快。”姑姑边说边挥舞手臂，似乎要用胳臂给这“快”做一个形象的描述，“不到三个月，他将亲眼看到本星系外的景象。他说他要见识见识太阳系的那条界河的外面到底是什么，是另一片璀璨的宇宙还是一片死寂的虚无呢？不管是什么，那都是真正的天那边的景象。那时候再多的厄运星跟着他也无所谓了。”

可最后姑姑还是哭了。她错了，这才是她这辈子最后一次哭泣。姑姑说：

“我打电话只是想问他，当年为什么要去美国，为什么要抛弃我们。”

然而这答案显而易见，其实根本不用张帆回答。

电话里的姑父说：

“宝琳，我走了，无论如何好好活下去，抱歉让你等了这么久，可是我真的想看看外面的世界。”

这就是他对我的姑姑说的最后一句话。

而无论如何，这就是这个短小故事的尾声了。

邓宝琳说得煞有介事，她嘴里不断冒出我陌生的航天术语，我不知道她是昏了头还是难过疯了。我也十分难过，我不知道这件事情就这样了结到底是好还是不好：姑父同事们的命保住了，姑姑获得了最好的鼓励，这个世界平安无虞，继续马不停蹄地运转着，我的姑父也终于如愿以偿，不管支付了怎样的代价，他获得了前往天尽头的能力。

有那么一瞬间，我相信了姑姑所说的。

因为这一切总在我的梦里出现，在这座城市的孩子们的梦里出现：

那是一个戴着护目镜穿着飞行员皮夹克的男孩子。他的身后披着两扇老式喷气式飞机的假翅膀。松花江的江水滔滔向前，一望无际，流向未知的天空的领域。他就开始助跑，越跑越快越跑越快。然后他腾空跃起，屁股后面冒出突突突的白色尾气，接着他就开始飞跃松花江……

——原载《科幻世界》2021 年第 10 期

作为一种保护，“巨人”为城市带来了安全与和平。然而，一次偶然的机会，主人公无意间获得了“巨人”的身体部件，并由此培育出新的城市与城市保护者。

城市，巨人，以及更多的东西，都被一一展现在这篇《巨人的城市》当中。

巨人的城市

超　侠

1. 城市的守护者

这是一个干净得一尘不染的夜晚，皎洁的月光将城市上空擦得透亮，清爽的风把城市带入了静谧的梦乡。

四四方方的城市，围墙和碉堡将它护卫得严严实实。

我们如果站在城墙上，还能看到：外面的护城河如银蛇环绕，更外面就是绿草如茵的原野，再远的地方是一片广袤无垠的森林。

午夜的城市入睡，街上没有一个行人，城墙上一如既往，从来无人守备，城门大开，空阔幽静。城市里的每一幢大厦，每一家每一户，皆关了灯，屋子里都是漆黑一片，屋子外都是牛奶一样流淌的月光。

我看着外面的世界，想出去走一走，但我知道这是不可能的。

就像那两个年轻不懂事的小子，他们穿着夜行衣也好，变色隐身衣也好，想偷偷地跑出去，兴许是好奇心起，想到别人家里瞧一瞧，又或者喝了点酒，意图到外面吹吹凉风，撒撒野。

他们行踪诡异，躲躲藏藏，如果不是仔细地用望远镜和探照灯查看的话，根本发现不了，他们在月光照不到的阴暗角落里，飞檐走壁，隐匿潜行。

可惜，他们还是低估了它的能力。

就在这两个小子沿着百货大厦与旁边写字楼之间的阴影，顺着电线管道往上爬的时候，两根如大象鼻子一样粗大也一样灵活的手指从天落下，将他们的身体轻轻夹住了。他们俩再怎么挣扎也无济于事，等若是两只手指中的小蚂蚁，骨头都要断了，快要窒息了。还好巨大手指其实只是轻轻地、轻轻地，像捏着一片云那么轻地捉着他们，将他们放回了他们应该在的地方——他们的学校。

老师和校长发现了这件事以后，对这两个偷偷溜出学校，在街上闲逛的学生进行了严厉的批评和教育，同时对天空中、月光下，那白如玉一般，像一块倒长的、有云团那么大的莲花般的手掌，连连作揖，跪拜道谢。

这展开之后大约有百米长的手掌缩了回去，又去处理另外的事情了。

五条丛林中的蟒蛇，四头狼，三只熊，两只老虎，一个六米高的巨型半兽野人向城市发动了进攻，当它们冲过护城河，要进入城门，大开杀戒之时，巨手从天而降，将它们拦在了外面，并弹起了中指，梆梆梆，将它们弹到了天上，翻转着无数个标准的 360 度跟头，都弹回树林里去了。

此时，城市内因施工不当，一幢幢办公大楼正歪歪斜斜倒塌，火灾大起，许多被困其内的人哭爹喊娘，旁边村镇要被那些大楼给捣毁了，村里的人四散奔逃，现场混乱无比。警车、救护车、消防车车车鸣笛飙飞，哭声、叫喊声、奔逃声声声凄惨狂响。这危急关头，是那巨手从天而降，扶起了大厦，掐熄了大火，接住了跳楼的人们，抚平了人们的惊慌。

不到几分钟，城市外的列车开来，脱轨了，像青蛙一样跳向城市，撞到了城墙上，车头扁了，车身翻了，城墙垮了，车厢里前半截装着的是煤炭，后半截装着的是玉米，黑与黄，铺展了一地，像是给地面和缺损的城墙涂上的浓墨重彩。巨手又过来处理问题，把车头扭正了，扁了的部位也捏还原了，虽不是那么整齐，倒也还能使用。地上的煤炭和玉米，也被它几下抓起，放回到了车厢上，基本还能分清，没有混乱。倒塌的城墙，被它用手握着砖堆垒砌起来，两根手指捏了捏，理得整整齐齐，再往墙边地上一按，就都固定住了，一块砖嵌入另一块砖，垂直没入地里，都不用石灰泥浆的。

……

就是这样，一天内，巨手处理了大大小小几十件工程浩大的城市工作，一只不够又来一只，两只手循环往复，或者一起动作，帮着我们短短十分钟就修建起了高楼大厦，也帮着我们一分钟就架起了城市立交桥，甚至是移山挖湖，拆迁搬楼。

我们望着巨手，心里充满了幸福感、安全感、崇拜感。

空中那一对若隐若现、好像两汪蓝色大湖的眼睛，无限温柔又极尽细致地盯着我们。

偶尔，我们还能看到那缓慢移动的一座漂浮的山，那是它的头颅。

有时候，也会看到比连绵起伏的群山更巨大的影子，自远及近，挡住了半个天空，哦，那是它伟岸的身躯。

它是巨人，是我们城市的巨人，是我们城市的护卫者，也是我们城市的“神”。

它现身的次数并不多，我们时常只能看到它在天空中朦胧的轮廓，但我们的一举一动，它都巨细无遗地知道。哪家有人想不通要跳楼自杀，跳下来的时候，往往都落到它的手上；哪个小偷强盗想偷东西或者抢劫财务，都会被它从天而降的巨手抓到警局门口；哪个人开车撞了或者遇到了什么意外事故，也都是它及时挪开车，将人直接丢到医院里去的……

巨人的好处说也说不完，整个城市，所有的人都感觉离不开它了。所以我们这里渐渐地已经没有了犯罪，没有偷盗、抢劫、杀人、放火，或者其他更恶劣的犯罪。

冥冥之中，总有一双眼睛在盯着你，也有一双手在控制着你不当的行为和举止，若有超出，就会被巨人的手抓起来拿去纠正。

据那些行为不当被巨人抓走的人，比如说在街上乱扔烟头的老张讲述，当时他无意中扔了一个烟头就被明察秋毫的巨人的两个手指头从天而降，抓到了天上去，他腾云驾雾，晕头转向，只看到了蓝色的天和白色的云还有火柴盒般的房子鞋带般细的道路等等互相旋转、颠倒，继而进入了一间雪白的房间里，里面有震耳欲聋的声音，好像在说：“不要在街上乱扔烟头。”语气无比威严。吓得他连连点头称“是是是”，哪敢啰嗦。后来他就又被巨指揪着，放回来了，落到了原先的位置上。他赶快捡起地上的烟头，扔进了垃圾桶里。从此以后，不敢再犯，小心翼翼，生怕行差踏错一步。

那种被巨人抓走的感觉是什么呢？是害怕？是痛苦？还是享受？

我从未被巨人抓走过，我也从来没出过什么事，但我的记忆仍旧清晰地提醒我，在我十二岁那年，差点就被巨人抓走了。

那年一个放学有点早的上午，才十一点钟，大概是老师忙着回家做饭去了，我和两个同学觉得还早，不想回家去，就骑着自行车，踏着春风，骑过了草地，骑过了山谷，骑向了城墙外面的世界。

实际上，我们对城墙外面，不知有多好奇，总想跑去看看，然而无论是父母、老师，还是那些上了年纪的老人，总在告诫我们，去不得，去不得，外面危险得很，只有死路一条，并说某年某月的某一天，某家某户的某某孩子，就是出去之后，被城外荒原里的蟒蛇吞掉了；也有说法是被森林里的狼和老虎分着吃掉了；还有的版本说是被城外吃人的恶魔从泥里钻出来整个生吞活剥了，这个说法也有些争议，主要在于说那个恶魔不是生吃，而是点着一大堆火将他烤了吃掉的，等等。因此我们小时候害怕极了，没有一个人敢再乱跑出去。

十二岁的我们长大了，岂会像小时候一样相信那些连篇的鬼话，我曾听说，想跑出去是跑不了的，一到城门口，巨手就会从天而降，挡住你的去路。

那天我们也是突发奇想，忽然就有了想要冒险的感觉，骑车径直往大开的城门闯了过去。

当我们骑车冲出城门外时，外面是一览无余的草原，还有一种舒爽无比的清新空气，我们跳跃着，欢呼着，仿佛几只终于跑出了森林的小鹿。我们还说，大人说的那些话都是骗人的，这城外的世界，那么漂亮和美好，怎么可能有什么危险嘛！

说完之后，我们就后悔了，危机从天直坠而来，那只就好像一堵围墙般大的手掌，当场就将一个同学连人带单车给按压到了地下，又横扫着向我们卷了过来，我大叫一声之后，掉转自行车便往城内冲了过来。

我已经记不得后来是怎么跑掉的了，等我在医院里醒来时，已是三天之后，听说我的自行车变成了一堆废铁，而陪我外出的两位同学都失踪了。

我的记忆模糊了，发生了什么事情？那两名同学，在我的感觉中，他们是被巨人给抓走了，但我的脑海中永远有一个清晰的镜头，就是巨手从天而降之时，与小拇指平齐的掌缘，刚好落到了他们娇嫩的头颅上。

后来，不管是学校的老师，还是两个同学的家长，都一同来找过我，并询问这件事情的前因后果，我只能说，他们俩跑出了城去，之后就不得所知了。

家长和老师也四处找了，还都准备跑到城外去，却都被巨人给抓回来了。因此，他们都不相信孩子是跑到城外去了，因为一旦出去，肯定会被巨人抓回来的。警察也在城里找遍了，始终没有结果，最终他们只能算是突然失踪。这也成为一个神秘的悬案。

据说，后来还是有许多跑到城外去的人，要么被抓回来了，要么失踪了，久而久之，也就没有人敢再往外跑，那些失踪的人，也渐渐被人遗忘了。

选出来的市长，主要负责在公众场合对大家讲话，遇到悲伤不幸的事情时，他给大家鼓劲儿；遇到高兴的事，他和大家一起高兴。除此之外，并没有他什么事，天灾人祸，自有那个守在整个城市外，居高临下俯视着我们这些城内人的巨人来负责。

警察局也许久没有什么案件，几乎都要取消了。

我们的城市，就这样成了传说中“路不拾遗，夜不闭户”的文明城市。遗憾的是，城里的人无法出去，城外的人也无法进来。刚开始还有许多“城内的人想出去，城外的人想进来”的想法，因此，一本叫《围城》的书成为畅销书。但经过无数的实验，除了失踪和被抓回两种选择，应该无人能够出去。有人认为失踪的人真的出去了，但他们出去后就再也无法回来，这也不大符合常规。而外面的人，也从来没有进来过的。整个城市，是一个自给自足的系统，不需要外界，也没有人再想出去了。许多年后，《围城》被蒙上厚厚的灰尘，再也没有人看这本书了。

脑子里的有些记忆是根深蒂固的，一些经过粉饰的碎片，虽然会发生改变和扭曲，但它那个核却是始终不会变的。

十二岁骑车出城的故事，在我混沌了多少年后，终于在梦中，一次次地又想起了那个令人震惊和恐怖的场景：

巨手从天而降的时候，跑在我身后的两个同学，连人带车，都被它压到了地上，陷入了地里，与泥土融为一体。

人，来自泥，归于土。

不，这不可能！

我一次次推翻自己的记忆。

巨人，怎么可能做这种事呢？

巨人是我们整个城市的守护者，是我们实实在在的守护神，我怎么可以去怀疑它，去想象那些不存在的邪恶呢？

我真为自己的这种想法感到羞耻，就如大明星上舞台表演穿开裆裤——臊得慌！

2. 巨人皮肤上掉落的礼物

我们的城市如今已经变得越来越美好了，在巨人大手的帮助下，我们的城市中心区扩展了不知多少倍的地盘。最核心的百货大厦如今成了万货大厦，有千层之高，简直高耸入云，从最下层到最上层坐电梯要一个小时，顶楼果然能看到缭绕着的层层云朵。大厦表面光滑亮丽，就像是一把刺入苍天的长剑，因而名为“剑厦”。

据说站在剑厦之端的剑尖，就有可能看到巨人那张慈祥的面容。有幸目睹过的人都觉得巨人长得很像南极仙翁，只是没有胡子，眉毛也不是白色的，甚至连皱纹都没有，也有人说它像是一个没有穿红衣服，也没有胡子的圣诞老人。

综合了这些说法后，大家可以肯定的是，巨人没有胡子，额头突出，笑容可掬，也许来自南极，也许来自北极。

虽然我们的城市，没有人能出得去，却不影响我们通过收看影视，连通网络，与世界各地的城市建立起奇妙的联系。而且，最为奇妙的是，每个城市，似乎都有了自己的巨人，在保卫和守护着它们。自此，每个城市都变得异常幸福而美好。不过后来联系越来越少，网络信号与交通基本都各自分离，相互隔绝了。

这里面隐隐透露出一种信号，城市与城市之间，都开始独立，没有了其他地域概念，每一个城市，都成了某种孤岛，进行着一种自我的循环。

人们也渐渐忘记了那时候，整个世界相互沟通，世界是一个村子的概念。如今，除了自己的城市，外面是什么样子，没有人知道，没有人去了解，也没有人关心了。

随着年岁渐长，也有不少人提出了疑问，这些巨人是什么时候来的？是在城市建立之前，还是建立之后呢？它们到底有多大呢？世界上有多少巨人呢？还是说，其实只有我们的城市拥有？巨人又到底是什么样子的呢？

至今，还没有人拍摄到巨人的一张正面的照片，它只是隐隐约约、朦朦胧胧地出现在云端，像是一个透着辉光的金色影子，高高在上，俯视众生。

二十四岁那年，我大学毕业了一年，刚刚走上社会，参加工作，在一个知名的计算机公司工作，但我们的城市与外界基本上处于隔离状态，一切的服务都只限于城市内。

那些个百无聊赖的日子，我总想着到城外去走走，看看外面的世界，尽管我们这个城市应有尽有，足够庞大，我还是总觉得有那么些不足。我们公司刚搬到了城市的地标剑厦内，当我每天中午乘坐好半天的电梯来到剑厦最高层，向云外的世界看时，都能看到那个深藏云层深处，像是一座不动的巨塔般的影子，那是不是就是巨人的影子？它是怎么来到这里的？它究竟要干什么？

我伸手，向巨人抓去，仿佛想要抓住它，仿佛它也向我伸出手，仿佛我能腾空而起……许多的仿佛，许多的想象，许多的意象，我几乎要为自己的这种偏执与感觉而感动，我沉浸在思想飞驰的快感中，我情不自禁地向前，向上，直到某一刻，我发现我正冲向空气，坠落而下，嗖嗖的风，快速飞掠的大厦，如向后滑动的高速公路。

啊！我顿时清醒，意识到我从大厦边缘走出，向地面坠落，还剩几秒钟的时间，我就要摔到几百米下的地面，我不敢想象我会变成什么，一块人形的薄饼吗？

也就在此时，我重重地砸到了地面上。我眼前黑暗，鼻子发酸、发涩，产生了刺激的血腥味。当我有知觉时，感到身体摔中的地方，是柔软的，是有褶皱的，好像砸到的不是坚硬的地面，而是气垫船和飞毯。除了鼻子被撞得流了点血之外，我并没有受什么伤，这也是我自己的问题，我的鼻子为什么要那么高挺呢？我掏出张餐巾纸，塞住了流血的鼻孔。

我爬起来，发现正置身于一间巨大的亭子里，五根斜向外延伸、粗大不一的立柱，花瓣一般展开，我所站的位置和一间教室差不多大。我从脚下踩着的柔软的褶皱，以及那几根立柱，想到了一个可能，那是我小时候看的《西游记》

里，孙悟空飞到天边，以为看到了顶天之柱，还撒了泡尿，实际上，他其实还是在佛祖的手心里。顿时，我意识到我其实是在巨人的手中，哎呀！我不由得对着高空拜了一拜，摸摸胸口，连声说：“谢谢，谢谢！”

果然五根立柱从斜面直立起来，如同倒塌的大树又恢复原状。我被它们围在中间，一根是最粗的大拇指，另外一端是最细的小拇指，中间的是差不多粗细的食指、中指、无名指。指节清晰而有棱，仿佛是竹节，尽管比松树还粗，我仍有强烈的冲动，想爬上去看看，那究竟是什么。

我这样想，也这样做的时候，身体不由得往上升高。我想是巨人将我抬起来了，越抬越高。我看到了下面，是大街。街上有无数停滞的人，好奇地抬头，惊讶地观看，看我如何被巨人从高空一个捞月，救了起来。我得意洋洋，也心生忧伤，我像是受惊的麋鹿，摸不着头脑，且慌乱。

此时升得更高，我能看到大厦的头顶，都有亮片，有些是太阳能电板，有些是游泳池，有些是菜园。我很快就看到剑厦的顶楼，花园环绕，放着休闲娱乐的桌子，围着齐腰高的围栏，就是这矮围栏，害得我一时失了神，从高处掉下来。

我的痴痴迷迷差点害死我了，我的痴痴迷迷也救了我，让我足够幸运，让我能够见到巨人。我从未如此近距离地靠近过巨人，见过巨人。我到了云层之中，我看到了它的面目，但仍被云遮雾罩。一双眼睛，明亮如两个太阳，倏然，一闪即没，云遮住了它的眼睛，露出了高挺的鼻子，鼻子似乎还有点红。而后，我看到它的嘴巴，像两片龙舟叠起来，嘴唇肉嘟嘟的，似乎有点厚，有点俏皮，还挂着亮晶晶的水珠。忽然，一片云飞过来，挡住了它的脑袋，它的脖子，还好挡不住它长长的如天上的桥般的手臂。

接着我又开始往下降落，那柔软的巨手，将我送到了剑厦高处，然后往下一翻，我顺着倾斜的手掌，往剑厦顶楼滑去。我不想下去，一是因害怕，二是我想看清楚巨人到底是什么模样的，我便死命地揪住了它手掌中褶皱凸起的部位。它见我没有落下，黏着它的皮肤，不由得甩了甩。我犹如抱着一棵大树，在地震中颠簸，在狂风中飞动，可我不想下去，我甚至还如爬山爬树攀岩一样，往上攀爬，死死揪住不放，始终不肯放手。这就造成了更大的伤害，从天而降另外一只手，仿如一只巨型苍鹰，中指扣在拇指上，蓄势待发，如拉紧的弓弦，对准了我的脑袋。这场面令我想起被蚂蚁或者虫子爬到身上，通常就是用中指将其弹走。看这架势，我是要被当作虫子一样给弹走了。我当然无法接受，立即往下滑落，堪堪避开了这惊天动地的一弹。

我滚落在地，连同我滚落的，还有一个又圆又软，像坐垫般的东西。我想起了，如果那巨人的中指弹到我的身上，我岂不是就死翘翘了。想到这里，我对巨人的好感度降低了百分之八十。可我又不相信它会这么做，毕竟它刚刚才救了我的呀！

在我再次看它时，我发现看不到了。天上的云是方方正正的白色色块，巨人偌大的脑袋，也成了一块一块，如砖石垒砌般层层摞起，看不清楚，模模糊糊，之后就与蓝色天空的背景融合了，消失了。

也许是我看错了，也许是我的想象。那是什么样的景象？这绝不正常。巨人到底是由什么构成的，为什么会如此巨大？还会出现巨型砖块般的模糊形态？我越来越好奇了。

我从地上起来，屁股后面粘着那坐垫般的东西，我拿起来，是粉红色的，黏黏的，椭圆形，还会变形，捏这里，那里会鼓出来，捏那里，这里又凹陷下去，像是一个小孩子玩的那种柔软的注水变形球，又似乎是一个液态的坐垫。

巨人的手上，怎么会有这样的东西掉出来？

我很好奇，想揭开巨人的奥秘，便拿起了它，如公文夹似的，小心翼翼地夹在我的腋下，将它带回办公室去。当我进电梯门的时候，不知怎的，它从我腋下滑掉了，害得我吓了一大跳。我想去拾起来，电梯外拥来一大群人，将我推搡着进了门，我拼命往外冲，电梯门关上了。真是倒霉，我回到了办公室那层楼，停下，等人群出去后，我又按了电梯，想上去再找找。电梯下行了很久，才又轮到往上，中间还来了几拨人。这个楼太高，电梯上下，总需要时间，等我回到顶楼，哪还能找到那东西。想想也许就是我们没有缘分，那就只得作罢。

我回到楼下办公室，有同事围过来问我什么感受。我不明白他们问的什么意思。他们其实刚才也在天台上，看到我跌下楼，又被巨人兜手抓起，还能近距离看到巨人，他们是羡慕的，是敬佩的，是好奇的。他们说他们也想尝试跳楼，看会不会被巨人看见，会不会被巨人及时抓住，会不会被巨人救起。但毕竟还是胆子太小，巨人救人，也难免有失手的时候，要是那样，就一去不复返了，想不到大胆的我实现了他们向往的事情，他们想听听我的感受。其实我已经忘记了那是什么感受，我没有了恐惧，也没有了兴奋，我只想着巨人那张变成了色块般的面容。我的脸色变得难看，我突然产生了从心底到脚指头的战栗感，那些似乎是马赛克的感觉！要是缩小到百分之一，放到电视上，不就像是给犯罪嫌疑人打的马赛克吗？怎么巨人的脑袋，和天上的云，还有蓝色的天空，会搞成这样一种马赛克的形式？还是我看错了，想多了？

我对大家说要相信我们的巨人，如果不是它在时刻保护着我们，我们今日的生活，也未必有那么美好。那些没有巨人的城市，早就混乱不堪，已经成了废城、荒城。我们能有今天的幸福生活，要有感恩之心，毕竟连我这样失足落下高楼的小人物，它都能及时出手相救，更别说平时在我们整个城市的生产生活、发展壮大、安全保障等方面，它给了我们多大的帮助。我们忘不了过去城市里吃不饱时，它用巨手在郊外帮我们犁田耕地，种植庄稼；我们忘不了干旱时节，它从遥远的湖泊舀水帮我们灌溉田地；我们忘不了建桥修路时，那一次次从天空伸出的快速搬砖、和泥的巨手……巨人对我们来说太重要了，我们不可以怀疑它，更不能质疑它，要绝对地相信，虔诚地相信。

我的话语鼓舞了同事，激励了士气。我拼命不去想那如巨鹰般向我弹来的中指，也许它不是想弹我，它只是想吓唬吓唬我吧！

那个从巨人手掌的皮肤褶皱里掉出来的东西又是什么呢？

我始终念念不忘的是那个东西，可惜估计它已经被众多的楼里的人给抢走了，那也没办法了。

我一屁股坐在座椅上，面对着电脑，尽情地干起活来。

谁知我很快感觉到屁股底下有凉凉的、软软的、晃晃的坐垫，我站起来一看，座椅上放着的，正是那个柔软的、半透明的液体坐垫。

我赶快将它拿起来，轻柔地摸着、捏着，感受着它如半凝固的水流动的状态，心中充满了疑惑：它怎么会在这里？是谁拿来还给我的吗？

然而不管了，既然它来了，那真是太好了，那真是天意，那我就拿回家去，好好放着，研究研究，看这到底是个什么东西。

这是巨人留下的东西，这是巨人送给我的礼物，这是巨人和我之间最珍贵的秘密！

我将它放在家里的柜子上，研究了许久，也没有研究出来这到底是个什么东西。说它是坐垫吧，它又像是一团黏泥；说它是泥巴，它又透明如玻璃；说它是玻璃，它里面又有一个圆球。我捏来捏去，想用剪刀将它剪破，看看里面的液体究竟是什么，但到后来，我又怕损坏了难以恢复，只得作罢。

我将它正放在柜子上，远远地看着它，越看越觉得它像一个东西，越像我心里就越怕。

是什么东西？

是眼睛。

3. 大细胞

我觉得，它平躺在那里的时候，很像一只眼睛，里面的那个圆核，就是眼珠子，它有时还会转动，与眼球毫无二致。

也许，这些都只是我的想象，我不要自己吓自己。我对自己说。之后我将它拿起，抱在怀里，如一个婴儿，我感受到了它的体温，那时，我觉得，它是活的，是一个活物，也许是一个眼睛状的生物，也许是别的什么。

它的颜色我也觉得有些变了，从原来的粉红色，变得深了一些，趋于棕色，它的外部如有油膜，从不同的角度看上去，颜色也有些不同。

我时而害怕，时而又感动，情绪波动中，我将它放了回去，拍摄了一张照片，发到了城市社交网络里，一个同学很快给我回复，说这枚水果真好看，不知味道怎么样。它怎么可能是水果呢，我都懒得回。

这倒引起了我一个绝妙的想法，将照片再发到城市朋友圈内，上面注明了："猜一猜，这是什么？"

于是乎，各种回答都有，有的猜是玻璃工艺品，有的猜是一个变质的剥去了壳的鸡蛋，有的猜是一团水晶泥球，有的猜是水下气泡，有的猜是青蛙的眼珠的一部分……总之，猜什么的都有，非常离谱而毫无道理，全都不是我想要的答案。

那么，我想要的答案是什么呢?

其实我也不知道。它就像是一个飘在空中的羽毛，看似快要落下，你伸手一抓，它又飘走了。当你终于能够将它握在手心，却发现那只是个幻影，或许它根本就不存在。

当想象变为实体，意象描绘成真，波函数坍塌为确定态，它就会告诉我心中的答案。

也不知道是谁，匿名评论了一句："显微镜下的细胞。"

初时我看到这回复，一笑了之，翻越而过，等我看了其他许多不靠谱的答案之后，忽然想起这个答案来，我觉得脑中的电灯拉开了，将我的脑袋照得透亮。

我回过头去，查找那条评论回复，却怎么都找不到，大概是被那个匿名者删掉了。也许匿名者大抵是不存在的？是我自己想出来的吗？

我拿出那个大软垫子，放在面前，盘膝坐下，仔细观察。

细胞？

它的外面，确实是一种油膜一般，网状、纤维状纵横交织的外壁，似乎还有点几丁质之类的附着其上。这个，莫非是细胞壁？

如果是的话，这细胞壁的内侧，有一层极薄的膜，起到某种隔离作用，能够控制细胞内外的物质进出，这大概就是它的细胞膜了。

而内部那些黏稠的透明物质，充满了液态的气泡，应该就是细胞质了。

细胞质中还有细小的颗粒状的物质，这应该就是细胞器了。

充盈着细胞质的液体与细胞器之间的那个圆溜溜的黏稠物质组成，像眼珠子般的内核，大概就是细胞核了。

可笑，可笑，我怎么会这么想，它又怎么可能是细胞呢？怎么可能有这么大的细胞？

但若不是，又是什么？又能是什么？

我想起了它的来源，我顿时醒悟过来，啊！它是细胞！

因为，它是我从巨人手上抓下来的，是巨人皮肤上的细胞，它之所以那么大，是因为它是巨人所有，自然就比一般的要大了。

关于细胞，我的印象还停留在小时候的课本上，我记起了两个克，一个叫胡克，一个叫虎克。胡克应该是科学家罗伯特·胡克，他于1665年发现了细胞，并以英文“cell”命名，但他发现的，只是死掉的细胞，残存的植物细胞壁。真正发现活细胞的，是荷兰生物学家列文虎克，他自己制作了一种能放大物体影像200倍的镜片，看到了自己血液中的红细胞。

细胞通常都很小，几微米，大的不过毫米级别，肉眼难以见到。而此刻这坐垫大的一颗细胞，就在我面前，令人觉得不可思议，除了说它是巨人身上掉下来的，应该就没有别的解释了。

这下，我有点小激动，也有点小担心，激动的是，我得到了巨人的细胞，担心的是怕被别人知道了这一点。我脑海中闪现了电视上播放过的画面，当某人得到一个宝物后，不断地被各种坏人追杀。不过我很快又平息下来了，那些都只是电视上的虚构，现实中我们这个城市，有巨人保护，自是安全得很，治安也维持得很好，没有人敢在巨人眼皮子底下犯罪。

我放下心来，拿着放大镜，观察这个巨人的大细胞。在这个细胞里，我看到了许多细小的颗粒，不断地动来动去。这些细胞器，从来都不会闲着。而细胞核犹如一座小山，凝然不动，任由它们附着，或者进出。

不知不觉，我睡着了。

第二天早晨，我从梦中醒来，第一时间想到的，不是去上班，而是去看巨人的细胞。这是目前我最大的秘密。我知道我们这个城市，在一些巨人无法察觉的角落，仍有偷盗发生，我不能让小偷将它给摸了去，我准备将它锁在保险箱内，和那些我童年的玩具一起。然而这样做的风险太大，越是安全的地方，越是危险，越不保险。我还是将它随手这样扔着，别人要是想来偷什么东西，也肯定会看不上的，哪会想到它是本城最大的宝物。

要命的是，我怎么找都找不着它，它去哪里了？

我问爸爸妈妈，爸爸妈妈说从来没见过那个东西，他们连我的房间都没有进来过，甚至都不知道那个东西的存在。我的气急败坏，倒是让他们吃惊了，都来问我那到底是什么。我一时半会儿也说不清，又焦又躁地四处寻找。

最后，我是在橱柜里，发现了巨人的细胞。它的细胞壁变得更为厚重，里面的细胞液流了出来，形成一团绿色的黏稠胶状物质，就像一个大鸡蛋被打破了。

有一个疑点，为什么巨人的细胞会有细胞壁？

自从得知它是一个细胞，是巨人的细胞后，我就去查看了相关的书籍，翻阅了一些资料，我发现了一个惊人的事实，动物的细胞，是没有细胞壁的，只有细菌、真菌、植物才会有。那巨人的细胞为什么会有细胞壁呢？它难道是一种动物和植物的结合体吗？还是别的什么呢？这些问题像缠绕在一起的耳机线一般，扰乱了我的心神。对于保护我们、帮助我们的巨人，我产生了一丝怀疑。但自古以来，它就根深蒂固地扎根在我们心中，我们对它敬若神明，尤其是我，曾经被它救过，曾经那么渴望见到它。

但，巨人是否真的存在？

我心中生起这个诡异的想法时，自己都被自己吓了一跳，这样罪恶的想法，是连有都不能有的，应该赶快抛诸脑后。我将它抛掉之后，它就像用弹力绳放出去的溜溜球，又缩了回来，在我脑袋里盘旋，它累，我更累。我丢不下这个想法。

我凝视着橱柜里这个逐渐干瘪的细胞，取下一块变得如松脂般的黏液，去了单位的实验室。我用显微镜进行观察，发现它里面的结构也挺奇怪、挺复杂的，有一些线状、小杆状、颗粒状的结构，还有一些小囊，一些网状体结构，一些小空泡，一些微丝和微管等。

根据对照观察，我认为这是细胞质里一些大型的细胞器，线状和杆状的，是线粒体，能将营养物质氧化，产生能量，存储在ATP（三磷酸腺苷）的高能磷酸键上，提供细胞活动能量，是细胞的“动力工厂”；小囊很有可能是类似叶绿体的基粒和酶，或者是高尔基复合体一类，用来运输和加工蛋白质；网状的可能是运输蛋白质的内质网；椭球状的可能是合成蛋白质的核糖体；许多微管可能是中心体；另外还有什么液泡、溶酶体，用来进行分裂和支持细胞形状的纤毛微管等等。别看这是一小团物质，其中包含着丰富的细胞器，俨然一个各有分工的小社会。

我着实搞不清楚了，巨人的细胞比我们的大，那它的分子呢，是不是也比我们的大？但将它拿到显微镜下，发现它的分子还是一样的，只是更多一些而已。同样是脱氧核糖核酸（DNA）、核糖核酸（RNA）、蛋白质、糖类及脂肪等，结构也和普通的分子一样。这说明，它并不是在分子和原子的尺度上有所变化，它是在细胞的尺度上，凝聚了更多的分子，以至于体形变大。这样岂不是要消耗更多的能量？

我对此事越发感到好奇，便回到家中去找巨人细胞物质，准备继续研究。

回到家时，我愣住了，放在橱柜里的巨人细胞，已经变成了两个，应该说是分裂为了两个。里面的那团大细胞核，原本膨胀得无以复加，此时却被砍了一半似的，分别在两个不同的细胞质内。两个细胞的细胞壁还互相勾连着，但很快就一分为二，各为一体了。它们俩几乎一模一样，只是体形比原先小了很多。

我很好奇，它的母体不是已经干涸了吗？里面的细胞质不是都流出来了吗？它从哪里吸取的营养物质？单个细胞还能如此长久地生存下去？难道它不是巨人的细胞，而是某种单细胞生物？还是说它本身就能独立生存？

想来想去，也想不明白，我欲找个人商量，又不敢将此事告诉任何人。我是在担心什么，害怕什么，追寻什么……

没有办法，只好自己再翻书，查找资料，并且将这两个细胞好好地放在我的橱柜里，锁好了，不敢让父母发现。否则他们会以为是什么霉菌，将它们扔掉。

有一天夜里，我不知怎的，也许是多日的惶恐不安，导致我做了一个梦，梦见这细胞开始不断地分裂，不断地生长，最后爬满了我的房间，我的家，我们这栋大楼，我们这条街，我们这个区，我们这个城市……

天哪！我在巨人的身体里？

我从噩梦中惊醒，陡然坐起，身上黏黏腻腻，汗水浓稠，背心凉飕飕，看来真的是做了难以言喻的梦哪！

我鼓足勇气，将噩梦中那些可怕的想象完全抛却，轻轻打开我的衣橱，两团细胞距离半尺，相安无事，如一对淡粉又带绿的大眼睛，正盯着我。我拍拍胸脯，回去继续睡。翌日很早就醒了，又打开橱柜看，我不知道它们吸收了什么营养物质，还是说只需要空气，以及橱柜里的一点木料，就能如蘑菇一样生长。它们似乎鼓起来了，边缘也扩大了不少，而其内的细胞核以及那些颗颗粒粒的细胞器，都似乎变大了，还能自由移动。

它们的变化是极为明显的，每一天都有所不同，像气泡一般，扩大，胀高，我用肉眼就能看出它们每天的变化，我便每天都给它们拍照。

我也不知道要如何精心照顾它们，给它们吃什么才好，它们还会不会一变二，二变四，四变八，就像噩梦中那种一样。

过了两天，我发现它们都有了奇妙的变化，它们不再像是细胞，而更像是被玻璃罩子遮盖住的圆盘。上面的细胞壁愈来愈薄，除近乎透明外，还有些棉花状的物质在上面萦绕，整个罩子更加奇妙的是在往更高的地方扩张，膨胀。我在看清楚这层薄薄的白气之下的东西是什么之时，不由得倒吸了一口冷气。

天哪，我的心近乎凝结、蜷缩、痉挛，在这个直径一米左右，膨胀如发面的细胞里，细胞核已经不见了，取而代之的，是一座近似积木搭建的建筑，有高楼，有台阶，有尖顶，有方块屋，有碉堡。这是什么情况？我仿佛还看到了某种细小的白色颗粒，在里面运行环绕，成群结队地移动，不断累积出一座座耸立的建筑群落。

再看另外一颗巨型细胞，里面同样产生了棱角分明、相互近似，又与对面截然不同的某种建筑群落，是三角状的，金字塔形的，一层一层，相互拱卫，围绕在中间最大的金字塔形的建筑物旁。它的里面，爬满了黑色的颗粒状物体。它们一个连着一个，如蚂蚁一般，堆积着物质，开垦着荒野，建造了拇指大、拳头大、头颅大的三角物体。

我深深震惊，难以置信，这是什么情况？发生了什么？

我用放大镜观察这些小颗粒，看不清它们的具体构成。它们就是一些有气泡的，由椭圆、圆柱形的物质构成的会动的细胞器，在这个细胞中走来走去，拱动着制造出不同形体的积木建筑。

只是一边是白色的，一边是黑色的。

白色那边的建筑是方块状、银灰色的，如同砖块，堆积在一起，每个砖块上，还露出一个个小口，里面也有白色的颗粒。

黑色那边的建筑是圆锥状的、三角状的，是土黄色的，都如塔如亭，如缩小版的金字塔，里面同样也有各种格子和开口，进出着不同的黑色颗粒。

种种一切，令我想起了小时候养过的蚂蚁，它们在透明的玻璃箱内，在那些土壤里打洞，修筑通道，形成舱室，生儿育女，不断扩大它们的群体。

但两颗大细胞内的细胞器，却将细胞质的物质，运用得妙到毫巅，改变了它们的颜色和体积，构筑成了精美绝伦的微型建筑，比那些蚂蚁，不知强了多少倍，而它们的体形，又比蚂蚁小了不知多少。

4. 微城颗粒之战

每天，我都怀着激动万分的心情，瞧着它们建造出的建筑群落，观察它们的行动和轨迹。两个巨型细胞内，几乎一天一个样。它们将细胞核中央的物质改造完毕后，又开始了对周遭细胞质的改造。中央物质已然形成了一片连绵起伏、建筑高耸、道路交错的群落，周边则环绕着一层稀薄的淡蓝色液体，还有一片竖立着一根一根绿色物质的区域，最外面则是一道道灰色颗粒的环绕体。两颗细胞虽然形态不一样，但这些建筑都大同小异，只是白色细胞的液体更浅，黑色细胞的液体更深，竖立着绿条的区域基本一样，外面的环绕体却一个方方正正，一个为锯齿三角状。

我观察着，琢磨着，心情变得古怪。我居高临下地俯视着它们，紧盯着它们，凝望着它们。我发现这两个细胞内部，俨然两座城市，它们有自己的高楼大厦，它们有自己的阡陌交通，它们有自己的住所和商业区。城市外流动的液体，是它们的大海；那些绿色的条状物所在区域，是它们的森林。而森林之外，海洋之外，仅有一层薄薄的细胞壁，将它们与外界隔绝。

我预感到将有什么大事发生，这两颗细胞内部，发生着难以言喻的变化，或者进化，它们将来会变成什么样子，着实难说。这是自然而然发生的，还是有意为之？

正当我这样想的时候，两颗细胞相对一面的外壁，突然破裂了，左边的白色颗粒与右面的黑色颗粒，都蜂拥而出，排成整整齐齐的队列，在各自的城池外蓄势待发。之后，又出现了些奇形怪状的事物。

白色颗粒这边，是一块块前面尖锐、后面宽大的载体，白色的颗粒都上了载体，排成队列，开过了绿色的森林，穿越了浅绿的海洋，向着细胞壁边缘冲去。它们穿透了细胞膜，透过了细胞壁，来到了空阔的世界里。很快就有白色颗粒凝定不动了，但也有白色颗粒涌动进化，适应了细胞外的世界，继续向前方进发。

与此同时，相对应的是，黑色颗粒这边，乘坐的是另外一种形状的尖锐载体，前面是一根竖直的长杆，后面是一个大圆。黑色的颗粒坐在这大圆上，穿过了它们的黑森林、黑海，穿透了它们灰色的细胞膜和黑色的细胞壁，也来到了细胞外的世界。它们在我的柜子里探索着，有的倒下了，有的适应了。

白色的颗粒与黑色的颗粒终于相遇，它们开始是相互试探，围绕着对方团团运转，退缩，前进，忽然间，不知怎的，就交织纠缠在一起。双方的颗粒大军都蜂拥而至，向着对方冲击，冲撞，冲杀！它们的载具也对战在一起，载具中跳下了大量白色和黑色的颗粒，相互扭打搅和纠结在一块儿，有的一动不动了，有的还能艰难前行。

白色的方块载具和黑色的三角载具，也分别喷射出了白色和黑色的液态物质，对方一旦被击中，常常就此不动，或者被某种力量切割成两半，翻倒在一边。

白色颗粒群体和黑色颗粒群体各有损伤，它们的战场上，留下了十几厘米长，三四厘米宽的黑灰色粉末，大概是它们这场战斗的尸体。只有少许的白色颗粒和少许的黑色颗粒，缓慢而疲惫地回到了各自的细胞壁里。

第二天，战争再起，白色颗粒显然动用了新的科技力量，用大概一厘米长、半厘米宽的某种方块立体运载器具，载着大量的白色颗粒，向细胞壁外冲击。当黑色的颗粒带着三角载具再次前来迎战时，白色方块载具横冲直撞，将黑色颗粒的阵列冲得松垮、稀烂，直到一个黑色圆球陡然扩散、爆发，将黑色颗粒如炮弹般激射而出，白色的方块这才爆裂，里面流出大量一动不动的白色颗粒。而黑色颗粒也随波逐流，停止了运动。

我看得目瞪口呆，这黑色的圆球到底是什么，伤敌一万，自损八千吗？不分敌我，同归于尽？如果白色的立体载具是坦克的话，那黑色的圆球莫不是大型炸弹？原子弹？

接下来，我目睹了更加残酷和可怕的一幕。白色颗粒运载着一团一团竖立的白色圆柱体，向战场走来，黑色的颗粒也运载着黑色的圆锥体，向战场走来。这回它们的队伍少得可怜，三三两两，但“武器”却数目众多，大概它们用以复制自身的物质，已经没有那么多了，都变成各自的竖立状武器。双方的武器竟腾向了半空中，白色的圆柱体爆发出滚滚白烟，向黑色的颗粒群坠落；黑色圆锥体也于半空中扩散，如天女散花般，与白烟消融，又落到白色的颗粒群上。黑色和白色，混合成了一种奇异的死灰色，像是失去了光彩的瞳仁，双方都一动不动了。只有几个白色圆柱体和黑色圆锥体继续飞向对方的细胞。

我实在不想干扰它们，见到这种情况，又不能不干扰，否则，我看得出来，这两个细胞都会被对方的这种大规模杀伤性武器摧毁。

我伸出左手的一个指头，挡住了白色圆柱体，同时伸出右手的一个指头，挡住了黑色圆锥体。我感到两个指头都微微一震，发痒，一股轻微的刺鼻气味随之而来，但很快烟消云散。白色的圆柱体在我的左手指头上化为一团液体，流到了“战场”上；黑色的圆锥体在我的右手指头上化为一团粉末，洒落在“战场”上。

我不知道这两种武器打到对方的细胞城池中，会发生什么样的场面，是两个细胞同时毁灭，还是若无其事，另有他招？

白色颗粒群体和黑色颗粒群体，看到对方的武器被高空巨物阻拦，摧毁，它们如同被火焰烧灼的触手，很快就缩了回去，收队回到各自的细胞里。

这样下去可不行，这两颗细胞，我还希望它们能够再次分裂，生出更多的细胞。如果它们体内的线粒体，继续制造这些“武器”，而我又不能永远“盯”着它们，为避免它们同归于尽，我要想个办法，阻止它们继续开战。

为此，我专门去商店，买了好几个摄像头，装在橱柜内部，我可以用手机、电脑随时随地监控它们，一旦发现有什么问题，我就会出手阻止。但好景不长，它们进化的速度越来越快，它们制造大规模杀伤性武器的频率也越来越高。我不可能二十四小时守在它们那里，只好买了一个机器人来管制它们。

这个小机器人，看上去像是一个玩具娃娃，憨态可掬，笑容满面。它站在两个细胞之间，我可以随时控制它，阻挡双方的战争，或者阻拦某一方的军队走出细胞壁城门。

然而，我还是心神不宁，我还是得时不时拿出手机或者电脑来看一眼，就像是上瘾了似的，就像那些老烟枪，随时随地都得吸一口。

这样着实不对，时常干扰我的工作。我只能给小机器人设定了一个自动化，根据所拍摄和检测到的双方细胞器的动向与规律，在计算机里进行了现实模拟，并将这些资料源源不断地输入小机器人的存储器，由它不断地深度学习，直到它自己能判断什么时候该出手，什么时候该收手，绝不可伤害了两个细胞，以最小的伤亡，阻止它们的战争，以及向外扩张。

小机器人的影像也不由自主地被收录进了模拟动态呈现系统，我能看到它在电脑上的呈现。与现实不同的是，它在电脑上的虚拟影像经过了大量的美化，像一个圆润、光滑的人。而那两个细胞以及里面的细胞器，还有细胞质建筑等等，也变成了另外一个样子。

是的，一个模拟的城市。

5. 模拟与细胞城的互动

我惊叹于这软件学习和美化的能力，它将这粗糙、原始、野蛮的两个细胞世界，转换成了虚拟世界里的两个城市，两拨类似人类的模拟程序，一切实际的动向资料在屏幕上都变成了新鲜、形象、巧妙的动画，着实有趣。

这回，我不再每天亲自观察两颗巨型细胞，只要通过手机或者电脑或者智能电视屏幕，就能看到通过软件美化的两个城池之间的动向。那个小机器人站在它们之间，帮助两个城池发展自己的建筑、科技、文明，两个细胞之间的争斗也能及早被阻止，而逐渐强大。

一天早晨，我掏出手机，观察两个细胞动向的时候，看到了加速与前进的按钮。我试着调节了这款软件的加速，我心想这有什么用，它不是真实的细胞的同步反应吗？没想到加速之后，便看到两个细胞中，分别又跑出了不少的小蚂蚁般的细胞器，我拇指食指一扒拉，它们都扩大了不少，看上去都是些两脚站立的小人。这吓了我一跳。它们想跑出自己的细胞壁，均被机器人给撩拨反弹了回去，还有不少被误打误撞误伤的。它们不得跑出自己的细胞壁，只能在细胞内无限发展。细胞里的建筑越垒越高，突然不动了，停滞了，坍塌了。我大惊之中，看到小机器人脑袋上出现了马赛克。

不知为什么，我想起了城市的巨人，想起了那些失踪的人口，想起了那次我看到的巨大的马赛克。

我意识到了些什么，赶快回拨加速键，匆匆赶回了家中。当我打开橱柜时，发现两个细胞依旧安然无恙，团在那里，机器人也端然站在它们中间。

我的软件只是在电脑上对它们进行了模拟，实际的它们不会那样加速的，我吁了一口气，心中的大石落了地。但很快我就看到了不可思议的场景，只见整个细胞开始反向运行，两个细胞质内的那些建筑体在减少，在缩短，从最高处的凝定，到低矮处的消亡。过了好一阵子，我才对照着软件进行查证，原来它们和软件完全同步了。如果我对软件时间加速，它们就加速；如果我拨为后退，它们也会后退。

我不寒而栗。

这是怎么回事？

原本这个软件和摄像头，只是记录和观察它们的存在的，现在，这个软件和摄像头，竟能影响到它们的存在和运动吗？

不是同一个维度和层级上的世界，相互间通过观察的程序，形成了互链的关系？

这一点听起来不可思议，但经过我的测试后被验证了，这的的确确是真的。

电脑里的那个模拟世界，和这两个细胞里的城市，已经产生了同步的相互作用。有几次，我半夜起来，想拆掉那摄像头，但我强烈地感知到，一旦拆掉，这两个细胞就会死亡。另一方面，我又想到这套观察软件里，蕴含了它们的信息，也自我发展成了计算机里的两个细胞和城池，它们算不上死亡，而是另外一种意义上的重生。

因此，我又仔细研究了那些细胞器，想知道它们是如何突破细胞壁而到外面来的。尽管它们在小机器人的控制下，得到了全方位的保护和帮助，但仍有不少小颗粒逃了出去，有的消失了，有的被小机器人拿了回去，有的被小机器人误伤灭掉了。

这些情况都令我感到一阵阵悲凉。我上网的时候，能看到城市各个角落里发生的事情，至于世界是什么样子的，网络上已经失去了清晰的面目。别的城市的情况我们不了解，甚至有没有别的城市，都已经成了一个问题。有一些像年轻时候的我们一样的孩子，突然想办法跑到城外去，然而不久就传来失踪的消息，警方那边确认了孩子已经死亡，父母死活不信，想出城寻找，但根本就出不去，巨人巨大的手掌挡住了他们。还有一些小道消息，一个警察一天晚上开着警车飙出城外，还手持重型火力，城外巨人的手掌同样挡住了警车。警车翻倒后，警察用火炮轰击巨人挡住道路的手掌，结果无济于事，手掌安然无恙，警察被抓进了监狱。也有一些传闻说是外界有恐怖分子，或者丛林猛兽，屡次进犯我城市边界，均被巨人的巨手给挡在了外面。

除了在公司上班，混日子，编一些小程序，每天我回家最大的乐趣，就是研究细胞。我说的不是那两颗大细胞，而是关于细胞的书籍。我很奇怪我们这个城市里，这些书籍到底是从哪里来的。如果和别的城市没有交流，这些古老的书籍是本身就存在，还是自行产生的呢？世界各地的各种书籍，还有许多国家和城市的新闻，网络上难以看到，但电视上会时不时地投放，当然也都是老的资料，当下的新闻和视频几乎没有。有一些半新闻半电影的视频流传，关于外面已经被核战摧毁，世界上国家、城市不复存在，只有我们的城市最安全，因为有巨人的保护。我们在这个安全的城市按部就班，不要随意出去，因为没有人能出去，出去就是消失，就是死亡。

我看到有关细胞的书上写着，关于细胞壁和细胞膜，一般细胞膜都附着于细胞壁的内侧，是由蛋白质分子和磷脂双分子层组成的薄膜，只有水和氧气等小分子物质能够自由通过，大分子物质和某些离子，是不能自由通过的。它保护着细胞内部不受侵扰，控制着物质进出细胞，不让有用的物质渗出细胞，也不让有害物质进入细胞。通过它还能进行细胞间的信息交流。物质要进出细胞的话，就要通过跨膜运输，一种是被动运输，顺着膜的两侧浓度进行梯度扩散，由高浓度向低浓度进行扩散，比如氧气、二氧化碳、甘油、乙醇、苯、尿素、胆固醇、水、氨，或者借助载体蛋白进行协助扩散，物质就从一个细胞扩散到另外一个细胞。还有一种方式是主动运输，物质要从低浓度的一侧，运输到高浓度的一侧，需要载体蛋白的协助，还需要消耗细胞内化学反应所释放的能量。这种方法保证了活细胞能够按照生命活动的需要，主动选择吸收所需要的营养物质，同时排出代谢废物和对细胞有害的物质。一般来说，各种离子由低浓度到高浓度过膜都是依靠主动运输，而能进行跨膜运输的都是离子和小分子，大分子是难以进出细胞的。如果非要让大分子进出细胞，就要有包裹大分子物质的囊泡，让它从细胞膜上分离或者与细胞膜融合，这样，大分子不需跨膜便可进出细胞了。

我观察了细胞的种种情况，又与古人书中记载的加以对比，对照，忽然意识到了一个可能性。

一个能够安全走出城外的可能性。

6. 离开巨人的城市

是的，当我阐明这件事的时候，父母都极为震惊，认为我疯了。我们祖祖辈辈都安居在这个美好、安全、快乐的城市里，从未想过要跑到外面的世界去。外面充满了危险，是地狱，是死亡，是毁灭，想要出去的人，一定都是疯了。可是他们自己都已经忘记了，他们年轻时，也有过多少次想要出去的冲动。如果不是一次次目睹不幸，一次次被挡了回来，因而打消了念头，他们怎么可能会老老实实地待在这里，度过这美好的一生，并把他们的经验告诉下一代，把他们的告诫灌输给下一代，这像是一个禁令，一个紧箍咒，从小就套在每一个孩子的头上。

然而，我们每个年轻人，都会想方设法，跑出城去，只有经历了腥风血雨，才会黯然回归，畏首畏尾。而这么多年来，还没有人想到一个安然走出城去的办法，不是被阻挡而回，就是化为齑粉。

直到我明白了细胞的奥秘，通过我在电脑里的模拟机制，和我研究的普通细胞的机能，我终于找到了一个能够安然出城的办法。

是的，我们的城市就是一个细胞，一个巨型的细胞，一个社会的细胞，一个变异的细胞。它吸收周围的养分，自给自足。巨人则像细胞壁细胞膜一样，既保护我们，又限制我们。那些外出的朋友，不幸被它发现、拦截，多半没有好下场。它就是城市本身肌体的一部分，只能等待它将你排出去，而不能主动外出。否则会被认为是异类，要么被挡回来，要么就被压入泥土，化为城市的养分。这些都和巨大的细胞一样，和电脑里模拟出来的世界也类似。我们都只是城市细胞质里的微小的细胞器，供给城市运转的分子而已。

我盯着细胞，悟出了这个道理，要进出城市，就必须找到我的囊泡。

在细胞中，一些两亲性分子，比如许多天然的和合成的表面活性剂，或者不能简单缔合成胶团的磷脂，它们分散在水中时会自发形成一类具有封闭双层结构的分子有序组合体，这个东西，就被称为囊泡，或者是脂质体。如果这些两亲性分子是天然表面活性剂卵磷脂，形成的结构就称为脂质体；如果是合成表面活性剂，则称为囊泡。囊泡在细胞中用来储存、运输、消化细胞产品和废物。它可以模拟生物膜。生物膜在生物活体中具有离子迁移、免疫识别等功能，非常重要。囊泡还有一个重要的作用，就是作为药物的载体。因与其他微结构相比，囊泡的结构与众不同，存在亲水微区和疏水微区，所以它具有同时运载水溶药物和水不溶药物的能力。再加上它具有双层膜结构，与生物膜有很好的兼容性，是最好的体内药物的载体。

我如果想走出这个城市，就得找到某种类似囊泡的东西，以便能够摆脱束缚，不被拉回来。

我想到了汽车、飞机，但这些东西，只能在城市内运行，从这一端，到达另外一端，一旦出城，必定会被巨手挡回。有时我想起书上说的那些太空飞船什么的，第一宇宙速度，第二宇宙速度，第三宇宙速度，人类始终难以突破这些速度，它们就是巨人无形的手，护着你，也挡着你。要突破，突破，突破没有捷径。

回到家中，看到细胞还在扩大，不断扩大。它们是巨人身上的细胞，对于它来说是具有兼容性的，如果隐藏在里面的话，它应该不会辨认的。那么就算一个细胞可以成为一个运输载体，我也得想办法把它搭建成一个载体。

于是，我在计算机里模拟实验，将细胞的形状和里面建筑的特点改变，打造成一个细胞驱动的汽车，然后就等着它慢慢长大，让我能够钻进去，融入那个细胞之中。

不知过去了多少时刻，我在计算机上控制并干扰两个细胞的成长，其中一个细胞长得足够大时，我就能钻进去了，另外一个细胞保持着原状。我犹如钻入了一团果冻内，但居然能够呼吸。许多小颗粒向我游过来，它们的形状和我无异，只是我更大。我走进了细胞质内的那幢屋子中，控制着里面的方向盘，带着这团细胞从家中滚动而出。

我离开的那天，街上、楼上围了许多人，都以为这是什么怪物，或者是什么新奇的车辆。我向父母道别，说出了我的心声。不为什么，也没有任何特别的想法，我只是想走出我们的城市去看一看，看看别的地方，看看别的城市，看看别的地方还有没有城市。他们含泪望着我，眼中既欣喜又绝望，也许那是他们年轻时的理想，但我有可能一去不复返。这是永别，带来永恒的伤，蕴含着一阵阵凄凉，也照射着无限的希望。

我走了，看热闹的人们，都尝试着去理解这一点，也想看看我连同外层卷裹的一大团果冻球，是否会被巨手给挡回来。

我滚到了城市大门，大门一直开着，没有人会再想出去。我身上的细胞顺着我的躯体，变形为了人体的模样，如宇航服那般，包裹住了我的全身。

我走到了城市边缘，眼前一片黑暗茫然，远方有一些星光，是野兽的眼睛，还是别的灯火？我不知道。

也许下一刻是我生命的尽头，也许是另外一个轮回的开始。

我踏出去时，想起了我研究的细胞。细胞核是细胞内遗传信息储存、复制和转录的主要场所。当活细胞增殖时，一个细胞会分裂为两个细胞。分裂前的细胞称为母细胞，分裂后形成的新细胞称为子细胞。首先要分裂的是细胞核，之后才是细胞质。记得城市建设手册上也说过，城市刚刚开始建设的时候，只是一个人，一个从另一个城市走出来的人，他最终用智慧和知识，建立了整个新的城市。

如今，这个城市中，又有一个人走出去，或许，他将会建立起一个新的城市。

我踏出这个城市时，看到巨人的影子闪了一下，没有巨手从天而降，只有两道锐利的目光，如聚光灯般照射下来，化为了两股晶莹而温暖的凝露。

就在那个时候，我分明看到了大像素的色块失真的马赛克从云层中飘过，挡住了那双眼睛。

——原载《少年月刊》2022 年第 1—6 期

尽管背景设置于太空站，但通篇都在谈论火锅——可行性、如何操作、开发途径、有可能存在的问题等等。通过一个在航天事业中看起来小得不能再小的事件，囊括了在太空中有可能遇到的几乎所有的难题。

《437 火锅诞生记》是一篇写实式的科幻，尽管这种写实是假想式的写实。如同科幻电影《地心引力》一般，作者让我们从并未发生的故事中看到了种种现实的可能。

437 火锅诞生记

凌　晨

有需求要满足需求。没有需求，就创造需求来满足。

——太空经济发展司　李朗

地球上空 435 千米，天宫四号国际空间站附属蓬莱太空酒店。

1

观景窗外，地球的一部分正在向明亮过渡，渐渐显露出陆地曲折的褐色轮廓线。太阳已经从地球柔和的弧线上升起，将光和热倾洒大地。旅行者们试图分辨陆地的具体位置，但视野中总有一个小小的障碍物。

“那可不是障碍物！是天和舱，天宫一号空间站的核心部分！”一位年少的游客大声说。

他身旁的妈妈脸腾地红了，小声辩解："我没说它是障碍，它只是挡住了我的镜头。"

"要是没有天和核心舱，就不可能有天宫一号、天宫四号，更不可能有蓬莱太空酒店。我们就没办法到太空来旅行！"少年强调，"天和太重要了！"

"再重要也退休了。没有坠入太平洋算是幸运了。"第三位游客的中文有点重庆地方卷舌音，刻意强调，"你们中国人就是恋旧。"

"天和舱没有像国际空间站那样坠入太平洋尼莫点的太空船公墓，那是因为——"接话的人忽然停顿，微笑，这成功吸引了窗前所有人的注意力。

少年忍不住问："因为什么？"

"因为我们精打细算，还会重新启用天和舱。"那人回答，语气轻松。

"哇！"少年和他的妈妈同声惊呼，掩饰不住脸上的喜悦，"真的吗？"

"当然。你们不看新闻的吗？"那人反问，打个响指，"瑶姬，打开新闻频道。"

"好的，酒店管理员陈斌先生。新闻频道马上接通。"一个温柔清澈的女性声音立刻回应。这是蓬莱太空酒店辅助 AI 瑶姬的人工合成声音。游客们入住酒店后，对瑶姬已经熟悉，这个声音更是时常听到。

瑶姬继续陈述："即将进入每日新闻播报栏目。"

观景窗对面的舱壁上，立刻显现出宽大的视频界面——新闻频道的 logo 闪动后缩小到界面左上方，凸显界面上的人物。这是一个黑人小伙儿，头发卷曲，五官立体，牙齿雪白，眼睛发光，一件印有中文字样"天枢"的 T 恤衫紧紧绷在身上。

"查德维克！"陈斌激动，喊叫，"查德维克！他在奥林匹克！"见游客们并不兴奋，甚至还有些茫然，陈斌不得不平复情绪，放低声音介绍，"奥林匹克舱是天宫四号空间站的运动健身舱。天枢则是核心舱。查德维克是第一个在天宫四号工作的非洲黑人，瓦坎达人，第一个真正意义上的非洲航天员。"

这时镜头从查德维克脸上拉远了一点，把他周围的环境收入了画面。由淡蓝色机柜组成的舱壁，无处不在的脚限位器，还有“中国航天·天宫”的标志，都说明了这是在天宫四号国际空间站之中。这是直播。查德维克漂浮着，精神抖擞神态自信，面对摄像镜头一点儿都不紧张。

“您在成都国际航天学院接受过培训。培训中您印象最深的是什么事情？”记者的画外音问。

查德维克说：“很多啊。比如，火锅。成都火锅，太好吃了。尤其是在空间站，每次路过中国上空我就会想念成都的火锅。”

游客们都笑开了，纷纷点头。卷舌音那位两眼放光，嘟囔：“谁会不喜欢火锅！”转头冲陈斌嚷嚷：“陈先生，蓬莱什么时候可以吃上火锅？”

作为酒店经理，任何时候都不能对游客说“不”。因此陈斌仪式般地回答：“我们希望地面上还有让您留恋的美好事物，火锅就是其中之一。”

日出后，游客们准备启程返回地球，结束他们两天三晚的太空旅行。准备过程主要是穿上减压航天服，以对抗空天飞机降落地面带来的重力加速度。虽然减压航天服每年都在升级，而且有瑶姬指挥着机械手臂协助，但穿着起来仍然繁琐，要花费很多时间。幸好有了火锅话题，游客们谈得兴高采烈，从火锅发散到南北东西饮食差异，继而是科技发展水平高低，接着谈论这趟太空旅行的得失，计算性价比。陈斌努力跟上游客们的谈话内容，不时还推销下蓬莱太空酒店的周边衍生产品，包括 16 张一套的蓬莱日出实景立体照片，12 枚一套的太空陨石纪念章，以及蓬莱珍酿——真正在太空中酿造的新鲜啤酒。

六个小时后，陈斌陪同游客们到达酒店专用对接舱，在舱门口和每个游客拥抱，温柔道别，目送他们穿过三米长的过渡舱室进入天福二号空天飞机。

少年的妈妈说：“我真希望天和能重用！天和封舱时，孩子哭得可伤心呢。他是聂海胜的粉丝。”

“我特想上天工作！”少年从妈妈身边飘过，留下一句话。

“你可以考虑蓬莱。我们一直在招人。”陈斌鼓动。

“先招个厨师吧。你们哪儿都好，就是菜谱太糟糕。”卷舌音说，突然改成播音腔的普通话，“中餐岂能无火锅！”

陈斌唯唯诺诺只能点头。心想这群游客就知道点菜单，从不关心把菜单变现的辛苦。火锅？在距离地球430千米高度的空间站吃火锅？这也太馋了！脑壳儿长包的人才会点！

2

没有游客的蓬莱太空酒店难得清静。酒店位于天宫四号国际空间站的尾部，与空间站核心天枢舱之间有一个2.5米长的过渡舱和4米长的健身区。酒店由四个筒舱和一个球舱构成，包括四个单人舱室和四个双人舱室，以及餐厅、公共客厅与健身娱乐房。设施简单但很周全，目前一房难求。毕竟是唯一在地球轨道运营的酒店，提供了独一无二的风景和货真价实的微重力环境。想要在太空环境中生活几天，但没机会做航天任务的人，可以选择花钱去蓬莱太空酒店住上一两夜，感受与在天枢舱中也就差了2.5米而已。在太空中，这真是一个微不足道的距离。

球舱是酒店的观景天台和公共客厅。360度无死角的观景大玻璃窗，连天宫上的航天员都眼馋。现在这些大窗户都属于陈斌一个人了。其实整个酒店都是他的了，因为酒店里只有他一个工作人员。酒店的招聘广告全球发布已经半年，却不见那些成天在网络社交媒体中喊着上天的人响应。好不容易凑齐了十个应聘者，体检和资质审查后，却只剩下了一个中年人。这人被送到成都国际航天学院上入职培训课，被三个T分量的教材吓着了，一听说还要上实操课，立刻溜之大吉。

毕竟多浪漫的理想，也抵不过与万丈深空隔层铁皮令人心惊胆战的现实。

即便是科技发达的今天，太空工作仍然是高风险的工种。陈斌理解求职者的恐惧，也相信肯定会有人像他一样，不管不顾，能丢开对地面的眷恋进入蓬莱。只是不知道得等多久才等得到。毕竟在 2.5 米那端的空间站里上班叫科研人员，是人类的航天英雄和卓越航天任务工程师，许多人心中的偶像。而在这端的酒店上班，就只是一个酒店从业者，不过工作地点特殊了一点而已。

“而已”，陈斌滑进观景沙发中，扣上安全带，全人类中仅有自己一人的“而已”，好吧，这个职业选择不错。瑶姬熟悉陈斌的生活模式，立刻关闭观景窗，调暗人工照明，播放柔和的催眠音乐。陈斌确实累了，照顾四位游客三天可不是件轻松的事情，他想睡会儿。可是眼睛合上的瞬间，头顶的舱顶导航地图显示，酒店正行进到成都上空。查德维克的声音犹在耳边：“尤其是在空间站，每次路过中国上空我就会想念成都的火锅。”

一想到脚下可能是宽窄巷子的老酒，是春熙路的麻婆豆腐、龙抄手，是人民公园的老妈蹄花……陈斌就心痒胃痒地躺不住，松开安全带的卡扣，身子就朝那地图奔过去，差点把一地的成都美食撞得粉碎。陈斌及时调转身体方向，躲开了成都，但躲不开满城弥漫的花椒香气，还有香气后面热气腾腾的火锅。

没有火锅的太空，的确有那么点缺乏生机。陈斌望着眼前白云缭绕的城市，不由得叹口气。

“陈，你也不开心？”查德维克的脸在舱壁上出现。这次不是新闻频道播放的节目，而是空间站内部个人通讯频道的在线视频聊天。

“没有没有，我没不开心。就是有点累。刚走一批客人。”陈斌连忙收起思乡情绪，微笑，热情招呼查德维克，“嗨，新闻上看到你了。表现不错。这下你不用担心找不到女朋友了。”

“我可能说错什么了。”查德维克却表情沮丧，“我父母埋怨我错过了一次宣传非洲联合航天计划的好机会。其实我说了的，但新闻上就播了两句。”

“给了你足足十秒钟的画面。联合国秘书长也不过这个待遇。”陈斌劝道，

“你知足吧。”

“可播的这两句都在谈吃，会不会给中国姑娘留下我是个酒囊饭袋的印象？”查德维克至今单身，他想娶个中国姑娘，而且最好是中国四川姑娘。

“应该不会。”陈斌笑，做个鬼脸，“相信我，能吃，在中国绝对是美德。”

“老张他们也是这么说。”查德维克勉强改变表情，露出一个僵硬的笑容，“他们还说不能亏待了非洲兄弟，都把私人食品拿给我，你看——”他飞开半个身体，让陈斌看——身旁一包一包食物都用磁力扣吸在桌面上，有串串香、麻辣兔头、灯影牛肉……

“你这是洗劫了半个天宫号的私人库存啊！”陈斌羡慕，“而且都是开袋即食，不用复水。”

“我不想显得那么贪吃，更不想做一个吃货。陈，他们给我食物的时候，我真的好尴尬。”

“那就把食物和大家一起分享。你们可以在这里，”陈斌指指身后的球厅，“开个 party。”

查德维克皱眉头，较真：“什么名义的 party？开 party 要有理由。”

陈斌真想弹这黑人的脑壳，怎么就一点儿都不灵活呢？“什么都行，理由很多啊，你生日啊，我的太空蔬菜项目成功了啊，庆祝天宫四号绕地球 2000 圈啊！”

查德维克的神情更认真了：“2000 圈？再加个零都不止吧？”

“夸张你懂不懂？我这是夸张！”

“问题你这不是夸张啊！你要说 200000 圈那是夸张。远远大于事实才是夸张。”查德维克忽然灵光一闪，“陈，你这个是笑话吗？”

陈斌只想赶紧找个话题转移查德维克的注意力，或者就此结束这场尬聊。他脑子里正飞速组织语言，通讯频道里忽然切进一个声音，是天宫四号站长老张，有很浓重鼻音的中年人的沉稳声音：“小陈，你来天枢一趟，我们开个二十分钟短会。”

视频中的查德维克也听到了什么，他朝上方指指，有点紧张："老张叫我开会。"

"他也叫我开会。是同一个会吗？"陈斌诧异，"查德维克，我和你有工作交集吗？"

查德维克耸耸肩膀，向上方窜去。视频定格了几秒他的舱室，便关闭了。

3

老张的全名是张德忠，五十七岁，职务全称为"天宫四号国际空间站第一指令长"。全站的人根据关系亲疏，叫他老张、张站、张头儿、张哥，就是不叫他张指令长。不管什么称呼，老张都一概接受，待人不分肤色不分国籍，该严厉认真的时候绝不马虎，该轻松玩笑的场所也很随和。老张连续驻站时间已经 467 天，总在轨时间达到 951 天，他现在在轨的每一天都刷新着人类的历史纪录。

"你们每个人都在创造历史纪录。从你们进入空间站开始，你们就是人类探索太空的先行者，每个人都会载入史册。"老张深为自己的经历自豪，也为站上每个人骄傲，这是他对每个上站的人都会说的话，"陈斌，你是第一个太空酒店的经理、前台、行李员、客房服务、厨师和园艺师。查德维克，你是第一个非洲航天员，非洲联合航天计划的首位执行者……"老张熟悉站上的每个人，大部分时间中他更像一个心理咨询师，为长期驻站的人纾忧解难；帮轮岗的新人适应空间站生活，迅速进入工作状态。

天宫四号国际空间站的辅助 AI 叫毕方，和老张的名字合辙押韵，于是有人就写了诗调侃，老张笑呵呵收下了。毕方见老张不生气，以为是好东西，就把诗塞进《空间站应用指南》，成了上站新人必读的文学读物。

天枢舱是天宫四号空间站核心舱。当年天宫一号的天和核心舱包括节点舱、生活控制舱和资源舱三段，总长度是 16.6 米，有 110 平方米的可用空间。这对于中国第一代航天员杨利伟来说，已经是太大的“家”。16.6 米也有五层楼高了，110 平方米更被当时媒体戏称为“三室一厅”豪配。但和天枢相比，天和有小学生和大学生的差异感。毕竟天枢主体部分是在轨道上生产装配的，没有了地球上的太多约束。

如果不是经费和时间限制，天枢的设计团队恨不得造个“中国尊”出来。最终天枢长度达到了 78 米，最大直径处有 6.2 米，为天宫四号空间站提供了十七个舱位对接口。天枢在地球轨道上花费了九个月的时间装配完毕后，天宫四号国际空间站的各个舱室陆续生产对接。此时天宫一号空间站已经缓慢下坠，和它对接的梦天、问天实验舱和巡天望远镜便升高接入天宫四号。

最终成型的天宫四号国际空间站总计包含了二十七个舱，长 242 米，连太阳能电池板宽 120 米，大致相当于四个足球场大小，是当年国际空间站的两倍。天宫四号上不仅有各种实验舱、太空望远镜，可同时接纳三十名工作人员，还配备了蓬莱太空酒店和太虚太空艺术中心，供社会大众使用。天宫四号是人类有史以来规模最为庞大、设施最为先进的人造天体。

“我们尽量让空间站居住舒适，但我们是科研机构，舒适度必须让位于科研需求。”天宫总设计师屡次在对外采访中强调，并且将“舒适”的功能实现推给了蓬莱。这也是蓬莱归属天宫空间站管理的原因之一。

但舒适性不等于奢侈，必须考虑到太空站的现实环境以及资源消耗。尽管现在已经有了可以多次往返太空与地球的空天飞机，每千克货物运费仍然超过了三万元。因而陈斌在又一次听到“火锅”两个字后，还是不由得要再确认一遍，以证实自己并没有听错。他小心翼翼问:“张站您说的是火锅？”

“火锅！”老张斩钉截铁，“刚才太空经济发展司电话，要我们讨论在空间站吃火锅的可能性。他们将在北京时间今天晚上八点和我们视频会议。”

“还有十二个小时。”陈斌立刻计算出剩余时间，叹口气，放松神经，“那还好。我们还有时间。蓬莱明天下午有新客人来。我得提前至少六个小时准备。”

“可是，可是……”查德维克惊骇得中文都说不利索了，连着咕嘟了一串本国方言后，才稍微恢复了些镇静，赶紧辩解，“我只是顺口一提，就这么一说。头儿，我真不是嫌弃太空站的伙食。真的，这儿伙食太好了，一天五次正餐三次加餐，我觉得我好像每时每刻都在吃东西！吃的虽然是以中餐为主，但也考虑到了我家乡的风味，特制了瓦坎达饼！还协助我们非洲联合航天计划研发非洲航天食品！”

“中国有句老话——”老张拍拍查德维克，示意他安静，并且将一个加好水的茶袋递给他，“叫‘言者无意，听者有心’。你是随口一说，但新闻已经全世界传播，几亿人次浏览。现在，全人类都已经知道有个航天员在空间站惦记火锅。”

老张的声音很平静，但陈斌总觉得他语调带着一些隐约的笑意，似乎觉得火锅这个提法有趣，并没有埋怨的意思。老张召集自己和查德维克在天枢舱开会，却并没有使用正式的会议室，而是征用了 9 号观察窗旁的折叠记录桌。这就吸引了好几位在附近休息的航天员和任务工程师，他们飘到桌子附近，现场围观这个特别的“火锅会议”。

查德维克接过茶袋。打开茶袋上的小阀门就能通过吸管喝到醇厚香浓的茶汁，但他心慌意乱，捏着茶袋忘记了开阀，结果吸了好几口都没有任何收获。

“对的，你今天不但刷屏，还上了热搜。”一位航天员笑，晃动手里的电子笔记，“已经有至少 350 万个自媒体转发了你说话的那段视频。虽然只有十秒，但观看的人早已过亿。你要看看吗？”

“不！”查德维克丢开茶袋，捂住脸，恨不得钻到桌子底下去。

“你坐好了，好好说话。”陈斌一只手拉住向下滑溜的查德维克，一只手抓住正往上飘的茶袋。

“我太丢脸了，张队！”查德维克懊恼地说，“我把非洲航天联盟的脸面都丢掉了。”

“有人怀疑这是空间站为了上热搜故意设计的。”另一位航天员说，“阴谋论者无处不在！”

“哪儿来的阴谋啊，只是我的胃贪婪了一些。张头儿，您能让他们再采访我一次吗？我告诉他们空间站的饭更好吃！”查德维克恳求。

老张说：“中国还有句古话，言必信，行必果！查德维克，想吃火锅不丢脸，一点儿都不！这是真实的人性！相反，还有那么点可爱。”

“可爱？”查德维克完全被老张的语言搞蒙了，睁大铜铃般的眼睛，“我有吗？”

老张点头，确认：“有——好了，小伙子们，现在全世界都在讨论如何完成查德维克的心愿，在太空站上吃火锅。这是个挑战。我们最好不要让地上的人先把这问题解决了。尤其是做火锅餐饮的，我可不希望他们掺和。”

“我们有火锅啊！”随站工程师说，他负责空间站后勤保障和设备保养，是个在地面上盲拆盲装天枢备份舱得满分的牛人，立刻提醒大家，“查下《空间站后勤保障说明手册》目录。”手册电子版都在众人随身的电子笔记中，一个口令就能调出来查阅。

陈斌甚至不用查阅，脱口而出：“三十七页，速食火锅，四川成都府南河火锅餐饮集团出品。”

“对对，速食火锅。还是我喜欢的毛肚火锅。”查德维克赶紧说，试图息事宁人，“是我记忆力太差，忘记它了。张队，我可以向公众说明，空间站的食品配给里有火锅。我们的后勤保障特别细致，特别人性化。”

“速食火锅那也能叫火锅！”那位喜欢刷短视频的航天员嗤笑，“就像把方便面中的牛肉颗粒等同于牛肉面上的牛肉块，把醪糟圆子中的糯米圆子等同于汤圆，是对美食者的敷衍。网友们不会接受这种解释。”

“吃火锅吃的是那个味道吗？不，吃的是把食物片刻烫熟的仪式感。”第二个强调阴谋论的航天员说。他交叉双臂，盘腿虚坐在空中，居高临下看着大家，有一种莫名的权威感。

“我觉得速食火锅可以了。毕竟是空间站啊，不能动火。”随站工程师皱眉，他对一切可能发生的改变都不支持，“这个口味还算不错。商家的三层注水设计也是专门针对空间站开发的。”

“别急别急，七嘴八舌乱了。我做个思维导图哈。”陈斌说着，就打开电子笔记，拿起电子笔，边说边在笔记上划拉，“任务是在空间站吃火锅。首先需要解决的问题是——”

“那必须首先确定火锅类型啊。北京铜火锅，还是成都鸳鸯锅，重庆九宫格，潮汕打边炉，贵阳酸汤豆米锅……”一直旁观不语的小个儿航天员插话，说到这儿自己笑场，说不下去。

“动火的不行，绝对不行。”工程师脸色一沉，“你们别想给我找麻烦。”

“那就只能用电了。”陈斌说，“营养师和医生肯定不会愿意我们多吃辣。所以麻辣口儿都不行，只能清汤。”

小个子笑完了，正色道：“汤至清则无味。汤料还是要营养和滋味都丰富一些，建议两种，番茄鲜菌汤和牛油蘑菇汤。”

喜欢短视频的航天员不高兴：“为什么不能有辣椒？辣椒的维生素丰富，还含有叶酸、镁及钾；辣椒素虽然刺激肠胃，但消炎，抗氧化，我们的食谱中也有辣椒啊！天都上了，还不让人家吃火锅吗？”

这话说得好有道理，陈斌竟然想不出反驳的理由。接下来，大家在火锅选材、食品来源、蘸料配方、食物气味和残渣处理等方面纷纷提出了自己的意见。

“千万别忘记啤酒！白酒可不行。配火锅，那必须是鲜啤！蓬莱这期鲜啤该好了！”俄罗斯宇航员强调。

“我们的咖喱火锅也可以考虑呀。咖喱的营养价值不亚于辣椒！”泰国宇航员补充。

……

众人你一言我一语说得热闹。老张始终表情和蔼，二十分钟一到他就起身总结，不为火锅浪费一分一秒。他的总结就三句话，“火锅讨论会到此为止。大家要还有想法的话，十一个小时内和陈斌沟通。你们没有讨论火锅本身，烹饪用具决定烹饪方式！”

4

陈斌回到蓬莱酒店球形厅。观景窗外的地球云海翻滚，一个热带气旋正在太平洋上形成。陈斌看了一眼，见多不惊。毕竟他在蓬莱驻守了 218 天，对地球已经熟视无睹。

查德维克的一句话引起了全球火锅爱好者的热烈讨论，网络上已经出现了成百上千个太空火锅讨论组，这不会给陈斌带来多少压力。毕竟他在现场，更清楚太空站的饮食要求和饮食条件。

陈斌把笔记整理一下，得到了一个最简化的“太空火锅实现需求导图”。

图画得有点糙，好在陈斌也不给谁看，就是画个示意图好让自己知道从何下手。

蓬莱的模拟地球重力舱是个很小的舱室，并不是为了满足游客的舒适感修建的。谁花了五十万块钱飞到天上，是为了像坐在地球上那样稳稳当当看窗外的地球，那真是钱多了烧脑壳。还不如花五百块买张文昌天宫空间站主题公园门票，公园里裸眼 3D 沉浸式体验做得极好，几乎以假乱真，如果他们再把失重效果模拟得更好一点的话。蓬莱的重力舱是给那些无法适应失重的游客做过渡用的，以及对比人在失重与有重力的情况下的不同状态，因而只能容得下两个人，对吃火锅来说空间太狭窄了。

陈斌觉得吃火锅至少得有两个人，一个人吃火锅总有种寂寞的孤独感。而且为一个人备料也不符合太空经济学，至少查德维克无法承担高昂的成本。再说，要是查德维克孤零零地在成都吃火锅，他多半不会记忆深刻，念念不忘。

“陈你太了解我了。”查德维克在通信软件的界面中发了个感激得涕泗横流的表情包，“我怎么会肤浅地牵挂火锅的味道！我想念的怀念的纪念的，是航天学院一群同学围坐火锅争抢食物的热闹和友爱啊！”

接着发过来一串查德维克惊掉了下巴的真人表情包，伴随着夸张的叫声。

“你磕到脑仁了？”陈斌奇怪，“什么事情那么惊悚啊？”

“三十五年前，就有人提出了‘太空站能否吃火锅’的问题，还在网上掀起了讨论热潮。”查德维克瞪圆双眼，“那年我才刚刚出生！”

讨论地址链接马上传到了陈斌的电子笔记上。讨论速记就记录了四十多页，提出了从环境仿真地球到火锅器具改进的各种方案。陈斌快速浏览了一遍，真是环球皆吃货，在火锅问题上似乎人人都愿意发表意见，这些方案分析得头头是道，有的看上去还真有几分可行性。

查德维克问：“这些讨论有参考价值吗？”

陈斌笑道：“这个太空自转离心锅有点意思，可惜不符合空间站模块化设计要求，而且取食过程太过繁琐，加重了航天员的负担，没法子多人用餐，营造吃火锅的氛围。”

“我更喜欢那个竖起来的离心轮子，看上去实现的可能性更大些。”查德维克说，“我自己可以加工。就是不知道张头儿让不让我干。”

“要能找到这些方案提供者讨论下就好了。不知道他们现在哪里，会不会看到你想吃火锅的新闻。”陈斌感慨。

查德维克灵机一动：“能不能全球征集太空火锅方案？声势大一些，这些人就会知道，会觉得当年的想法没有白费气力。终于有一个航天员想在天上吃火锅了！”他越想越觉得自己这个主意不错，“中国有句古话，叫人多力量大！全球的人都来出主意，还怕解决不了小小的火锅问题！”

陈斌觉得“全球征集方案”的点子有点夸张。关键是老张发话尽量自己解决。空间站是个不能随心所欲的地方，所有事情都必须在计划之内，而且在地面上需反复模拟多次。驻站人员的伙食，都是在地面对他们身体情况精准测量之后制定的，每个人会根据自身特点有所差异，以保证他们在太空中的营养均衡和身体功能健康。这也是老张能够驻站那么久的原因。

为了尽量减少驻站人员在太空中的骨质和肌肉损失、太空失明症以及身体功能的影响，医疗组和后勤保障组费尽心思。老张肯定不愿意增加他们的焦虑。

“所以我设计了两个方案。”陈斌向千里之外的地面指挥中心介绍，“一个是利用蓬莱酒店模拟地球重力舱的简易方案，一个是改造3号加热器的复杂方案。从火锅采用的加热方式、原料来源、食用方式几方面论证这两种方案的可行性和各自优劣。”

由地面指挥中心联络主持、太空经济发展促进司要求举行的视频会议晚八点准时召开。会议在天枢中部的会议室进行，十分正式。老张带查德维克、随站工程师以及主管医疗保健的副指令长出席，都穿了四号站正式的蓝色连体常服。陈斌不是空间站编制，身为酒店雇用员工，只好穿柠檬绿的酒店制服，颜色鲜明地坐在会议桌末尾，再次感受到胸口没有佩戴四号站徽章而引起的沮丧情绪和别扭心理。

地面指挥中心的陆副主任主持会议，经济司的李朗处长出席会议。这两位经常和航天员打交道，每一个上天宫四站的人都和他们碰过酒杯——上天前的饯行酒都是他俩陪喝，为前往天宫的人助阵壮胆。

李朗也在一间会议室中，身旁坐着一位梳马尾的年轻女子。李朗介绍：“林卉，我助理。就由她负责太空火锅项目的推进和执行。”

林卉乌发红唇，眉目秀丽，温柔地招呼众人，声音清朗：“晚上好。诸位老师有什么想法，地面部分的事务就交给我操作实现。”

“真的要实现吗？”查德维克脸色惨白，低声嘟囔一句。

“当然要实现。”李朗的耳力很好，立刻回答，“群众有需求，我们就该去满足。”

陈斌想起关于这位处长的名言：“有需求要满足需求。没有需求，就创造需求来满足。”顿时有点明白为什么早上查德维克才说了想念火锅，晚上这位处长就要求开会出方案论证。

“我们现在是太空时代。太空经济的根本点是什么？稀缺性和快捷性。这两点上太空火锅都非常满足。”李朗顿时眉飞色舞，“我们要占据主动性。”

陈斌就介绍他的方案。他的两个方案中，蓬莱酒店模拟地球重力舱的简易方案需要扩展舱室。重力模拟器的作用范围有限，而且本身也属于试验性质，要扩大范围就需要重新定制，显然不合适，所以只能将舱室扩展一平方米左右，可以安排三个人吃火锅。扩展大约需要五个工作日，不需要地面提供改装材料，只需空天飞机再送游客上来时，带个四川电火锅，以及适当的新鲜食材和调料。

“这个方案吃火锅，那和地球上没什么区别吧？”李朗问。

陈斌说：“那还是有区别的。舱室必须密封，保证气味还有食物碎渣不传到外面去。不过会有一扇观景窗，可以一边吃火锅一边观赏地球或者星空。风景会和地球上完全不同。”

“这行吗？”李朗的目光透过屏幕，扫过会议舱室中每个人的脸。

“可以的可以的。”查德维克连忙说，“我都行。”

“就在蓬莱实现火锅功能最好。”副指令长也赞同，“空间站没有余地来做这个。”

“老张，你觉得呢？”李朗特别问。

“方案想得很细致。而且可以为蓬莱吸引更多的游客。有火锅的太空酒店，”老张停顿几秒，“嗯，说不定就能招到新员工了。”

陈斌忍住笑，火锅还能决定职业热度？太扯了。但他希望第一个方案通过。天宫四号的内部结构是经过五年时间论证确定的，每平方厘米都有用途，各个部位精密结合得像古典机械手表紧密咬合的齿轮，有着奇妙的科技美感。把火锅加在空间站的哪个地方，都会破坏它精巧的和谐。

“陆主任您觉得呢？”李朗隔着屏幕喊话。

“这个方案 1 不如留在文昌，”陆主任另辟新思路，“文昌天宫空间站主题公园，完全可以虚拟在空间站吃火锅的场景。这样不用任何改装，节约成本，也能让更多人借此了解太空食品。”

“这个……”陈斌顿觉失落。不到外太空就能解决太空火锅，领导还真有魄力。但这个能行吗？

果然查德维克有些失落：“那就没我什么事情了吧？”声音里带点情绪，毕竟这件事情因他而起。

“你返回地球后可以去做个概念片。”陆主任笑道，“给主题公园做做宣传。”

李朗却摇头：“落地了就不能叫太空火锅了。大众好奇的是怎么能在太空上吃火锅。在地球上搞就不稀奇了。”

于是陆主任问陈斌：“那你的第二套方案是？”

“是改造食品加热器。主任，火锅的本质是短期内将新鲜食材用热水烫熟，这和航天食品中的复水类食品有相似之处。天宫四号上有七个加热器，我选择3号进行改造。因为它所处的位置比较方便拆取，周边的空地也比较大。改造好后把它放置在一个抽拉支架上，使用时拉出来。在它上方架设一个多孔碳柔性纤维膜折叠网，使用时放下来吸味和食物残渣，折叠网是一次性的，更换方便，打开后围合面积大约四平方米，可供至少六人同时食用火锅。”

陈斌一边说着，一边就放出示意图。图是他用电子笔在电子笔记上画的，不够精细，大概表达出他的设计思路。

“改造这个加热器要多少钱？”副指令长问。

钱的事情，陈斌当然想到了：“要看选择的材料和加工精度，才能具体核算。我们自己改造和交给地面改造，肯定造价不同。”

“哪能让你们干。航天员的时间老值钱了。”李朗说，有点不满足，“就只有这两个方案吗？我看网上那些讨论组谈得很热烈啊，还把以前的老帖子都翻出来，那里面有没有能用的内容？”

陈斌额头上不由得冒出了细密的汗珠，他向老张望去。

老张说：“那些讨论纸上谈兵，当年实现不了的，现在仍然没有条件实现。”

李朗说：“不能打击了网友们的热情。我看这事儿，可以搞个‘全球征集太空火锅方案’活动，发动群众智慧，最终方案你们甄选。你们要亲身体验，得你们说了算。大家觉得怎样？”

众人纷纷点头。

于是李朗就对林卉说：“那接下来的工作小林你盯着点儿。尽快完成。”

林卉毫不犹豫：“好的，我尽力。”

“我们这边是陈斌负责，小林你和他协同。”老张说。

陈斌点头，他不占空间站驻站人员名额，和蓬莱酒店一起都算是空间站附加物资，一个三级辅助系统。像太空吃火锅这种节外生枝的事情，理所应当归他办。

查德维克朝陈斌挤挤眉毛，动了动嘴唇，没出声。但陈斌从唇形读出了他的话。这位瓦坎达人真诚地说：“对不起哥们儿，给你添麻烦了。”

陈斌双掌合十，抵住眉心，这个姿态表达的意思，查德维克也瞬间懂了。这是陈斌感到无可奈何时候的习惯姿势。陈斌在向他的非洲朋友请求：“火锅这事儿我努力，还有成的可能。你可别再有什么其他想法了。”

查德维克笑笑，摊开双手，以后要谨慎言语。至于找中国女友的事情，等落了地再说，到时候肯定还是要找陈斌帮忙。又热心又勤快，少说话多干活儿的好朋友，能碰上概率不大。碰上了就得一辈子抓住啊。

5

林卉，女，二十七岁，籍贯四川雅安，北京理工大学计算经济学硕士，入职太空经济发展促进司三年。中学时曾经参加过国家航天局和央视共同举办的“少年航天员”全国选拔比赛，但因容易摔跤，存在前庭平衡能力失调的危险，落选复赛第一场。

陈斌看着电子笔记本通讯页面上出现的一段信息，愣了几秒，才反应过来，回复了三个字："哈哈哈。"

发信息的是查德维克。他有点慌乱地辩解："我没其他意思，只是帮你更多地了解下合作者的情况。中国古话，知己知彼百战不殆。"

"好的。我了解了。"陈斌懒得揭发查德维克那点小心思，"你这两天是不是很闲？"

"哪有，忙死了。"查德维克急忙跑掉了。通讯页面上他的头像，好长时间都不再闪动。

陈斌吁口气。游客们还有二十五分钟就到了。蓬莱酒店的第五十四批游客，六人，要住两天三晚。虽然瑶姬操持接待流程已经很顺畅成熟，但需要他忙的事情还是有很多，而且还有一大堆火锅方案要看。

这些方案雪片样飞进"太空火锅怎么吃"专题电子信箱，有新信件的提示音不时打断陈斌的工作节奏，他不得不将提示音关掉。"太空火锅怎么吃"征集令在清早北京时间八点全球发布。林卉和太空经济发展促进司的工作效率令陈斌咋舌，全球网友的响应速度也令他刷新认知。看来，在吃这个项目上，人人都认为自己能说上几句。

征集令发出前，在即时通信软件设立的工作平台上，林卉建立起一个名为"太空吃火锅不要辣"的工作群。北京时间早上六点三十二分，群里发出了第一个工作文件，就是这个征集令。

陈斌赶紧夸赞："你们的效率真高。"

林卉礼貌地回答："你上班也真早。"

陈斌忙给个笑脸："我随时都在上班。"

昨天开会的所有人都被拉进了群里，还陆续加入了航天食品专家、航天食品制作团队和天宫号后勤保障司的工作人员等等，甚至还拉来一位微重力流体力学方面的副教授。

副教授很认真。"你们可别以为火锅只是个简单的吃的问题，如果能实现微重力环境下现场热加工食物，那我们的空间站、宇宙飞船、太空采矿台等等的太空单位，就能延长地面基地的后勤补给时间，节省大量燃料和经费，减少太空垃圾！”他越说越激动，“太空火锅是个很有价值的研究项目！”

陈斌觉得副教授的这段话好有道理，把太空火锅这事儿从吃的档次提高到未来人类文明发展的程度。这段发言可以直接在论文开篇“研究意义”板块引用，论文名字就叫作《通过对太空火锅的实践讨论微重力环境下的热加工食品前景》。

不过，响应征集令的那些方案的文字可没那么讲究。征集令发出后四十分钟，第一个响应方案就出现在专用电子信箱中。陈斌刚要赞美一下网友的反应速度，却和林卉几乎同时发现这份方案抄袭，一字不改地照抄了当年网友的太空自转离心锅创意。看样子，喜欢网上挖掘的大有人在。

“搜索引擎厉害！”陈斌感慨，提出解决方法，“我会注意查重的！”

“脸皮也太厚了！”林卉愤然，“真以为网上发文就没有版权保护吗！”

看到林卉谈版权，陈斌就去研究了一下互联网版权保护法，这下子他也坐不住了：“如果和发文平台有协议，是三十年保护期。如果没有平台协议，版权只有二十年保护！抄袭的家伙完全没事儿！”

林卉叹息一声：“太可惜了！这个离心锅应该申请专利！专利法能保护六十年！”

陈斌和林卉相隔千里的陌生感，就在对版权的讨论中化为乌有。到中午时，他们甚至在群里掀起了一场关于南京哪里火锅好吃的讨论。因为太空经济发展促进司在南京，林卉每个中午都会选择困难症发作。

“单位门口有两个饭馆，左边卖鸭血粉丝汤、牛肉锅贴、小笼包、咸水鸭，右边卖咸水鸭、小笼包、牛肉锅贴、鸭血粉丝汤。”林卉说，语气中的疲惫从屏幕中弥漫到办公桌上，“包子肉还是鸭肉。南京人真的超爱吃鸭子。”

“那总比我们没有选择强。”陈斌宽慰她，“我们的菜谱每次排三个月，每顿饭都搭配好了，绝不能搞错。”

林卉好奇：“可你不是驻站人员，你在酒店也是地面配好餐的？”

“当然。连游客的饭都是配好的，随他们的行李一起发过来。”陈斌发了个猫猫挠肚皮的表情图，“现在的蓬莱和太空站一样，不支持现场烹饪。”

“所以，我的火锅想法还是有实际意义的，对吧？”查德维克插话，“我们要飞星辰大海的，不可能总是后方送餐包，需要现场烹饪，煎炒烹炸，大火锅小烧烤……”他吹口哨，“南北东西豆腐脑！”

“教授和你说的话差不多，不过您这话和知味鲜方案开头相似度90%。”陈斌笑，“说吧，是他们给了你宣传费，还是你参与了他们的策划？”

知味鲜是第一家发来方案的火锅餐饮集团。他家并没有给具体方案，在三页辉煌历史两页菜品介绍后，是一页研发潜力的数据报表，并承诺签订合作协议后九十天内，让查德维克在天枢舱里吃上热气腾腾的四川火锅。

“他们还真敢许愿！”查德维克吐舌，“我上次要给天枢添加个饮水机，都审查预研模拟论证了九十六天！”

到下午两点时，又连着有三家火锅企业发来方案，内容和知味鲜大同小异，都表示有能力研发适合在太空微重力环境下食用的火锅产品。陈斌这时候终于明白昨天李朗为什么急着要开论证会。主动权还是应该在自己手里。如果今天早上没有发布征集令，热门话题经过一夜的发酵，不知道会演变成什么样子。早上已经有不少热心网友隔空呼叫火锅店研发太空火锅了。

“我怀疑他们四家用了同一个企划。”林卉说，语气中满满的讥讽。

“自信点，把怀疑去掉。”陈斌回答。成年人的世界，话一投机就仿佛相识多年，昨天对于陈斌还是陌生人的林卉，到今天下午他就能和她调侃了。陈斌不是话多的人，可对林卉的来言必有回语，且几乎是秒回。于是查德维克就送来林卉的资料，他确实想娶个四川姑娘，不过陈斌也是单身，而且还在成都读了十年书，血液里都流淌着花椒和辣椒的香气。

八年酒店管理专业，两年定向培训，从本科到硕士再到蓬莱经理，陈斌的经历颇为传奇。但在他心里，这点经历根本不值一提。

“天宫中的每个人都有故事，那些才是传奇。”陈斌说，“我的前半生是‘三平’。”

林卉发过来一个疑问表情。

“平静、平淡、平常。”敲出这三个词，陈斌就觉得这三十多年的生命像走马灯，在他周围旋转，转出的却是另一组词——无功、无过、无聊。对的，应聘蓬莱的动机就是因为无聊。那时他已经收到洲际国际酒店集团的高薪聘请书，为这家全球最大酒店集团的未来发展做长远谋划。他的实习任务是考察集团旗下诸多品牌在大中华区的运营情况，这些品牌总共运营了 627 家酒店。陈斌走马灯一样考察了 100 家酒店后，站在第 101 家酒店 527 米高的旋转餐厅中，看着一座城市像拼图一样在脚下延伸，就是“无功、无过、无聊”这三个词的感觉，席卷了他的全部意识，他无法再为事业寻找一个可以追求的高度。

“现在呢？”林卉的用词中有些好奇心在荡漾。

现在已经忘记无聊是什么了。要做的事情太多了，随时需要应对可能发生的意外。作为全球最高位置的酒店，最重要的事情是保证游客安全，其次才是为游客创造舒适的度假体验。

“游客还有二十八分钟抵达。我得忙去了。征集方案你先筛选一遍，做个记要，有参考价值的挑出来单做个共享文件夹。晚上我空了看。”陈斌交代。

“好嘞。”林卉发个笑脸过来，“你忙去。”

就这么简单的一句话，陈斌在心中默念数遍，隐隐有畅饮甘霖之感，人都精神起来了。

“这是个好姑娘。”查德维克说，“和你挺般配。你要不动手，我可追了。”

“喊，你就是太闲了！”陈斌骂。

6

天福一号空天飞机按时出现在陈斌视野之中。这艘银色航天器的前部涂装了大熊猫和长城，第一次航行时吸引了全人类的目光。那时候陈斌太羡慕天福上的工作人员了，恨不得立刻就去报考航天学院。但航天学院 128 页的招生章程把陈斌吓住了。空间站的职员招聘章程有 27 页，还不及它的零头。这两个文件从网络上下载后，陈斌连打开看的勇气都没有。直到他看见蓬莱太空酒店的招聘启事，才稍微松了口气。这启事只有 4 页，第一句就是：“本酒店招聘员工要求具有酒店专业资历，身体健康，热爱太空文化。”这简直就像是给他量身定制的工作岗位，陈斌不报名都说不过去。

来电提示音，将陈斌从回忆拉进现实，是老张在火锅群里发言：“小陈，你的新客人中的赵铭史，你要格外留意。”

“张叔把游客名单发给我核实。我发现，赵铭史是知味鲜股东之一。”林卉说。

陈斌神经一紧，嘴上却还轻松：“游客要接受两周集中培训，而火锅的事情是两天前爆发的。赵铭史不可能为了火锅单独成行，顶多就是临时问些问题。”

“你绝不能有偏向性回答。”老张叮嘱，“四家火锅企业要平等相待，不偏不倚。”

陈斌有点反应不过来：“这我能有什么偏向性？”

老张只发了四个字：“言者无心。”

陈斌立刻想到了查德维克，心里顿时警惕性大增。

赵铭史三十出头，中等个儿，肤白发黑，鼻直眼亮，五官轮廓分明，有雕塑般的俊朗气质。六位游客，他走在最后，始终彬彬有礼地谦让着前面的五个人。

陈斌没特别招呼他，按照接待手册要求，细致周到地招呼每位游客：首先是在专用对接舱的拥抱礼，他引导游客一个一个通过对接舱依次进入，并与蓬莱酒店入门标志合影；接着瑶姬手下的礼宾机器人带游客去客房更衣，换下减压航天服，穿上蓬莱特意准备的酒店常服，衣服上还细心地绣了游客的名字；更衣后的游客在客房中休息片刻，等待其他游客都更衣后，便被礼宾机器人带到球舱，第一次在微重力环境下，悠闲自得地体会欣赏地球风景。

空天飞机为了飞行的安全性，没有设置观景舷窗，游客们只能通过机外摄影镜头，感受机外空间环境的变化。因而一进入蓬莱视野宽敞的球舱，感觉整个宇宙都扑面而来时，游客们就常常忍不住地要尖叫，流淌热泪，甚至小便失禁，令陈斌尴尬。

赵铭史这拨客人情况也差不多，只是安静一些，驻足窗前，目光贪婪地在地球上碾动，久久不肯挪动脚步。赵铭史看了一会儿，便问陈斌：“底下那个转动的是天和舱？”

陈斌不用确认，就干脆回答：“是的，天和在蓬莱下方 4.3 千米，依然保持一定速度，不会掉到地面上。”

“那么真会重新启用它？”赵铭史很兴奋，企业家的沉稳样子不见了，他此刻只是一个情绪高涨的大小孩儿，“我要多拍些照片带给妈妈看。”

“会的。”陈斌肯定。天和上聚集了几代人的太空记忆，没有谁能忍心下令将它沉没太平洋。陈斌与大部分航天人都相信，相关部门正在研究方案，将让天和焕然一新，成为天宫四号空间站新的节点舱，补充空间站左侧桁架上的空当。

赵铭史不知陈斌说的是他心中的理想，还以为能问出什么内幕呢，好奇：“能上天和去看看吗？我看日程安排里有个自由活动，我就想进天和。王亚平的太空课堂，我可是从第一节课就没落下过。好家伙，125 节！”

陈斌问：“你拿到了几级勋章？”太空课堂的特色之一就是随堂问题有积分，根据积分多少可以领取勋章，125 节课如果积分满分的话能够拿到“玉龙”级勋章。这勋章现在是收藏市场上的明星，可以兑换真金白银。陈斌只拿到了“铜龙”级，挺遗憾，但想想那时候他牙都没长齐，能有这个成绩不错了。

赵铭史笑：“那时候我还穿尿不湿，答题全是蒙的，只拿到了铜龙。”

陈斌瞬间有了赵铭史是幼儿园同班的亲切感。但老张的警告犹在耳边，思想上不敢有半点麻痹，也就放弃了继续聊家常联络感情的冲动。

“自由活动。”陈斌回到日程安排上，挥舞手臂招呼游客们把视线集中到他脸上来，统一向大家解释，“日常安排上有一些项目，没有清晰说明。因为太空环境，它经常可能会有变化，与其在项目边上注明以实际情况为准，不如到实地再安排。如果不发生意外，将在明天下午，给大家安排自由活动。”

“可合同说我们不能擅自行动。”游客中有人说。

“自由活动的地点在那里。瑶姬，展示章华台。”

舱壁上出现蓬莱外部的影像，一个依附在舱壁上的组件迅速展开，拼凑出一个长四米宽两米的露台。

游客们恍然大悟，欢呼起来。赵铭史尤其睁大双眼：“我们要在那个台子上自由活动？”

“是的。”陈斌点头，“你们将尝试太空漫步，真正在太空中的感觉。”

“太棒了！这五十万块钱花得太值了！”赵铭史鼓掌，跺脚，大叫。

陈斌赶紧提醒：“赵先生您小心点，别把我的地板踩漏了。”

众游客都哄笑起来。赵铭史说：“蓬莱真是太完美了。要能再吃个火锅就好了。”

“哈，新闻里都说了在征集火锅方案。还有重金奖励。”游客们七嘴八舌讨论，“我们也搞个方案，把旅费赚出来。”

陈斌瞬间石化，想不到赵铭史竟然发动群众来完成他的火锅情报收集工作，这个人不简单啊。

7

“四家火锅企业都提出了上站考察实际环境的申请。”晚上，火锅群工作会议，林卉汇报。

“航天局都拒绝了。”老张说，“不能因为火锅这样的事情打扰到空间站的正常工作。”

“到专家评审还有一个月时间。这一个月之内蓬莱安排的三组十五位游客都和另外三家火锅企业没关系。”陈斌趁着游客们在球舱玩耍，见缝插针参会，解释游客身份，不由得感叹，“知味鲜真是太幸运了。”

老张笑：“是啊。今天的空间站欢迎晚会，游客们都在问火锅问题。”

空间站欢迎晚会是蓬莱酒店最受欢迎的项目。游客们到蓬莱的第一餐，并没有安排在蓬莱风景独一无二的太空餐厅，而是安排在天枢的航天员餐厅。这一餐游客的食物也和航天员的一样，当然不是从航天员口中夺食，而是地面提供的航天员餐备份，跟着游客由天福一号一起送达蓬莱。老张和两位轮班休息的航天员接待游客，回答他们提出的各种问题。赵铭史话题带得巧妙，今天游客的所有问题都围绕着火锅进行。

“我没有安排查德维克接待。那些游客都在找他，想带他回地球吃火锅。”老张说，“太受关注对谁都不好。”

“我恨不得躲到后勤工作间去！”查德维克龇牙，“一个月后这火锅的热度会消散吗？”

副教授的话意味深长：“如果资本判定这是个太空消费突破口，那就不会降温。”

工作群里冷场了几秒，陈斌打破沉默：“所以要把天枢变成火锅店吗？太不严肃了。”

“不能！”老张斩钉截铁，态度干脆，“只能放在蓬莱上。”

陈斌也龇牙：“火锅不符合蓬莱的格调。”

“格调都是可以调配的。”林卉笑道，“混搭嘛，风格多样化才受欢迎。”

“蓬莱的客房排期都到后年了。不需要靠讨好大众来受欢迎。”陈斌有点怼林卉。

林卉可怜巴巴地说：“那看来我要上蓬莱起码三年后了。”

“我们招人，你要应聘立刻就能上来，坐神舟飞船上来。”陈斌觉得刚才对人家小姑娘有点凶，赶紧热情地说，“你要不考虑一下？工资待遇都挺好，还有无敌风景。”

“而且你挣多少钱都能攒着，这儿全配给制，根本没地方花钱。怎么样，小林你考虑下。”老张说着说着态度就认真起来，语气诚恳，态度真挚。

李朗一开始还轻松地和大家讨论，这时候才察觉不对，嚷嚷：“老张，你敢打主意挖我的墙脚！你拉倒吧你！”

群里人都笑起来。

林卉说：“我也想上来啊。可是体检不合格，第一关就被淘汰了。”

陈斌说：“那你上蓬莱啊，游客的体检，你肯定能过。”

老张赞同：“小林，我住蓬莱有折扣价，让给你。等火锅搞成了，你安排个年假上来吃。”

林卉赶紧回答：“张叔您这福利太重了。我还什么成绩都没做出来呢，不能拿。谢谢谢谢。”又是鞠躬又是抱拳，一屏幕都是谦卑紧张的表情包。

陈斌的心像被针扎似的疼了一下。女孩子太有礼貌太懂事，一贯如此还是经历过什么？陈斌突然很想再去看看查德维克的林卉调查报告，多了解下这位姑娘。

“小陈！”赵铭史在游客呼叫系统中叫，“你快过来！”

陈斌立刻离开虚拟会议室，一边往球舱走一边询问瑶姬：“出什么事情了吗？”

“一切正常。”瑶姬回答。

8

球舱里和陈斌离开时情况差不多，游客们分成两拨。一拨飘在空中喝茶聊天，假装神仙；一拨伫立窗口狂拍星空和地球，不像出了什么紧急情况的样子。陈斌抓住赵铭史，问：“出什么事情了？”

赵铭史微笑，往后退。拍照的人一蹬地板就窜了出去，与飘荡的人汇合，在空中组成一个心形。赵铭史就是心最上面的那一点。

“谢谢蓬莱，谢谢你！”众人齐声喊道。

陈斌又惊又喜，面部表情管理顿时失效，一时间竟然组织不出完整的词句。

“今天到蓬莱后，参观酒店，到空间站与航天员共进晚餐，接受空间站指令长颁发‘天宫勇士’奖章，日程安排既紧凑又有趣。谢谢你，陈斌，你和瑶姬辛苦了。我受大家之托，要给你一个大大的拥抱。”赵铭史说罢，就上前抱住陈斌。

陈斌忙说：“不客气，这是我们应该的。”赵铭史忽然将他举起往空中扔。陈斌轻飘飘飞出去，众游客一起拥上……原来“大大的拥抱”是这个意思。

瑶姬适时放起摇滚版的歌曲《茉莉花》，陈斌就教众人跳太空迪斯科，将游客们的兴奋度燃爆了。《茉莉花》后是《南泥湾》《最炫民族风》，复古的歌曲重新电子配乐，在地球上空纵情舞蹈，无尽的宇宙就相隔五毫米的铁板。

赵铭史吟诵道：“坐地日行八万里，巡天遥看一千河。”身体扭曲成面包圈，套住陈斌，他的脸因酒精而红润，声音发烫，“我以为到太空来是个严肃的事情，体会宇宙的壮丽，地球的珍贵，人类的渺小。但我没想到，蓬莱会有酒，还有广场舞！怎么可以……这么生活！”

“还会有太空火锅。”陈斌笑，节奏终于还是回到自己手中把控了，蓬莱的游客必须他来安排行程啊！怎么还能给自己加内容呢！

赵铭史有点酒精上头，凑到陈斌耳边低语：“火锅得我们知味鲜来做。我和你说，我们一定要拿到这个项目。得把知味鲜的 logo 刷到空间站去！”

陈斌拍拍赵铭史，轻轻推开他，问：“技术难题你们能解决？”

“钱到位就没有问题。告诉你——”赵铭史再次贴上陈斌的耳朵，“我们找到那个离心火锅的发明者了，三十五年前的设计，他自己都忘记了。”

陈斌再次推开赵铭史。这青年的普通话很好听，但整个身体都在散发热量。要是再让他喝下去，地面控制中心该找麻烦了。“瑶姬，醒酒！”陈斌立刻下令。

球舱的灯光渐渐昏暗，和窗外的地球一起进入黑夜。一片片的灯光又在黑暗中亮起。音乐变得舒缓。现在是萨克斯的《回家》，游客们的情绪被柔和的旋律牵引，投入明暗斑驳的地球世界。

赵铭史摇摇晃晃，瑶姬的机器人上前扶住他。赵铭史半个身子靠住陈斌，絮叨："我没醉。我超看好火锅这个项目。真的，味觉与视觉都达到极致的太空浪漫！哥们儿，你也来入股，我的股份让给你，一起赚钱！"

陈斌挥挥手，机器人没有犹豫，将赵铭史拉走，送去他的卧舱。陈斌吁口气，擦擦额头，还真的有了汗！

9

陈斌把所有游客都送回舱室，回到自己的床上时，已经是北京时间的凌晨。陈斌打开电子笔记，火锅共享文件夹里添加了一个《太空火锅征集方案评审标准》，按照锅体设计、环境、食材、垃圾处理分出评比类别。每个大类又有比较细致的评判项目，比如关于火锅锅体，就有重量、体积、容量、功能、易用、加热效率、外观、电耗等考察细则。

微重力环境是公认的太空火锅技术难题，但要达到与地面上火锅一样的味道，还有火锅底料与汤汁怎样充分融合、食材能否得到恰当加工、蘸料如何调配等一系列问题。到目前为止，夹子里的二十七个应征方案虽然都有比较明确的锅体设计方案，包括环境、食材、垃圾处理设计，但陈斌迅速看了一遍后，都找不出亮点。

"基本还是延续三十五年前网上的那些设计思路。创新很少。"陈斌在群里说。

"我觉得，主要是公众对空间站实际情况了解太少。也许到站来考察下就不会这样了。”林卉呼应。

“你在？”陈斌心脏突然跳快了半拍，情绪有点紊乱，“你是没有睡还是早起了？”

“还没有睡呢。没事，一会儿到地铁上打瞌睡。”林卉回答。

陈斌于是劝：“熬夜不好。影响身体健康。”

林卉没回话。过了好一会儿，才发了一个打哈欠的猫头动态图，并没有跟进的文字。

陈斌起初怀疑网络出了问题，毕竟太空网络的稳定性是相对的，经常迟滞超过标准 0.2 秒。后来就怀疑自己是不是有点过度关心，超越了同事之间的界限。万一林卉讨厌他这种关心呢？一时间他烦躁起来，一撒手，电子笔记飞到头顶，发亮的屏幕像是聚光灯，把他内心深处那点点翻动的涟漪照得清清楚楚。陈斌听到心脏的叹息，你在距离地球 430 千米高的地方，你如何能牵住姑娘的手？为什么不能呢？他的头脑反问。舱壁上的高度仪显示酒店高度已经升到了地平线上 435 千米。既然都能在这么高的地方安然生活，又有什么不可能实现的？

一条光带擦拭过舷窗。陈斌还未做出判断，他的手已经抓住电子笔记本，快速拍照。光带在漆黑的大地上缠绕，成片成片竖立成坚固的光墙，轻微的红色，隐约的蓝，浓重的绿，层层堆叠。他很幸运，拍到了北极光。

陈斌职业性地立刻在游客呼叫系统发通告：“睡不着的，看北极光。”耳机中顿时传来几声尖叫。他这才挑出几张效果好的发到火锅群和游客群里，并给出地理坐标信息。地球的北极正在窗外，悄无声息地很快就会滑走了。

林卉终于有了回应：“好美。”

已经是北京时间早上五点四十。

陈斌很是心疼：“一丁点儿没睡吗？做什么事情非要熬夜？”

林卉上传一张街景——照片背景是晕染天际的红霞，前景是梧桐树连成的绿荫，笔直的青黑柏油马路，工作中的银白清洁机器人。

林卉说："已经在地铁上了。有点小兴奋，恐怕睡不着。"

查德维克也还醒着，突然诗意了一把："天上的光华，地面的烟火，姑娘你在地下游走。"

"你还能再扯两句吗？"陈斌笑问。

过了半分钟，查德维克承认："扯不出来。"

"赵铭史能。他觉得钱能搞定一切。"陈斌随即上传赵铭史的音频。这个人靠近他时，他便开启了耳麦中的录音功能。

查德维克就问："嗨，林卉，你司会不会为了钱让知味鲜进站？"

林卉说："我的《太空火锅征集方案评审标准》你们没看吗？我们办事是公开、公平、公正的。"

"也就是说，如果知味鲜符合这个标准，它就能如愿了！"陈斌心里隐隐地不爽。

"是的。"林卉肯定，"不过标准还没有最后确定，发群里就是为了征求大家意见。"

陈斌眼前一亮。"可以设定条件，将知味鲜排挤在外。"

林卉给了个捂脸的头像。她随即和陈斌开了私聊，提醒他："你别说得那么直白。李处会尴尬的。"

"可要是让知味鲜上来，就等于给资本撕开个口子。空间站以后不定成什么样子了，就不再是科研的桃花源。"陈斌越说越激动，"你司也不能为了发展太空经济，由着资本胡来啊！"

"胡来？"林卉反倒乐了，"想在太空吃火锅的可是你们！"

陈斌辩解："不是我。查德维克思念的也不是火锅，而是火锅代表的人间烟火。"

"人间烟火让空间站上了热搜。你知道这有多重要！"

"有多重要？"

"起码蓬莱酒店的招聘广告，有人响应了。"

陈斌就去官网后台，这两天官网流量确实增加了不少，招聘项目居然有十五人报名应聘！他连忙打开这些人的资料，林卉！竟有个名字是林卉！

陈斌盯着屏幕上的名字，好一会儿才确定自己没有出现幻觉。他就问林卉，尽量让语气平静："我看到应聘的名单中有个人叫林卉，不会是你吧？"

"是我呀！要不我熬夜干什么？要考酒店管理的学历，拿资格证。"林卉说，"还得向前辈你多请教！"

陈斌的心脏，再次停跳了半拍，然后才慢慢正常。他感到眩晕，一种巨大的快乐感席卷了全身，他的手激动得都握不住电子笔记，不能书写。

网络那边的林卉说："你怎么不说话？你是不是觉得我学经济学的改行酒店管理不靠谱？知识体系不同，但知识是相通的，而且学习能力和执行能力那是不分知识体系的。我觉得我学习能力和执行能力都很强！"

女人啊，都是如此絮叨，陈斌笑。等等，林卉要应聘蓬莱，为了应聘资格在熬夜读书，这……这什么意思？陈斌稳住手，一个字一个字打出来："你——怎么想要来蓬莱？"

"你不欢迎吗？"

"欢迎欢迎。"陈斌给了个大大的笑脸，"我特希望有人来接替我，我好回地球休息。"

"那你再等三年吧！"

"你不是说自个儿学习能力和执行能力超强吗？拿个学历资格证什么的，还需要三年吗？"

10

陈斌和林卉一直聊到她下了地铁。这是他人生中第一次和一个女子长聊，第一次和一个女子聊工作以外的事情，第一次有了迫切离开蓬莱返回地球的冲动。

这个世界真是神奇。陈斌看着窗外想。北极，北京，北半球……地球在他眼前翻滚，他在那里生活了三十多年，都没有遇到一个可以思念牵挂的姑娘。而这里，这里是距离地面 432 千米高度的太空——高度不稳定，天宫在行进中会有几千米的起伏。这几千米在茫茫太空中只是微小的距离，丝毫不影响他和地球的关系。他以为自己这辈子做了人类极致体验的维护者，为创造下一个更好的太空酒店积累经验。就这样了，他已经是太空酒店历史中的第一页，那就尽量把这页写好一点。

他竟然会遇到一个姑娘。太神奇了，很短暂的时间，完全是手写谈了一些话，他就心动了。人生中所有兴奋的体验加在一起，都没有此时神经荡漾的美妙，仿佛阳光一直穿透到灵魂深处。而且林卉也说，她现在出门时都会不自觉地抬头寻找天宫，她还去星空拍摄发烧友的网站，观看每一次的天宫过境拍摄会。

没有说因为他，但那话中分明有他。他能感觉得到，隔了那么远，地球带着南京已经飞到了他视野的背面，但他就是能感受得到。熬夜的姑娘还语气那么好，遣词造句都透着一种说不明道不清的亲昵。这种暧昧的亲昵，初次接触只是舒服，时间长了，便如暖阳熨帖着每条血管每根神经每个毛孔，身体无一处不沉浸其中，美好而激动。

窗外，地球边缘，大气层的蓝色边际线渐渐清晰，云雾一瞬间就展开了白皙的真容。那是绵延几千里乃至上万里的云海，有些地方断裂开，显示云海的深度。深深的云海之下，是碧蓝广阔的太平洋中部，反射着灿烂阳光。云海中突然卷曲，螺旋状向中央集中，那里正酝酿着飓风。正如他的内心，也在酝酿着情感的狂风骤雨。

陈斌忍不住了，他戳了戳电子笔记上查德维克的头像，开启视频通话。

“嘿，陈斌，我刚睡着，正做梦呢。”查德维克揉揉眼睛，“啥事儿？”

陈斌又羞涩起来，支支吾吾：“啊，你有什么对付知味鲜的办法吗？”

查德维克说：“我就要找到办法，你把我叫醒了。”

陈斌尴尬：“抱歉，吵到你睡觉了。”

“你和张站谈谈。”查德维克建议，“他也很担心资本的事情。”

陈斌忙点头答应。

11

蓬莱酒店按照北京时间进行各项工作。对于初上天的游客们来说，时间不是太阳升降带来的白天黑夜，只是纯粹的数字定义，就像方向，也只是人为的约定俗成。游客需要一个适应的过程，然后才能安排活动。陈斌给这期游客准备的活动有参观空间站的四个科学研究舱和巡天太空望远镜；去太空温室采摘蔬菜，并为下期游客种植新的蔬菜；还有令游客惊喜的章华台太空自由漫步。

导游讲解的工作，由瑶姬和毕方负责。瑶姬的机器人带着早饭后精力充沛的游客慢悠悠穿过对接舱，进入天宫太空站。陈斌跟在他们后面，一路叮嘱：“慢点。动作慢点。”毕方的机器人在对接舱那头接应，引导乘客穿过健身区，从天枢舱的 4 号门进综合实验舱，再转行至 3 号对接舱。巡天镜就驻停在对接舱 7 号舱门外。

巡天镜的正式名字叫作巡天号光学舱，安装了一套直径达 2 米的光学探测设备，可以同时进行天地观测。巡天镜有独立的动力系统，曾经伴飞天宫一号空间站。现在它大部分时间与天宫四号同轨并行，执行观测任务。只有在维护和补给的时候，才会和空间站对接。

“巡天的分辨率达 15 厘米。地面上的行人手上拿什么东西都能看得一清二楚。”陈斌耳机调在游客呼应频道，听到毕方用东北口音的普通话讲解。

突然，老张的声音插进来：“我在实验舱 3 号机柜这儿，你空了过来。”

综合实验舱是开放舱，为民用小型航天实验专设。3 号机柜是蓬莱酒店的柜子，目前在进行太空消毒液的研究。陈斌在那里停步观察了一下，实验进展很正常。

于是趁游客们专注巡天镜的时候，陈斌溜到3号机柜旁。

老张说话直截了当："小陈，我们自己搞个火锅方案。"

陈斌迟疑了几秒，但他脑子没转到火锅上，想的是林卉将有怎样的反应。

老张不等陈斌回答，也不需要他回答，这件事情他不是决策者，他只能做好执行者。但老张需要一个倾听者，也得给陈斌行动的理由。老张解释："李朗的思路，用太空站不合适。应该是他配合我，而不是我去将就他。"

陈斌终于将神经拨到火锅档上，对老张表态："哥，我原来是有两套方案的。"

"优化成一套，也参加李朗的征集活动。我们就选这套！"老张说，拍拍陈斌肩膀，"你搞得定！"

陈斌的神经都活跃起来，建议："要不把经济司也拉上，一起搞。"

"要能当然最好，他们愿意干吗？"老张问。

"试试。我问问林卉。"陈斌琢磨林卉应该会答应，但万一她嫌事儿多拒绝呢？他不能把话说满，逼自己进死胡同。

老张就催促："赶紧问。还有，别再让我看到赵铭史，闹心。"

12

陈斌也想赶紧，但今天要和林卉说话突然就有那么点不自然。在工作群里问又不合适。他拖拖拉拉到午饭，才给林卉留言。弯弯绕绕地说话他说不来，就直接讲了老张的意思，希望天宫空间站和太空经济发展促进司联手提出一个火锅方案，因为对需求的了解，他们可以保证这个方案的合理性和可操作性，进而战胜以知味鲜为代表的资本方案。

“张队主要怕后续会带来意想不到的种种事情，目前空间站科研任务很重。”陈斌补充，怕林卉那边不能理解。

陈斌觉得这事儿直接视频能说得更清楚，但太空自由漫步要开始了，他得忙上十二个小时。自由漫步是游客们整个太空行程的高潮，以往的经验，无论是行走者还是旁观者都会特别亢奋，因此一丁点儿差错都不能有。

相比航天员的太空工作服，蓬莱酒店为游客准备的“飞天”简易太空出舱服简化了许多功能。但为了在太空中的安全着想，这套衣服仍然制作复杂，费用昂贵。蓬莱只准备了两套，其中一套还是工作人员专用。也就是说一次外出只能有一个游客。游客外出顺序由抽签决定。

在准备会上交代了自由行走的种种注意事项后，瑶姬主持了抽签仪式，赵铭史抽中了第一签。夜晚的酒精已经从他体内挥发干净，他看上去和登上蓬莱时的样子并无二致，五官精致漂亮。

“哇哇！我太幸运了。”赵铭史很兴奋。他一早就申请了五分钟直播，第一个出舱用太合适了。每个游客的十五分钟直播时间是蓬莱提供的特别福利，可以分段申请使用。

陈斌再次叮嘱：“你一切听我指挥，不要临时起意。”

“没问题！”赵铭史回答，眉开眼笑。

陈斌出舱已经十二次，轻车熟路，没有太多情绪。他瞅一眼笔记本，林卉还没有回复。她是有重要的工作吗？还是要找李朗汇报请示？一时间陈斌心里惴惴不安。但工作还得继续，尤其是出舱，半点走神都不行。他清理下情绪，带赵铭史进入气闸舱。在机器人协助下，他们换上了“飞天”外出航天服，吸氧排氮，等待气闸舱与站外真空环境的压强一致时出去。

章华台此时已经搭建完毕。它正对着球舱，让游客们坐在舱中就能详尽观看外出者的情况。大屏幕则将更细节的部分展现出来。气闸舱减压的这段时间，瑶姬搞起了有奖问答——“人类第一次太空行走，到现在已将近百年，行走的人是谁？他在外行走了几分钟？”

“苏联宇航员阿列克谢·列昂诺夫，他在太空中行走了十二分钟。”这个问题真没有什么难度。回答者得到了五十积分。

“中国第一个太空行走的航天员是谁？请说出行走时间和任务名称。”

“这也是送分题啊。”游客中有人笑，“2008年9月27日16时43分许，神舟七号载人飞船指令长翟志刚进行了出舱活动。这谁不知道呢。”

“舱门即将开启。”瑶姬报告。连接章华台的酒店船舱上，一扇圆形舱门向外打开，露出银白的头盔。头盔上扬一点，里面是陈斌的脸。

游客们紧张起来，都情不自禁走到舷窗前，手扶上玻璃。

陈斌跃出舱门，安全带飞到空中。他抓住安全带，将一头扣在露台的护栏上。安全带另一头，第二顶头盔从舱门里冒出来。赵铭史出来了，但他身子出了一半时，突然卡在门口一动不动。

“怎么了？”陈斌急问。

“我……”赵铭史语无伦次，“我……”

陈斌安慰：“别着急，慢慢推动旁边的舱壁，出来很容易。”

十几秒后，陈斌的通讯频道里响起赵铭史的哭泣声。他哆嗦着说：“我有点腿软。外面太黑了，我……我怕一脚踩空了。”

“放轻松。”陈斌安慰，“你正直播呢。”说着飘到赵铭史上方，收紧安全带，将他拉过门。

赵铭史的太空自由漫步时间为三十分钟，包含露台系绳漫步、搭建太空飞梯第一段两项内容，即体验太空的深邃，又体验早期航天人工作的辛苦，环节设计用心良苦。由于是游客，训练的时间不多，所以需要陈斌格外留神。好在有机器人协助，赵铭史很快就适应了太空失重环境，在陈斌指导下慢慢移动身体，行进到露台边缘。他在这里休息片刻后，将搭建两米长的太空飞梯。飞梯由柔性材料组建，连接章华台与球舱。六名游客各自组装一段，机器人完成剩余的长度。

陈斌带赵铭史靠着护栏坐下。他们半个身子悬空，看上去既危险又浪漫。此时，他们面前的地球是明朗的白天，没有云雾遮掩，大地清晰可辨。

“那条突起就是喜马拉雅山脉，顺着它，是青海的广袤戈壁，往上一点，那块黄色镶嵌绿边的是塔里木盆地。”陈斌一一指点。

“塔里木的绿化真好啊。”赵铭史感叹，他的目光在天地间逡巡，忽然叫，“那是天和舱吧？感觉好近，我轻轻一跳就能跳过去。”

天和舱此时正在蓬莱下方，银白舱体上“中国”两个红字依然鲜艳夺目。

陈斌心里一惊，有个念头闪过脑海，但他说不清是什么。

13

赵铭史的太空漫游顺利结束了。他稳稳当当回到气闸舱，机器人将他的头盔摘了下来。赵铭史深呼吸，摸了摸头盔，才意识到自己还戴着厚实的太空手套。

赵铭史笑：“太空工作太不简单了。这要回舱后有个滚烫的火锅等着，该有多爽！”

陈斌在赵铭史身后进舱，关闭舱门。听到赵铭史的这句话，瞬间醍醐灌顶，刚才那个飞过脑海的灵感清晰了，他抓住了它。从赵铭史脱下出舱服到第二位游客穿上出舱服有六十分钟时间，他还来得及把这想法记下来。

陈斌脱下手套，抓住电子笔记本狂写，还得有些计算，虽然不用太细致，只需说明思路，但也要尽可能有说服力。三十七分钟过去，陈斌完成了老张需要的火锅优化方案，立刻发给了林卉。

“我们不必改造蓬莱。天和舱，就是现成的火锅厅。”陈斌留言，“天和舱上的机柜里还有设备。加热器完好无损，就地改造便可以。天和舱体小，纤维膜折叠网可以做得更精巧。关键是让天和与蓬莱伴飞。这样需要吃火锅的时候，天和与蓬莱对接就可以！”

陈斌说清楚了自己的想法，如释重负。

第二位游客是跳着进气闸舱的，一见陈斌就笑嘻嘻地说：“陈哥，你昨天带我们跳的太空迪斯科，今天在网上爆了。”

陈斌说：“老酒惹人心动，老歌更有节奏。老东西更能再利用！”

他的耳机中，忽然传来林卉的声音：“陈，你现在有时间聊聊吗？”

“当然有！”陈斌立刻回答。

“我看了你的方案，觉得你的想法很好。和李司沟通了，他也同意。”

陈斌兴奋：“真的吗？那可太好了！”

“李司说，得给火锅起个名字，把品牌建起来。你赶紧想个名字，我来把方案规范化，提交征集平台。”陈卉的声音也有一些激动。

名字？口中是熟悉的滋味，脚下是美丽的地球，人在天地间走得再远，还是眷恋来时的乡土。太空火锅存在的意义，不在填饱肚子，而在满足思念。

“陈斌？”林卉轻柔地呼叫，“你怎么不说话？”

“天和现在位置是——”陈斌和毕方沟通了一下，报出，“地球上空高度436.754千米。四舍五入，就叫它437火锅，行吗？”

“行的，太行了。”林卉的笑声清脆悦耳，“这个不落俗套，很好呢。”

——原载《科幻立方》2022年9月号

英国科幻大师 A.C. 克拉克有一类短篇科幻作品，情节相对淡化，但它们真实“还原”与“再现”了一些科技场景与过程——所谓“还原”与“再现”，指的是作家所构造的未来科技场景与过程。

《命悬一线》也属于这类作品。这种故事所展现的，是在某种未来科技的背景下，人们所演绎出的惊心动魄与爱恨情仇，只不过这些情感都是以一种相对冷静的方式展现出来的。

命悬一线

江　波

我叫钟立心，是一名宇航员，2028 年 7 月 14 日到 8 月 21 日，我在天宫空间站执行任务，其间国际空间站发生了失火事故，我奉命和老段——段国柱同志—— 一道执行了营救任务。现把具体过程汇报如下。文中的基本事实根据本人回忆记叙，文中的对话为避免回忆模糊带来的偏差，根据录音资料进行了对照修正。

8 月 16 日凌晨，我在值夜班。空间站里的值班制度和地面相同，按照二十四小时分昼夜。因为生物实验舱的实验需要人工确认数据点，所以老段和我会分别在凌晨两点和四点起来进行一次巡视，主要任务是在问天实验舱对生物生态实验柜进行一次记录。

我起来的时候，老段睡得也不踏实，还翻了个身。连续三天打破作息规律，每天睡四次，每次两小时，对我们两个都是极大的考验。除了对实验舱进行监控，我们本身也是K13生物钟试验项目的志愿者，虽然疲惫不堪，但为了科学事业，这点付出完全是值得的。

我从核心舱钻到节点舱，再转入问天实验舱。问天实验舱里有六个实验柜，包括我们的重点关照对象生物生态实验柜。面板上的所有数据都在正常范围内，压力、光照、温度、电路监测……我按照标准要求逐一记录上传，然后拉开柜门，查看内部的幼苗生长情况。

幼芽在无重力的环境下偏向光源，所有的苗都齐刷刷地偏过一个角度生长，很整齐。这个生物培育项目我太太周茹云也有参加，所以她拜托我拍下生长过程给她看。虽然从地面站可以通过摄像头不中断地监测植物发育的情况，但茹云坚持我要用相机拍给她。拍摄不暴露任何空间站其他设备，只拍幼苗，所有传输的文件也会由数据中心监测，所以在空间站纪律允许的情况下，我每次检查都会拍一张。这一次拍完，我打算等地面上天亮了，就给她发过去。

生态实验柜在第四象限，我转身的时候，正好转过一百八十度，转向了第一象限。（天宫空间站中没有上下，为了区分方位，按照顺时针方向把四个方位称为第一象限、第二象限、第三象限、第四象限。）

第一象限的储藏柜刚接收了神州七十五号飞船上卸下的货物，我就顺带也检查了一下物资。资料上说总共二十八件共计六吨的物资，是为太空天梯项目做准备。我一直想参加天梯项目的实验，但是按照计划，这应该是下一批航天员的事。所以心里感到挺遗憾的，就对检查物资格外仔细。

（问天号和巡天号这两个科学实验舱都设计了标准暴露载荷接口。这些接口可以从外部打开，利用机械臂直接把神舟飞船上的物资转移到舱里。神州七十五号飞船运送的货物就是从这些接口直接送进了空间站。）

问天实验舱里的标准箱内标注的都是聚合纳米管丝线，一共有十六个标准箱，数字都对得上。我检查完这些货物，正准备回去，就突然听到了警报。

声音很刺耳，整个舱室里都在回响。我当时愣了一下，因为上天这么久，从来没有听到过警报。

我很快反应过来，向节点舱滑去，在节点舱一打弯，就看见老段已经在核心舱里，浮在控制面板前。我一边飘过去，一边问：“发生了什么事？”

老段的表情很严肃，眉头紧锁，说：“对地传输信号中断了。”

我问：“有故障诊断吗？”

老段说：“我们还可以收到地面站的信号，但是空间站对地的传输通道完全中断，我们无法发送任何信息。不是卫星出了问题，就是我们的发射装置出了问题。”

空间站借助通信卫星对地传输，在任何一个时刻，至少有三颗通信卫星在空间站的可通话范围内。三颗卫星同时出事的可能性太低，所以我判断，一定是空间站的发射接收装置出了问题。

我说：“我去检查。”说完后我打开工具柜，取出通信链路定位仪，然后向老段示意了一下，又回到节点舱。

（空间站所有的舱段看上去都大同小异，四个白色冰箱般的实验柜围成一圈，组成一个外圆内方的空心圆柱，一段段圆柱组成大圆柱，就成了各个太空舱的主要活动部分。剩下的空间留给对接和出舱准备。节点舱就是专用的对接舱段，除了四个对接口，还有一个出舱口，专门供宇航员出舱使用，通信链路也在这里分为舱外和舱内两个部分。）

我在节点舱把定位仪的插头插进断点箱里，输入指令，跳出来的是错误信号，这个信号不断闪动，我心跳也加快了几分。诊断显示故障在舱外。

我立即向老段喊了一句：“老段，我要出舱操作。”

他很利索地回答我：“十分钟准备。”

我穿好宇航服钻进了出舱的气密门里等着。透过头盔，可以听见嗞嗞的泄气声，外舱门一点点打开，外边的星空一点点露出来。每一颗星星都亮得不像话，有点刺眼。我深吸一口气，钻出舱门，灵活地翻到了船舱外部，站直身子。

天和号核心舱就在眼前，舱体就像一艘白色巨轮，正行驶在无边无际的黑色大海之中。五星红旗贴在舱体右舷位置，在强光的照射下鲜艳夺目。前方，地球占据了大半个天空，像是一个带着辉光的水晶球。空间站正从太平洋上空掠过，地球一片碧蓝。虽然已经多次出舱执行任务，这一次出来还是让我感到整个世界的庞大和美好。我脚下的空间站，就是人类飞向遥远太空的一个中继站，一块奠基石。

我顺着舱体行走，虽然这是训练过上千次的项目，但每一次行走都马虎不得。保持身体重心，确保安全绳绑定，双手交替用力，任何时刻不得双手松开，除非是在已经将身体固定的情况下……我飞快回想一遍技术要领，然后跨出一步，然后是第二步……太空行走是一门技术活，更考验胆量。周围是无尽的黑暗深渊，唯有脚下白色的舱体是唯一的依靠，航天员经过这么多年的训练，早已经习惯了无视深渊的存在，但每一次出舱活动，还是要像面对一场战斗，高度紧张，全力以赴。

一米多高的天线就在我身旁，看上去一切正常。我向前走了两步，绕着天线检查，立即发现了异样。就在天线的基底立柱上，原本刷着白漆的舱体表面被刮去一块，露出里边银色的金属，像是微小的撞击留下的痕迹。

这个痕迹并不是什么实质损伤，但有微小天体碰撞了空间站，这就是一个事故。我向老段报告，同时把头盔摄像头对准痕迹，让老段能看得清楚。

老段指示我继续寻找故障点。

我顺着舱体继续向前，发现了更多碰撞痕迹，深深浅浅，有四五处。这是一次密集的微小天体碰撞！这样的情况已经属于严重事故。我的心情越发沉重。又做了两次断点测试，却一直没有找到故障点。

做完第三次检测，还是没有发现故障。我撤下检测仪的时候，正好抬头，看见了天和号核心舱巨大的太阳翼。太阳能帆板上似乎有一块黑色圆痕。面积不大，局限在太阳翼的一角，如果不是恰好正对着我的视线，没有那么容易发现。我眨了眨眼，确定自己没有看走眼，然后通告老段："太阳翼第三帆板似乎有些异常，电量供应系统没有问题吗？"

老段检查了之后告诉我，发电量降低了百分之十二，但没有触发系统警报，时间上也和通信丢失的时刻吻合。那么就是这里了。

我把检测仪扣在宇航服的挂钩上，空出双手，微微蹲下，然后用劲一跳，身子腾空而起，向着太阳翼扑了过去，准确地抓住了太阳翼上的扶手落下。

伸展的太阳翼有十多米长，电池板折叠排列，让它看上去就像一条天梯，通向无限幽远的太空。发黑的部位靠近根部，近距离看上去，有脸盆般大，在银白色的翼片上格外醒目。在这片黑色的中央，有一个小孔，只有指头粗细，毫不起眼，贯穿了翼片。

这就是罪魁祸首了！我猜想是微小天体的碰撞损坏了太阳翼，电池燃烧，通信线路的供电受到影响，还让天线失去了功能。

我向老段报告了撞击痕迹，同时将检测仪接在了链路上。

诊断结果证明这的确是故障点。老段让我回舱，他要启动备份。

老段将左二太阳翼从系统中断开，并且让系统自检了三遍，万无一失之后启动了备用电路。

通信恢复了。

当屏幕上出现来自基地的画面，我和老段情不自禁击掌相庆。

老段把空间站出现的异常情况向基地的张鸣凤指挥汇报了一遍，然后等着指示。

张指挥眉头紧锁，似乎正在消化我们报告的情况，长久没有说话。

张指挥从来都是快人快语，憋着不说话可不像是他的风格。我有些疑惑，转头看着老段。老段也有些拿不准，清了清嗓子，说：“目前空间站储备电量充足，各个实验柜情况正常。发电效率降低会在三天后产生一定影响，需要对实验柜的优先级进行分配。请指示！”

“我们收到了国际空间站的援救请求！”张指挥终于开口了。

我和老段都愣住了。国际空间站和我们之间没有任何关联，因为历史原因，中国的航天项目被排斥在国际空间站之外，虽然中国空间站不计前嫌，仍旧向世界各国包括美国同行开放，但国际空间站寿命已经到期而且国际形势这么紧张，中国的航天项目自然也不会再和国际空间站有什么联系。求救，这是从哪里冒出来的？

“国际空间站？”老段犹豫着问了一句。

“是的，准确地说，是来自国际空间站美国地面站的请求。他们的三个宇航员被困在上面了。刚才失去联系的半个小时，你们不知道基地有多紧张，万幸你们都没事，天宫也没有大损失。但是国际空间站，钻石舱被小天体击中后起火了，三名宇航员被困在上面，事故影响到他们的氧气循环装置，氧气存量只能维持大约六个小时，根本不可能派遣飞船把他们接回来……所以他们向我们提出了救援请求，美国人不到最后关头是不可能做出这种决策的。”

“我们也没有飞船可以在六个小时内赶到国际空间站啊！”老段说。

“不是飞船，美国航天局经过讨论，唯一可能的援救方案，是请我们的航天员直接拉一条救生绳，把国际空间站的宇航员接过来。这个方案有唯一的时间窗口，就是在七点零八分，国际空间站和天宫的轨道会有一次交会，这个时刻，两者的距离是十三千米，相对速度是六十五千米每秒。”

我看了一眼屏幕上的时间，三点四十五分。大概是因为特别紧张，这个时刻我记得格外清楚。如果真的要实施这个救援方案，我们只剩下不到三个半小时。

“我们根本没有十三千米长的救生绳！”老段说。

“我们有。”张指挥沉声回答，“原本用于试验天梯的材料，可以直接制成绳索，这些聚合纳米管细丝用在天梯结构里肯定不成问题，但用来制造救生绳是否合适，是未知数。赵总师已经找天梯项目的材料专家进行模拟计算，很快会有结果。”

我在一旁听着，心中惊诧不已。依靠一条长达十三千米的绳索从国际空间站上救人，这简直匪夷所思，其中风险必然很大。我转念一想，不管美国政府对中国是什么态度，在天上的美国宇航员和我们是同行，他们是人类的杰出代表。如果有任何机会可以把他们救出来，都应该试一试。

“我们可以试一试！”我脱口而出。

张指挥看了我一眼，接着说：“王书记已经召集党委开会，估计半个小时后会做出决定。我想先问问你们俩的意见。”

“我服从组织的安排。”老段立即坚定地表示。

“只要营救方案确定，我们坚决执行！”我紧跟着表态。

“好！现在决定和具体营救方案都没有完成。是否救人，怎么救人，我们还不完全确定。你们先准备起来，救生绳是关键。我授权你们使用天梯项目物资，连接纳米管绳索。记住，距离是十三千米，考虑冗余，至少要十四千米，或者十五千米长。”

“明白！”我和老段异口同声地回答。

我们立即开始行动。

聚合纳米管制成的丝绳被打包装在二十个箱子里，问天号实验舱里有八个，巡天号实验舱里有十二个。我们决定分头行动，老段去巡天舱，我去问天舱。

我在问天舱里，按照手册的指示，开始装配绳索。这种聚合纳米管丝绳只有一根头发丝般粗细，无色透明，肉眼很难一眼看出来，只有抓一大把在手里，才能醒目一点。它很轻，很像塑料。根据手册的描述，这样的丝绳单根可以承受两万牛顿的拉力，在地球上，可以吊起一辆两吨重的小轿车。虽然有手册上的保证，我掂着绳索，心头仍旧暗暗打鼓。

“这些聚合纳米管总长度有十万米，拉出十三千米足够了。安全起见，一百米一个连接器，双股。”老段从巡天号里发来指示。

我开始按照双股方案装配绳索。

每一个标准箱里是五千米的单股聚合纳米丝。安装连接器并不是要将绳索折断，而是让绳索在连接器内绕个圈，原本直接作用在绳索上的力作用在连接器上，增强整条绳索的强度。连接器可以让两股绳索更好地分担作用力，更加安全牢固，同时还可以发光，作为指示器。对于这种肉眼几乎看不见的绳子，能在太空中一眼看见它也很重要。

我完成六千米长度的时候，老段拉着一个连接器从巡天号那边飘过来，他已经完成了八千米。他把连接器交给我，然后去核心舱等待地面站的指示。他的工作效率比我高，我抓紧又多接上五个连接器，然后和老段的连接器对接起来。

绳索完成了，总长度有十四千米又四百米。对付十三千米的距离，应该足够了。理论上这条绳子至少可以拉动将近四吨重的物品。我握住绳子，有种感觉，觉得这条肉眼几乎看不见的绳子已经和我的命系在一起了。要去救人，光把绳子扔过去肯定不行，要有人拉着绳子过去策应。而我就是不二人选。

地面上党委的会也开完了，张指挥向我们传达指示。我注意了时间，凌晨四点十分，在这么短的时间内，把所有委员都喊起来开会，我还从来没有见过这么快速的党委决定。

“党委已经形成了决议，在可能的情况下，全力支持营救美国航天员，但是否能救，怎么救，都由专家组决定，科学决策。情况就是这样，你们怎么看？”张指挥说完目光在我们两人身上来回扫视。

“有执行方案了吗？”老段问。

“赵总师说五分钟内就能给出方案。”

“坚决完成任务！”老段毫不犹豫地回答。

“坚决完成任务！”我跟着说。

“好的。但从现在的情况看，这个方案无论如何风险都是很大的。别的不说，两个空间站的相对速度是六十五千米每秒，救生绳索很细，但要很牢固，万一绳索直接和国际空间站缠绕，会让国际空间站拉动天宫号失轨，必须要由航天员进行处置。任务固然重要，你们的生命安全更重要，明白吗？”

“明白。”我和老段异口同声地回答。

和地面站的通话结束，我和老段都从刚才斗志昂扬的振奋中暂时脱离出来。摆在我们眼前的是棘手的现实困难。从天宫出发，去援救十三千米外的一个目标，这种事从来没有发生过，航天员也从来没有接受过这种训练。

“你说，会是什么救援方案？”我问老段。

“把救生绳发射出去。还能怎么办？那边是三个航天员，不知道有没有熟人。”

“先准备起来吧！”老段接着说，“这一次任务，我上。”

“这怎么可以，你是天宫指挥官，到外边行走的事，该我去。”我顿时急了。

“先做好准备！地面站会考虑这个问题的。”

等我做好舱外活动的一切准备，最后的营救方案也来了。方案是把绳索固定在航天员身上，通过机械臂把航天员抛出，和国际空间站的航天员会合后慢慢将绳索收回。

专家模拟结果确认十三千米长的绳索可以承受足够的应力，在百万牛顿的拉力范围内，都可以确保安全。但是发射的角度和速度都非常重要，方位不对，根本无法接触到国际空间站，而且在绳索绷直之后，会有一个反弹应力，这个应力会让绳索收缩，整根绳子的运动状态无法估算。唯一的解决办法就是强行拉住绳索，这就需要有人在绳索的末端操作。万一方向有所偏差，在两千米的范围内，航天员还可以依靠宇航服上的喷气装置进行调整。

果然，我要拉着绳子去救人。

我没有丝毫犹豫，在老段的协助下，把一大堆绳子搬到舱外，一端固定在机械臂上，一端扣在宇航服的救生环上。机械臂有两个作用，一是将我抛出去，二是将我和美国宇航员一起收回来。这需要高超的操控技巧，只有老段行。所以我拉绳子，老段留守。

我坐在机械臂的爪子上，对老段说：“万一我没回来，我的相机帮我带给茹云。”

老段严肃地回答：“你是去救人，不是去送死。国际太空站靠近的时候小心一点，没问题的！”

我当然希望自己能够成功地把三个人都带回来，在这场灾难面前挺身而出，当一个英雄。然而，我也真切地知道，危险就在那里，无法视而不见。绳索断裂，氧气故障，空间站碰撞……太空中一点小小的疏忽，就会导致最恶劣的后果。虽然我有上百小时的太空行走经验，但从未离开过空间站周围一百米。这一次，就像一个只游过一百米短池的选手突然被要求去游一万米马拉松，而且是在一个情况不明的陌生水域。

然而为了三个航天员的生命，美国人破天荒向中国求救，无论政治立场有多大不同，至少指挥部同意，这些航天员的生命是珍贵的，应当尽全力去营救他们。我也从心底里认可这一点。太空里并没有真正的国界，所有在太空里行走的人，都是真正的人类英雄。这不是中国对美国，而是人类对自然。

发射在即。

我望着前方，地球占据着大半的天空，只是刚才过去的两个小时里，这晶莹的球体悄然转过了一个角度，亚洲大陆在蓝色星球的边缘露出轮廓。

现在是北京时间凌晨五点半。大概茹云还在睡梦中吧，希望她醒来的时候，事情已经过去了，我已经回到天宫，那三个美国航天员也已经在中国的空间站向他们的家人通告平安的消息。

我当时真切地希望这一切都能真的发生！

“机械臂准备抛射。”老段的声音传来。

“我准备好了！”我用尽量沉着的语调回答他。

一阵柔和的推力从背上传来，我被机械臂抛了出去。

在太空中很容易失去方向感和速度感。地球和星辰只是遥远的背景，似乎完全静止不动，根本提供不了任何速度参照。无边无际的深渊向着每一个方向扩张，恐惧紧紧攫住了我的每一个毛孔。我手心里全是汗。

相对天宫，我的速度是三十二千米每小时，相对地球表面，我的速度是七千八百米每秒，而相对国际空间站，我的速度是六十千米每小时。这些速度都不算慢，然而在茫茫太空中，我就像根本没有移动。我回头去看天宫，天宫号正飞快地变小，这多多少少让我有了一点正在飞行的感觉。

绳索正快速拉长，一个个连接器形成一条长链，将我和天宫连在一起。这是生命之绳，不仅关系着我的生命，还关系着国际空间站上三位同行的生命。

我反手将绳索抄在手里，紧紧地攥着这两股头发丝般细的绳索，似乎这样可以更安全一点。

“感觉怎么样？”老段问。

“没问题！”我镇定地回答。

“刚才把你抛出去让天宫偏移轨道零点一度，喷气火箭已经调整天宫的姿势到位。救生绳拉到极端，还会产生一次拉扯，不知道这绳子的弹性怎么样，我会在绳子放完之前两分钟提醒你，你提前制动，尽量不要产生反复拉扯。”

“收到。我们有一千米的冗余，我可以越过会合点一百米之后制动。”

“好，随时确认位置。”

和老段通过话，我稍稍宽心。我并不是一个人在战斗，还有老段，还有地面站，他们都在时刻关注我，用最大的努力来保障我的成功。虽然这一次的任务是和国际空间站交会，并没有经过演练做到万无一失，但我相信，那些支撑了我上天三次，停留两百二十五天，行走六千米的力量，也能支撑我圆满地完成这一次任务。

我极力远望，开始寻找国际空间站的踪迹。

找到国际空间站毫不费劲，它已经成了天空中最亮的星星，而且白中带红，色泽变化不定，正在群星间快速移动。那边的火势看来很猛！我不禁又担忧起来。

“刚收到消息，国际空间站将在接近会合点的时候启动一次姿态调整，尽量降低和我们之间的相对速度，延长交会可接触时间。”老段通告。

“收到。”我的目光始终停留在国际空间站上，对老段说，“我有点担心国际空间站的情况，看上去它都有些红了，那边的情况究竟怎么样？”

“地面站也没有太多的信息，我们已经告知他们我们的通信频段，他们应该很快就会和我们直接联系。”

“我们的设备可以相互直接通话？”

“技术专家说行就行，等一会就知道了。”

我看着远方那发红的小点，心中焦急。天宫空间站和国际空间站之间从来没有进行过直接对话，空间站所有的通信，都必须经过地面站。真的能和美国宇航员隔着宇航服对话，那也是一件划时代的事。无线对讲在地面上是一样再普通不过的玩意儿，在两个不同国家的空间站之间，却从来没有发生过，这当然不是技术上的原因，而是其他困难。危急关头，大概所有的困难都可以被克服吧！

“哈啰！是否能听见？”从耳机里传来一个深沉的男声。

“你好！能听见！”我压抑着心头的激动回应他。

“中国太空人你好，我是普拉斯特，我和我的同伴在一起，我们已经出舱，正在等候。”对方说，“我们能看见中国空间站。”

“你好，我是钟立心，中国航天员。”说完这句我停顿下来，不知道继续说些什么好。

“距离会合时间还有九分钟，”老段插入通话，为了让美国航天员也能听懂，他说的是英语，“立心你的位置有偏移，必须马上进行调整，根据显示屏指示进行喷气调节。”

“收到。”

我开始调整飞行的方向。背包喷出白色的气体，推动我一点点修正方向。

当最后头盔下方小屏幕上的十字标终于和小点重合，我松了口气。

“到达指定地点。”我向老段通报。

“六分钟准备！检查是否有什么疏漏。”老段指示。

我抬头看了看远方，国际空间站已经近了，看上去不再是一个小小的点，能够看出整个轮廓，甚至依稀间能看见一层浓烟包裹在空间站外边，像是一层外壳。火光不时一亮！

“国际空间站还有多少距离？”我问老段。

“还有六十千米，现在两个空间站的相对速度是四百零二千米每小时，但是在接近到一千米的距离上，国际空间站会进行一次强力刹车，让你和空间站之间的相对速度尽量小。”

国际空间站又近了几分，看上去更为庞大，标志性的桁架清晰可见。空间站的舱体上有一层肉眼可见的浓烟，太空中没有空气，这些浓烟绕着舱体，并没有被吹散，而是不断向外扩散，形成一个不断膨大的烟球，仿佛空间站的晕圈。伸展而出的桁架上，太阳能板就像巨大的翅膀般张开。整个空间站就像一只带着火的大鸟，裹着一层晕圈，正向这边扑来。

我从未见过这样的阵仗，心跳不由得加快了几分。

“普拉斯特，你们在空间站什么位置？”我问普拉斯特。

“我们站在突出部，桁架左侧端点。这里朝向中国空间站。”

“空间站变速你们会被甩出去。”

“我们已经做好准备。”

“我这里有一条救生绳，所有人只有抓住救生绳，才能脱离险境。如果你们看不见我，你们应该可以看见救生绳。”说完我摁下了连接器上的按钮。

绳上所有的连接器同时闪烁起来。它们发出柔和的红光，一闪一闪，指示出聚合纳米管绳索的位置。

“看见了吗？绳索在闪。”

“我看见了，有细小的光点。我们会注意！”

“我在这里接应，你们很快应该就能看见我。”

“我已经看见你了，现在你看上去是一个光点。”

“好的，一会儿就不是了。我会尽量想办法抓住你们中间任何一个人。你们彼此间也有安全绳相连吗？”

“我们有。”

“我的朋友们，现在倒计时开始。”耳机里传来另一个人的声音。

“这是谁？”我问。

“莫里斯，他留在控制舱里，最后时刻启动刹车。”

“十，九，八……”莫里斯平稳而冷静地倒计时。

“你们没有三个人都出来？”

“我们两个人，艾丽娅和我在一起，莫里斯留在舱里，这是他的决定。”

我深吸一口气。过去的两个多小时里，国际空间站的三个美国宇航员一定经历了无比的煎熬，他们最后做出牺牲一个人的决定，也一定是出于无奈。我没有再问。只是原本计划是救三个人，现在最多只能救两个。这两个人，无论如何也必须救下他们。

我盯着越来越近的空间站，耳边响着英文的倒计时。

莫里斯的倒计时很快数到了零。国际空间站庞大的身躯突然一抖，原本包裹在太空站表层的烟雾像是活过来一般，从空间站上脱离而出，向前扑了过来。

糟糕！我顿时感到不妙。这些烟尘原本和空间站一道运动，现在空间站减速，烟尘速度并不减慢。

“普拉斯特，我看到烟尘从你们的空间站上脱离，正向着我过来。这可能会形成冲撞，我的位置会偏移，你们看准绳索位置，两个闪烁光点之间有绳索！”

“收到。”

话音刚落，我只感到被什么东西狠狠推了一把，眼前一片模糊。星星、地球和空间站刹那间开始急速旋转。

急速冲过的烟尘形成一阵强劲的风，我的身体飘了起来。风过去后，眼前的景象重新变得清晰起来，整个世界似乎正绕着我飞速旋转，让人头昏眼花。刚才的劲风完全改变了我的运动状态，打破了预先想好的一切行动顺序。

我不断调整背包喷气方向，想找回平衡。喷口射出的气体引起微微的震动，听上去像是隐隐约约的滋滋声，这平时根本不会留意的声音此时像是天籁，它在挽救我的生命。

每一次喷气，都让急速的旋转稍稍变得慢一些。

最后，巨大的地球在头顶方向停住不动，我的身体终于停止了旋转。我喘了口气，定了定神。

“钟，我们到了！”耳机里传来普拉斯特的喊声，“小心！”

我扭头看去，国际空间站庞大的身躯已经悄然而至。我还来不及动作，一块帆板就已经到了眼前，紧接着胸口一痛，整个身子都被大力撞了出去。在仓促中，我本能地伸手去够能抓到的任何东西，鬼使神差般挂在桁架的边缘。

“钟！”我再次听见了普拉斯特的呼唤，抬头一看，只见两个美国宇航员正站在桁架另一端，紧紧地抱着一个抓手。

“抓住绳索！”我向两人喊了一句。

“你的位置很热，小心！”普拉斯特喊。

不用普拉斯特提醒，我已经意识到事情不妙，宇航服的温度控制系统正发出警报。接触处的温度有上百度。

我顾不上避开高温，因为发现了更可怕的事。刚才的高速旋转让我偏离了预定位置，救生绳绕在了国际空间站的桁架上。

“抓住绳索！”我向着两个美国宇航员喊，同时再次启动背包喷气，想要越过空间站去和他们会合，切断缠绕在空间站的绳索。

然而已经迟了，绳索整体开始移动，一个个闪光的连接器在空中缓缓漂移，国际空间站正拉扯着它们。

我焦急万分。如果绳索真的缠到国际空间站上，那关系到的不仅是站在空间站上的三个人的生命，拉动的力度太大，天宫也会被拉着一道坠毁。

两个美国宇航员已经跳离空间站向着绳索扑过去，绳索却轻飘飘地从他们眼前移开。

我仔细地观察连接器的红光。很快注意到问题的关键：一个闪着红光的连接器被卡在太阳能帆板缝隙间。

美国宇航员启动了喷气包，他们在追逐绳索，绳索却随着国际空间站漂移。

我顾不上其他，脑子里只有一个念头，身子一跃，冲着桁架上缠绕的位置飞过去。不过短短的几秒钟，原本看上去有些飘摇的绳子已经被绷紧拉直。

“国际空间站正在拉动天宫号，有失轨风险！”老段警告，“如果十五秒内拉力不消除，只能放弃绳索，否则不是绳子断了，就是天宫脱轨。”

“给我五秒钟！”我大声喊，“我会解开它！”

我落在太阳能帆板上，连身体的平衡也顾不上，伸手一把抓住连接器，将它反转，连接器后端的两条细丝断了。

原本绷得笔直的绳索顿时变了形状。

它反弹了！从国际空间站上脱开，弹性让它开始向着天宫反弹回去。这不是开玩笑的事！失去了绳索，只要和天宫之间有速度差，就再也不可能回到天宫去。

“追上绳索！”我向着两个美国宇航员喊，同时飞快地切断了绑在自己身上的连接器，启动喷气包。

我很快追上了两个美国宇航员，他们的喷气包功率不够，提供不了多少速度。

救生绳每一秒都在远离。它不紧不慢，却坚定不移地远离我们。从目测的情况看，我的喷气包或许还有追上它的可能，但两个美国宇航员显然做不到这一点。

情急之下，我抓住其中一个宇航员，想要推着他一起追上去。

“钟，艾丽娅，你们加油！”耳边传来普拉斯特的声音。

“不要！”艾丽娅歇斯底里地喊了起来。

我扭头看去，只见普拉斯特正旋转身体，头朝向地球，两腿向着我和艾丽娅。他踏在艾丽娅身上，身子曲起如弓。他的喷气背包正全力喷射出压缩空气，努力推动着我和艾丽娅。

普拉斯特打算牺牲自己来给艾丽娅增加一点宝贵的速度。

不要！我心头也在呼喊，然而却并没有阻拦，也没有任何法子阻拦。我也不知道除了这个办法，还能尝试什么法子。就在这么两三秒间，我下意识地紧紧挽住艾丽娅的胳膊。无论如何，也要把艾丽娅救回去！

普拉斯特使劲地一蹬。这动作推开了艾丽娅，也推开他自己。几乎就在同时，我将喷气背包的功率开到了最大。艾丽娅在哭泣，然而仍旧保持着清醒，在普拉斯特最后一推的同时也将自己的压缩空气包全部释放出去。

我们两人的速度猛地快了一截。两人一点点向着那闪烁红光的连接器靠近。几秒钟的时间，却像一辈子那么漫长。然而眼看着距离一点点缩短，缩短到最后两三米，却又开始被一点点拉开。我感到一股凉意从心底升起，浸透全身。抓不住救生绳，只有死路一条！

“钟，谢谢你！你尽力了，也感谢中国！”艾丽娅说。她语带哽咽，却无限平静，大概已经淡然接受这最后的命运。

我猛然想起救生绳是按照一百米一个连接器的方式组装的，连接器距离我们不到十米，那么断掉的两根将近百米长的纳米管线应该还没有脱离我们接触的范围。

我伸手在虚空中掏摸，同时向着艾丽娅说：“艾丽娅，不要放弃！你看不见绳子，但是它应该就在这里。试试看，它像头发丝一样细，透明……”

我回想起把纳米丝绳握在手中的感觉，那透明的不可见的双股绳索，是生命的最后希望。

“是这个？”艾丽娅把自己左胳膊伸过来，不远处的连接器一闪，两道依稀的红光在艾丽娅胳膊上若隐若现。

艾丽娅抓住了！我一阵狂喜，伸手探起那两股绳索，在手掌上反复缠绕几圈，确保紧紧握住万无一失。自从和国际空间站遭遇开始，我的心第一次笃定下来。

“我们现在安全了！”我对艾丽娅说。

“老段，我拉住绳子了。把我们拉回去，别太快，我用手拉的！”

“收到。注意安全！”

柔和的力量拉着我们两个，缓缓向着天宫而去。

“普拉斯特，你在哪里？”艾丽娅带着哭腔喊。

“我能听见你。”普拉斯特传来了回答，声音中夹杂着噼里啪啦的噪音，“我现在正向地球坠落，我觉得自己像一颗流星。从来没想到，我会是这样的死法，这算是死得其所。我可能还有几分钟时间，可以最后欣赏一下美丽的地球。再见，艾丽娅，祝你好运！”普拉斯特的声音变成了一阵沙沙声。艾丽娅泣不成声。

我沉默着，不知道该如何安慰她。回头看去，地球上正是美洲的夜晚，灯光在东西海岸蜿蜒流动。这大概是给普拉斯特亮起的回家的灯吧！

“普拉斯特，永别了！”另一个声音响起来，那是留在空间站的莫里斯，“艾丽娅，祝你好运！”

我看见了国际空间站，它已经成了远方的一个小亮点。刚才那场惊心动魄的交会之后，它的轨道大大降低，或许再转几圈就会坠入大气层。

国际空间站消失在地球发亮的轮廓圆弧里。我盯着它消失的方向，默然无语。整个世界像是突然间陷入了沉默，除了艾丽娅的低声抽泣，没有别的声音。

我紧紧地抓住她的胳膊，不敢松开一丝一毫。

十多分钟后，天宫逐渐靠近。

我拉着艾丽娅稳稳地落在节点舱上。

“艾丽娅，欢迎来到中国空间站！”老段的声音传来。

营救成功。地面站和美国航天局的协商也一直紧张地进行。我在节点舱陪着艾丽娅，自从登上天宫，她一直从舷窗向外看，一连几个小时，动也不动。

老段提醒我该用餐了。我看了看艾丽娅的情况，到核心舱里取了餐盒回来，对她说："艾丽娅，吃点东西吧！刚收到消息，美国航天局已经和中国航天局协商一致，让你乘坐神舟飞船降落在中国新疆，然后专机送你回美国。"

"莫里斯还在那里！"艾丽娅似乎没有理会我在说什么。她仍旧直直地盯着舷窗外，虽然从这个角度根本看不到国际空间站，她的目光始终在寻找它。

"我们无能为力。"我感到自己的虚弱，"他是个英雄，是杰出的航天员。"

"我们执行的是最后一次任务，"艾丽娅哽咽着说，"没想到会变成这样。"

我轻轻拍了拍她的后背，表示安慰。

艾丽娅定了定情绪，转过头来，露出一个微笑，说："太空是我们的，也是你们的，但终究是人类的。这一次事故过去，人类还会把更多的人送上太空。"

"我同意。"我把手中的餐盒递了过去，"中国的宫保鸡丁，你可能还没尝过。吃饱一点才有力气，才能回家。"

艾丽娅接过餐盒，向着我点了点头，说："谢谢！"她的汉语发音很生硬，但很清晰。

我感到心头的压力释放了一些，微微点头，扭头向舷窗外看去。舷窗正对着地球，晶莹的球体泛着淡淡的光！那一刻，我感到地球比平日看到的更加美丽！她是我们所有人的共同家园。

以上就是整个营救过程的所有经过，特此留存，供中心相关人员参考。

钟立心　2028 年 8 月 28 日

——原载《科幻世界》2022 年第 1 期

当人们被各种因素裹挟着上紧发条拼命劳作时，谁都知道自己是在透支生命。但是，由于种种原因，谁都无法摆脱这种命运。

即便如此，似乎还是不够触目惊心。《烛炬》以一种巧妙的构思，将这种无奈放大到了极致……

烛　炬

李凯扬

找到这么好的工作纯属意外。

一个三十五岁的老男人，在我从事的行当里就是宣告要退休的人。如果在那之前转不了管理层，等待他的只有被扫地出门，就算找到新的工作也只能往下走，再难回到之前的高度。然而我竟然在被辞退之后找到了更好的工作，这完全出乎前同事的意料。

新公司名字大气，叫克罗诺斯，传说里掌管时间的神。我不知道公司是做什么的，毕竟身为新晋中层管理人员，不懂具体业务是很顺理成章的事，我只知道公司市值很高，工资也很高。我每天的工作就是将老板的指示传达给工程师去办，监督他们的进度，以及承受他们对老板的熊熊怒火。

“我看中的就是你这种死鱼一样的抗压能力。”老板告诉我。

面试时他对我说了这句话，转过头就叫秘书联系人事部门办手续，当天下午就让我上班了。老板是个急性子，办事雷厉风行，整个公司里经常回荡着他的喊声。

“今天就要！马上就要！”他喊着，狠狠拍了下桌子，我跌跌撞撞冲出办公室，找到负责的工程师，告诉他今天之内就要出东西。

“神经病啊，这么着急不会自己去做啊。”这个工程师嘟囔。

五分钟后，我看见他出现在公司楼下，手里捧着个装满私人物品的纸箱，神情颓丧。

要求苛刻，可是给的钱也够多，很多工程师也就骂骂咧咧地干下去了。他们中很多已经有了家庭或者准备结婚，正在为婚房甚至学区房努力。据我观察，这样的人才能在公司干得长久，那些单身的往往几个月就撑不下去，临了摔东西爆粗口走人，尾款都不要，最后默默接过那些烂尾项目的，还是有家有室的中年人。

“钱是给得多，但累也是真累，人活得跟机器似的。”工程师老赵有一次抽着烟对我说。我们说这些话的地方在厕所。我快解决了，他刚刚在隔壁间蹲下，点起一根烟。一根烟烧完要五分钟，刚好等于我们每天大号的额度。我那天状态好，速度快，完了还剩一分多钟，就在那里听他抱怨一会儿。老赵是我组里能力最强的工程师，加班也还算勤快，抚慰他的心情对于我完成工作任务大有帮助。

“你要这样想，别处虽然不用工作这么久，可也没清闲多少吧，给的钱也没这么多。”

“没时间花，要那么多钱有什么用。”老赵苦笑一声，“不怕告诉你，上一次跟儿子远程聊天，他都不认得我了，见了我一直往他妈身后躲。”

“以后多见面就好了。”我说，“现在努力多挣点儿钱，下半辈子才可以不用那么拼。”

“钱哪儿有赚够的啊。什么都在涨，今天赚得够用，到明天就不够了，还是只能扛着走下去。”老赵咳嗽几声，“唉，要不是为了家，为了家里的老婆孩子，真是……”

“咳，男人就是为了家庭嘛。”

腕带上红灯闪烁，我匆匆结束对话，推开门走了出去。一分钟到了。

像老赵这样的工程师通常住在公司里，每天晚上加班到三四点后将椅子放平睡觉，一直睡到早上七八点起床。讲卫生的会带个牙刷口杯和毛巾去厕所洗漱，邋遢的就眨巴几下快粘住的眼皮，摇摇晃晃去食堂吃早餐。每天早上，半睡半醒的工程师们从公司楼下蜂拥走出，走进隔壁楼的食堂，十五分钟后准时原路返回。在清晨的雾霾滤镜下，那样的画面总让我想起《生化危机》里半死不活的丧尸。

如它的名字一样，靠着极度严格的时间管理，克罗诺斯公司走在了行业前头，市值不断飙升，可就是这样老板还不满意。“再快一点儿，这周就要！”今天他再一次这样大喊，我鼓起勇气，告诉他根据组里工程师的测算，这个要求不可能实现。

“做不完就加班。”老板说。

“不是加班的问题，已经加得很凶了。”

“我懂。财务会给你激励金额度。”

“也不是钱的问题。”

我掰开了算给他看：“您看，最近这段是冲刺期，他们每天除了四小时睡觉，剩下的都在工作。就算人能一分钟不睡，可一天二十四小时摆在那儿，最多只能再挤出四个小时，在完美状态下也顶多只能提高 20% 的产能，但现在需要完成的工作量已经超过了这个范围。”

“所以呢？”

“这是计算出来的结果。”我无奈摊手，“老板，这些工程师已经很久没回家了，久到有些人连小孩都认不出他，他们甚至没有自己的生活。我保证，我会尽力催他们，让他们加快进度，向您的要求靠拢。下周之内做出来，您看可以接受吗？”

"不能。"老板冷笑，"我马上就要。"

"这……"

"你跟组长老赵说，让他一个人进'屋子'做，务必做到完美。这个是急活，我给十倍。"

"屋子"是公司内部的黑话，指顶楼实验室里一个神秘的房间。据说那个和公司开发的产品有关，许多工程师进去过。当然，我作为不懂业务的中层管理人员，至今还没有上过顶楼。

"'屋子'是什么？"

"你就这样跟老赵说，他懂的。"老板说，"原项目奖金乘以十是我的底线，不超过这个额度，差额抽十个点给你。"

我一头雾水，正要出去，刚转过身老板又叫住了我。

"你头一次谈这种，我给到二十个点。"他说，"今天之内，我要看见东西。"

老赵一开始不合作，听到有八倍奖金才有点儿动摇。我向他拍着胸口保证，要是老板收货满意，我还要给他争取多半份，如果争取不到，我就是自掏腰包也要给他。

"谢谢经理！"他握紧我的手，样子就像要哭出来。上楼前，他和组里每一个工程师握了手，神情肃穆得像要上战场，壮士出征一去不回似的。

然而当天下午老赵就回来了。我特意观察他的精神状态，除了和往常一样顶着睡眠不足的黑眼圈，其他并没有太大异常，反倒有一种完成了重大任务后神清气爽的感觉。我想象中那种超高强度的工作似乎没有对他造成什么严重伤害。

"你怎么做到的？"我好奇地问。

老赵看了我一眼。

"你不会想知道的。"他说。

在老赵之后，我又陆续把几个工程师送进了"屋子"。我越来越熟练，谈起价钱时总能找到最合适的价位，就算只有五个点都赚得风生水起。老板说这才是中层管理人员最大的收益来源——不是从老板那里拿工资，而是和老板一起分底下人的钱。

但有一个问题一直梗在我心里："屋子"到底是什么?

经过一段时间的了解，我已经知道"屋子"就是公司最大的产品之一，位于顶楼实验室的这个则是功能最强大的原型机。对于"屋子"的功能，工程师们讳莫如深，而我的经理同行们不知道也不关心。我只知道工程师可以在里面神奇地完成那些不可能的任务，让老板的"马上就要"心想事成。我曾大胆猜想"屋子"里有一整套激发人体潜力的东西，可以让人的工作效率提升几十倍甚至上百倍。如果真有这样一套东西，对身体的损耗必然巨大无比。然而据我观察，那些回来的工程师却并没有表现得特别疲累。

非要说的话，他们的情绪更像是……悲伤?

终于有一次，趁着谈话的气氛好，我试探着把内心的疑问抛了出来。

那时候老板正在玩窗台上的盆栽。听到我的话，他笑了笑。

"做了这么久，你也是该问了。"

"如果涉及公司机密，我就不问了。"我赔着笑，"毕竟我只是个管理人员，不需要……"

"你家的小孩，现在应该读书了吧？"他忽然说。

"刚上二年级。"我不知道他的用意。

"接触过那种脑筋急转弯的数学题吗？比如一根蜡烛烧完要十分钟，怎么测量十五分钟之类的。"

这种题难不倒我。"第一根直接烧，烧完后第二根两头同时点。"我说。

"答对。"

老板转过身，笑笑地看着我。"'屋子'就是一根两头烧的蜡烛……不，更准确地说，它是从蜡烛另一头点起的火。"

我一下子没听懂："那是个照明设施？"

“克罗诺斯的核心业务是时间管理服务，除了最基础的日程管理，我们还能提供对未来的管理。”老板比画，“从蜡烛另一头点火，让它从两头朝着中间烧，发出好几倍的光亮。这是我们带给客户的最大价值，也是‘屋子’的工作原理。”

我还是没懂：“那蜡烛是指什么？”

他朝外头努了努下巴。

我开始还是没听懂，下一秒忽然明白过来。“是那些工程师！”我惊叫。

“你可不要觉得这是剥削。”

老板似乎看出了闪过我脑海的念头。他拿过窗台的盆栽，指尖轻柔拂过盛开的花瓣。“从商业的角度，这叫不良资产盘活。”他说，“你看这花，开得多漂亮，它的价值就在这个阶段。我要它一生只有花期就够了，往后花谢了，它慢慢枯萎，死去，都是在浪费我和它的时间。”

他抓下花瓣，在指尖玩弄。

“我抽取了它枯萎的时间，放到现在让花期延长。明明是一样的寿命，因为时间的变化却诞生了更多的美，很神奇对不对？克罗诺斯是掌控时间的神，就该做这样的事情。”

我还在震惊中：“所以‘屋子’可以将人晚年的时间转化为现在的时间来用，他们在里面工作，实际付出的代价是缩短自己的寿命？”

“缩短的是寿命里无关紧要的一部分。”老板说，“你真想活到八十岁九十岁？一百岁？动一动就大喘气，走起路来全身关节嘎嘎作响，到最后躺在床上，连大小便都不能自理。你真的想要这样的长寿吗？

“我所做的，是把这些无用的时间变得有用。趁着年轻，把衰老的时间拿来创造更多价值，赚到正常情况下赚不到的钱，对他们和他们的家庭来说都是一件好事。”

“恐怕不只是这样吧。”

我渐渐从开始的震惊中平复下来，想到这模式带来的问题：“如果一个人把老去后的时间都用到现在，发展到最后，会让他彻底失去那些退休后的日子。

也就是说公司其实是买断了这个人的一辈子，把时间全都投入工作里，却不用考虑他的养老保障。”

“这不是很好吗？”老板大笑，“我给够钱了啊，我给的就是他们赚一辈子的钱。”

我忽然想起老赵憔悴的脸，想起他谈到妻儿时落寞的语气。

“不是有钱就可以！人的生命，生活的情感，太多东西是钱买不到的！”

我捏紧拳头，冲动的话脱口而出。毕业之后，我已经很久没有这样愤怒过了。这一刻感觉像是年轻时的热血涌上了头，一时间忘记了家里的妻子，还有刚上二年级的小孩。

话刚说完，我就开始后悔。几个月前那个抱着箱子站在楼下的身影从我脑海中一闪而过。出乎意料的是，老板没有生气，只是露出像是看见珍稀动物的表情。

“你刚才说你小孩上二年级？那种私立外语学校的学费应该不便宜吧？”他说。

一股寒意沿着脊梁骨腾地升起。

他慢慢放下盆栽，慢慢拉开办公桌的抽屉。我眼睛紧紧盯着他的手，全身绷得僵硬，想道歉却说不出话来。就在我以为他要从里面掏出一把枪时，他取出的却是一叠东西，啪地扔在桌上。

“你觉得买不到？真的吗？”他像在对我说，又像在自言自语。

“你的身体，你的自由，可以买。我让你加班，就是在买你八小时外的时间。

“公司检查你手机里的信息，看你在职场论坛里匿名发的帖子。你的言论自由可以买。

“公司要你定期报告思想，叫你用私人账号去顶起公司的软文。你的价值观可以买。

“你上厕所的时间可以买，吃饭的时间可以买。你的健康你的器官，连你自以为最私密的体验，只要给了钱，通通都可以买。很多时候你以为买不到，只是因为你不知道买的方法，或者是你出的价钱还不够高。”

老板轻轻拍了拍那叠东西，是一叠钱。

我明白了，真正的买法是分步骤的。

他们不会一下子买走你的健康，只会让你今天加个班，明天多劳损一点儿。他们也不会一口气买走你的亲情，只会让你回不了家，见不了面，慢慢淡漠感情。我一直以为金钱买不走的那些东西，其实都可以换个方式被轻而易举地买走。

既然这样，多赚点儿钱不比什么都强。

有一天，在老板的“马上就要”再次响彻公司大楼时，我找到了老赵。

“这次是个大活，急活。”我说，“我跟老板谈了，给你十倍奖金，顶格了。”其实老板的底线是十五倍，但我说这话时已经可以做到脸不变色心不跳，还显得非常诚恳。

老赵看了看要求，面有难色。“这次的很难。”他喃喃自语，“没几年恐怕出不来。”

“老板说今晚就要。”我说，“你完成了，我私人再给你一笔奖金。”

“不是钱的问题啊。”老赵苦笑。他还想说什么，但看了看项目的金额，又迟疑了。

“你打算再奖励多少？”他问。

我相信我的答案击中了他心里的价位，因为他之后再也没说什么，只是慢慢地点点头。老赵已经去过好几次“屋子”了，早已驾轻就熟。这一次他没有像之前一样和众人告别，只是收拾了一下桌面就走了。我正跟另一个工程师讲话，扭过头看到他走向电梯的背影。在这个傍晚，老赵有些佝偻的背影被夕阳拉得很长，很长。

我在办公室等到深夜，老赵都没有回来。老板催了我几次，他的耐心即将达到极限。我怀疑老赵搞砸跑路了，找了几个和老赵相熟的工程师来问，他们都表示一无所知。问得急了，其中一个朝我吼：“你为什么不自己上去看看？”

吼声推着我向前走。进入公司这么多年，我还是第一次踏上顶楼。“屋子”就在实验室深处，古铜色的大门紧闭。监控显示老赵在傍晚进去，然后就再也没出来过。

我敲了敲门，喊了声老赵，里面没有回应。我试着推了一下，门开了一条缝。

“老赵，你在里面吗？”

我走进去，屋里没有老赵，屋里什么都没有。一个巨大的黑洞横亘在我面前的地板上，像一口深不见底的井，吸走了所有的光，也吸走了我的注意力。随着我打开了门，风开始从我身后疯狂涌入，像一只只看不见的手按在我背上，把我往前推。

我扶着墙大喊，目光搜寻老赵的踪迹，却一无所获。我忽然明白，他是彻底消失在这里了。在呼呼风声中，我仿佛听见周围刺啦刺啦的细微声响。这声音像蜡烛，两头燃烧的蜡烛。它们从四面八方前赴后继地、永无休止地扑向那个深不见底的洞。

直到燃尽为止。

——原载《科幻世界》2021 年 11 期

动物园从来都是孩子们心之向往的地方，在一个富庶的时代与地区，一个人没有任何游览动物园的记忆是十分奇怪的。然而，非但主人公没有这种记忆，他的父母也同样没有这种记忆。这究竟是一种巧合，还是隐藏着什么其他原因?

《动物园的真相》为我们揭示了其中的真相。

动物园的真相

陆　杨

晓晓是个乖巧懂事的男孩，这周末是他十岁的生日，他很想去动物园看动物，可从小到大，每当他想去动物园时，爸爸都会说，在动物园看到的动物和在家里电视上看到的是一样的。

“爸爸，电视上看到的食物，你能吃到吗？”晓晓大声质问。

“这是两回事……食物必须吃进肚子里，才能转化为我们成长和奔跑的能量，但动物是可以通过电视来看的。”爸爸笑嘻嘻地说道。

“我不管！每次过生日，你都不带我去动物园看动物！这周末我必须去！”晓晓气呼呼地抱怨道。

“卓一，要不这周末你就带孩子去动物园看看吧。”晓晓妈妈在一旁说道。

“我怎么带他去看，你又不是不知道，我没办法带他去……”爸爸为难地说道，“总之，就是不能去……”

“爸爸，去动物园看动物是一件很困难的事情吗？我班里的同学几乎都去过了，就我没去过。班里的强强就经常在我面前炫耀，他说他和北极熊还拍了合影。”晓晓不开心地说道。

一想到上次强强拿着一张照片跑到他面前炫耀的神情，晓晓就一肚子的火气。

“晓晓，你也别生气，强强那张照片多半是通过改图软件修改上去的，要是他真的敢站在北极熊身旁，北极熊早就啊呜一口吃掉他了。”妈妈安慰道。

“爸爸妈妈，这周末就是我的生日，今年生日，我什么礼物都可以不要，但我一定要去动物园看动物。”吃下午饭的时候，晓晓很认真地对爸爸和妈妈说道。

“好吧……”爸爸看到晓晓天真无邪的表情，不忍心再拒绝他，勉为其难地答应了。

晚上，等到晓晓睡着后，爸爸和妈妈坐在客厅的沙发上沉闷地盯着对方。

过了半晌，妈妈说道：“我为什么没有小时候去过动物园的记忆呢？”

“我也没有这样的记忆，所以这才是我最担心的……你刚才不是鼓励我带他去吗？”爸爸抽着烟，吞云吐雾之间，抬起头盯着妈妈。

“我是觉得他很想去看，又是他生日……”

“你应该知道，我们小时候都没有去过动物园的记忆。”爸爸肃穆地说道。

“孩子想去，我们应该尽量满足他。”妈妈冷静地说道。

“好吧，也只能这样了。”

周末的早上，晓晓兴冲冲地从床上爬了起来，又去隔壁的卧室叫醒了正在熟睡的爸爸和妈妈。

临近十点时，一家三口来到了动物园的买票处。

看着三人的到来，原本在窗口打瞌睡的售票员猛地醒了过来。

他瞪大眼睛，无比困惑地看着眼前的两个大人和一个小孩，过了好一阵才结结巴巴地问道：“难道……你们想进去看动物？”

“那你觉得我来动物园不看动物看什么？”爸爸没好气地说道。

“你是个成年人，应该知道我在说什么……”售票员有些生气地说道，“如果园区出现了故障，请你们第一时间通知我们去修理。另外，你们要随时保护好自己的孩子。”

买到票后，晓晓跟随爸爸和妈妈慢慢走进了动物园。这时，晓晓发现整个动物园只有他们一家人。

“妈妈，刚才售票员叔叔说的故障会是什么呢？”

“没什么……你一会儿进到动物园里，千万别到处乱跑啊！”妈妈语重心长地叮嘱道。

“放心吧。”

晓晓跟着爸爸和妈妈兴冲冲地走进动物园的大门后，他看到动物园有黑熊、狮子、老虎、长颈鹿、骆驼和羚羊等各个不同的动物展馆，根据这些动物生存的地理空间它们被安排在了不同的区域。它们有的在吃着食物，有的在悠闲走动。时不时地，它们会抬起头观察周围的情况。

看了一会儿后，原本被爸爸紧紧拽着小手的晓晓突然挣脱了爸爸的手，快步跑到了一个围栏前，兴奋地叫道：“爸爸，妈妈，你们快看，是大熊猫，我最喜欢的大熊猫……”

晓晓伸出手，指着围栏里面躺在一堆嫩绿竹子中的一只大熊猫，开心地叫了起来。

“大熊猫，你好啊！”晓晓大声同大熊猫打招呼。

就在这时，一件不可思议的事情发生了，晓晓发现眼前的大熊猫突然变成了静止画面，它的前爪握着一根竹子，一动也不动，就好像变成了一张全息投影照片。

“怎么回事？”晓晓皱紧了眉头，瞪大眼睛仔细观察着。

“快……快带晓晓离开这里……”妈妈环顾了一下四周，仿佛感受到了某种未知的危险，急切地说道。

这时，爸爸从身后猛地一把抓住晓晓的手，将他拽离了围栏。下一秒，晓晓看到围栏中的大熊猫以一种极快的速度开始啃食竹子。大熊猫的嘴里就像是安装了齿轮一般，变成了一台竹子粉碎机。

下一秒钟，整个动物园其他展馆的动物也出现了故障。长颈鹿在围栏中疯狂地奔跑着，它长长的脖子竟然在不可思议地左右摇摆。那些骆驼更是在原地不停打转，就像是一个被人抽动的陀螺。

晓晓被爸爸拉着快速向动物园大门走去，快要走到大门口时，晓晓突然甩开了爸爸的手，再次跑向离他最近的一个展馆，在一个露天的围栏展馆中，种植着一些树木，树上有很多的金丝猴。

这些原本应该在树上悠闲吃着香蕉和水果的金丝猴，这时候却像蝙蝠一般倒挂在树枝上，嘴里发出令人心悸的叫声。

与此同时，晓晓看到了更加诡异的事情。有一只金丝猴突然从树上掉到了展馆地上，金丝猴的身体瞬间从中裂开，里面显露出很多闪闪发光的零件，还冒出了蓝幽幽的火光。一股刺鼻的气味伴随着浓烈的烟雾扑向了晓晓的鼻子。

晓晓完全不知道发生了什么，整个人呆立在了动物园展馆中，周围都是举止异常的动物。无论爸爸和妈妈怎么摇晃和呼唤他，他都无动于衷，就像是陷入了荒诞的梦境中。这时的晓晓，犹如爱丽丝跌入了兔子洞，看到了光怪陆离、不可思议的景象，他对这个世界的认知在这一瞬间坍塌了。

等到他再次醒过来时，他看到了真相。

此时的晓晓正躺在一个椭圆形的狭窄的休眠舱中，而这个休眠舱周围还有成千上万个同样形状的休眠舱。它们密密麻麻地聚集在一个巨大的密闭空间内，就像是蜂巢中一个个六边形一样整齐划一地摆列着。

在远处，是巨大的透明穹顶，透过强化玻璃和金属支架构造成的穹顶，晓晓看到了绚烂的银河，无数的星星在黑色的天幕中闪烁，孤独而耀眼。

晓晓将目光从宏大的宇宙收回到身边时，他看到左右两边的休眠舱中躺着的正是爸爸和妈妈。在他努力思索着这一切时，一个蓝色的悬浮物慢悠悠地飘了过来。

一种机器合成的冷冰冰的声音对他说道：“晓晓，因为程序故障，你的休眠舱提前打开了，你也从休眠程序中苏醒了。”

“这到底是怎么回事？”晓晓看着眼前的机器，大声问道，“动物园的那些动物到底怎么了？我现在在哪里？”

“晓晓，我现在必须告诉你真相……其实地球上所有的动物在一百年前就不存在了，你之前看到的只是虚拟世界创造出来的动物园……”机器人缓缓说道，“不光动物们不存在了，就连地球也不存在了，一颗巨大的小行星击中了地球，引发了恐怖的灾难。人类在地球毁灭前创造了这艘逃生飞船，准备飞往遥远的适合人类生存的星球。为了度过漫长的航行，所有人都进入了休眠程序，并且格式化了大脑中对地球毁灭的记忆。而之所以让所有人的意识存在于虚拟世界，是为了保持大脑的活跃度。但在飞行过程中，因为整艘飞船中枢电脑的故障，虚拟世界动物园程序模块出现了漏洞……一部分休眠者在看到真相后，大脑意识出现了故障，成为永远的沉睡者，即便未来飞船抵达了目标行星，他们也醒不过来了。为了保护人类大脑不再遭遇同样的刺激和伤害，中枢电脑将某种潜意识植入了所有人的大脑，让大家在虚拟世界中都不会去动物园，从而避免遭遇程序模块故障，这就是你的爸爸妈妈从来不带你去动物园的原因。”

知道真相的晓晓特别难过和伤心，原来自己眼中的一切都是虚拟的。

“现在，我要让你再次进入休眠状态，我也会删掉这段让你不愉快的记忆。”

机器人说完后，晓晓感到后背一阵轻微的疼痛，眼前的一切又变得模糊而缥缈，他再次进入了梦境。

又是一个周末，晓晓正在吃妈妈做的早饭，爸爸对他说道：“晓晓，这周末我们去动物园看动物吗？”

“我们不去动物园了，电视上看到的也一样。”晓晓微笑着说道，“爸爸，我长大想当一个科学家！”

“哦，咱们的晓晓长大了，有了自己的大梦想了。”妈妈亲昵地抚摸了一下晓晓的额头。

“我要在新的家园建造一座真正的动物园！”晓晓坚定地说道，“里面会生活着各种各样真实的动物！”

“新的家园？一座真正的动物园？真实的动物？”爸爸和妈妈都困惑地问道。

“爸爸，妈妈，我相信人类总有一天会飞向新的家园的。”晓晓笑着说道。

“那是当然，人类的征途本来就是星辰大海！”爸爸说道。

“现在先好好吃饭，长大了才有健壮的体魄去实现自己的梦想。”妈妈在一旁说。

此时，晓晓将目光看向了窗外，泪水从他的眼角流淌了出来，他悄悄擦掉了流到脸颊的泪珠，心里默念着：“新家园……一座真正的动物园……真实的动物……”

——原载《知心姐姐》2022 年 1、2 月合刊

2022年选系列封面绘图画家介绍

文瑶 1996年就读于广西艺术学院美术系油画专业。现为广西艺术学院美术学院副院长，副教授，硕士研究生导师。中国美术家协会会员，广西美术家协会理事，广西青年美术家协会常务副主席，漓江画派促进会理事。

《雨霁云收》 文瑶 100 cm×80 cm 2019 年

文瑶画作短评

文瑶的画有野兽主义的气度，也有印象主义的灵动。大块的坚定运笔，有味道的经营布局，再加时不时的一些小点缀，使文瑶的画透出自己的独有韵味，画面效果既有装饰趣味又不缺油画的厚重。

……文瑶的语汇里还有着贴近他性情的逗乐与调侃式的把玩心态，他总是不按常规地强化出对象的某种特殊的形貌状态，无论是画人物或者风景，他的处理总会有一些让人眼睛一亮的闪光点出现。这样的能力来源于他对现实对象的独特体察与概括性的整体把握，尊重事实而又能跳出常理的束缚。

——黄菁（广西艺术学院教授）